A CICLISTA SOLITÁRIA

Arthur Conan Doyle nasceu em Edimburgo, na Escócia, em 1859. Formou-se em Medicina pela Universidade de Edimburgo em 1885, quando montou um consultório e começou a escrever histórias de detetive. *Um estudo em vermelho*, publicado em 1887 pela revista *Beeton's Christmas Annual*, introduziu ao público aqueles que se tornariam os mais conhecidos personagens de histórias de detetive: Sherlock Holmes e Dr. Watson. Com eles, Conan Doyle imortalizou o método de dedução utilizado nas investigações e o ambiente da Inglaterra vitoriana. Seguiram-se outros três romances e inúmeras histórias com os personagens, publicados nas revistas *Strand*, *Collier's* e *Liberty* e posteriormente reunidos em cinco livros. Outros trabalhos de Conan Doyle foram freqüentemente obscurecidos por sua criação mais famosa, e em dezembro de 1893 ele matou Holmes (junto com o vilão professor Moriarty), tendo a Áustria como cenário, no conto "O problema final" (*Memórias de Sherlock Holmes*). Holmes ressuscitou no romance *O cão dos Baskerville*, publicado entre 1902-1903, e no conto "A casa vazia" (*A ciclista solitária*), de 1903, quando Conan Doyle sucumbiu à pressão do público e revelou que o detetive conseguira burlar a morte. Conan Doyle foi nomeado cavaleiro em 1902 pelo apoio à política britânica na guerra da África do Sul. Morreu em 1930.

Obras do autor na Coleção **L&PM** POCKET

Aventuras inéditas de Sherlock Holmes
A ciclista solitária e outras histórias
Um escândalo na Boêmia e outras histórias
O cão dos Baskerville
Dr. Negro e outras histórias
Um estudo em vermelho
A juba do leão e outras histórias
Memórias de Sherlock Holmes
A nova catacumba e outras histórias
Os seis bustos de Napoleão e outras histórias
O signo dos quatro
O solteirão nobre e outras histórias
O último adeus de Sherlock Holmes
O vale do terror
O vampiro de Sussex e outras histórias

ARTHUR CONAN DOYLE

A CICLISTA SOLITÁRIA

TRADUÇÃO DE JORGE RITTER

www.lpm.com.br

L&PM POCKET

Coleção **L&PM** Pocket, vol. 189

Primeira edição na Coleção **L&PM** POCKET: maio de 2005
Esta reimpressão: julho de 2009

Título original: *The return of Sherlock Holmes* (Este livro foi dividido em dois: *A ciclista solitária e outras histórias*, vol. 189, e *Os seis bustos de Napoleão e outras histórias*, vol. 190).

Tradução: Jorge Ritter
Capa: Marco Cena
Revisão: Larissa Roso, Jó Saldanha e Renato Deitos

ISBN 978-85-254-0961-4

D754c Doyle, Arthur Conan, *Sir*, 1859-1930
A ciclista solitária e outras histórias / Arthur Conan Doyle; tradução de Jorge Ritter. – Porto Alegre: L&PM, 2009.
224 p. ; 18 cm – (Coleção L&PM Pocket)

1. Ficção inglesa policial. I. Título. II. Série.

CDD 823.872
CDU 820-312.4

Catalogação elaborada por Izabel A. Merlo, CRB 10/329.

Rua Comendador Coruja 314, loja 9 – Floresta – 90220-180
Porto Alegre – RS – Brasil / Fone: 51.3225.5777 – Fax: 51.3221-5380

Pedidos & Depto. comercial: vendas@lpm.com.br
Fale conosco: info@lpm.com.br
www.lpm.com.br

Impresso no Brasil
Inverno de 2009

Sumário

A casa vazia

Foi na primavera de 1894 que repercutiu em toda a Londres, e consternou a sociedade elegante, o assassinato do *honourable** Ronald Adair sob as circunstâncias mais estranhas e inexplicáveis. O público conhece os pormenores do crime que vieram à tona na investigação policial; mas muita coisa foi suprimida na ocasião, já que os elementos de prova reunidos pela acusação eram tão fortes que a apresentação de todos os fatos não se fez necessária. Somente agora, após quase dez anos, me é permitido apresentar esses elos perdidos que formam o todo daquela cadeia extraordinária. O crime em si era interessante, mas esse interesse não representava nada para mim comparado com sua inconcebível seqüência, que me proporcionou o maior choque e surpresa do que qualquer evento em minha vida de aventuras. Mesmo agora, após esse longo intervalo, a emoção me abala quando penso sobre ele, e sinto mais uma vez aquela súbita torrente de alegria, assombro e incredulidade que se apossou da minha mente. Deixe-me dizer para o público, que demonstrou algum interesse naqueles traços que apresentei ocasionalmente dos pensamentos e ações de um homem muito extraordinário, que não deve censurar-me se não compartilhei meu conhecimento com ele, pois considerava como meu primeiro dever fazê-lo, se não tivesse sido impedido por uma proibição expressa dos seus próprios lábios que só foi retirada no dia 3 do mês passado.

---

* Título honorífico dado aos filhos de barões, viscondes e condes na Inglaterra. (N. do T.)

Pode-se imaginar que a minha intimidade com Sherlock Holmes me despertasse profundo interesse pela criminalística, e que após o desaparecimento de meu amigo, nunca deixasse de ler com cuidado os vários casos que foram levados a público e até tentasse mais de uma vez, para minha satisfação pessoal, empregar os seus métodos na solução desses casos, embora com um sucesso insignificante. Não houve nenhum, no entanto, que me atraiu tanto quanto a tragédia de Ronald Adair. Quando li as provas no inquérito que levaram ao veredicto de assassinato premeditado cometido por pessoa ou pessoas desconhecidas, compreendi com mais clareza do que nunca a perda que a comunidade havia sofrido com a morte de Sherlock Holmes. Havia pontos a respeito desse estranho caso que o teriam atraído especialmente, tenho certeza, e os esforços da polícia teriam sido amparados, ou mais provavelmente antecipados, pela observação treinada e a mente alerta do primeiro criminalista da Europa. Durante todo o dia, enquanto fazia minhas visitas, revirei o caso na mente e não encontrei nenhuma explicação que me parecesse adequada. Correndo o risco de contar uma história duas vezes, vou recapitular os fatos tal como ficaram conhecidos pelo público na conclusão do inquérito.

O *honourable* Ronald Adair era o segundo filho do conde de Maynooth, na época governador de uma das colônias australianas. A mãe de Adair voltara da Austrália para fazer uma operação de catarata, e ela, o filho Ronald e a filha Hilda estavam vivendo juntos no número 427 da Park Lane. Os jovens passaram a freqüentar a alta sociedade e não tinham, até onde se sabe, nenhum inimigo ou vício em particular. Ele fora noivo da srta. Edith Woodley, de Carstairs, mas o noivado fora desfeito alguns meses antes de comum acordo, e não havia sinal de que isso deixara qualquer ressentimento mais profundo. No mais, a vida do homem seguia em um círculo estreito e convencional, pois seus hábitos eram calmos e sua natureza, pouco emotiva. Contudo, foi sobre esse jovem e sereno aristocrata que a morte sobreveio da forma mais estranha e inesperada entre as dez horas e as onze e vinte da noite de 30 de março, 1894.

Ronald Adair gostava de jogar cartas e o fazia com freqüência, mas nunca apostava de maneira a sofrer prejuízos. Era membro dos clubes de cartas Baldwin, Cavendish e Bagatelle. Ficou evidenciado que no dia da sua morte, após o jantar, jogara uma partida decisiva de *whist* no Bagatelle. Também jogara lá à tarde. Os testemunhos daqueles que haviam estado com ele – do sr. Murray, de *sir* John Hardy e do coronel Moran – revelavam que o jogo fora o *whist* e que houvera um certo equilíbrio na distribuição das cartas. Adair pode ter perdido cinco libras, mas não mais. A sua fortuna era considerável, e uma perda como essa em nada poderia afetá-lo. Ele jogava quase todos os dias em algum clube, mas era um jogador cauteloso, e normalmente saía vencedor. Ficou provado que em parceria com o coronel Moran, ele na realidade chegara a ganhar 420 mil libras em uma sessão algumas semanas antes, de Godfrey Milner e do lorde Balmoral. Essa era a sua história recente, como ela apareceu no inquérito.

Na noite do crime ele voltou do clube exatamente às dez. Sua mãe e sua irmã tinham saído à noite para visitar um parente. A criada disse no depoimento que o ouviu entrando no quarto da frente no segundo andar, geralmente usado como a sua sala de estar. Ela acendera o fogo ali e, por causa da fumaça, abrira a janela. Nenhum som foi ouvido até as onze e vinte, hora em que *lady* Maynooth e sua filha voltaram. Desejando dizer boa noite, ela tentara entrar no quarto do filho. A porta estava trancada por dentro e ela não conseguiu resposta alguma com os chamados e batidas. Com ajuda, a porta foi arrombada. O infeliz rapaz foi encontrado deitado próximo da mesa. A cabeça havia sido terrivelmente mutilada por uma bala de fragmentação, mas arma alguma de qualquer tipo foi encontrada no aposento. Sobre a mesa encontravam-se duas notas de dez libras e dezessete libras e dez *cents* em moedas de prata e ouro, dispostas em pequenas pilhas de diferentes montantes. Havia também alguns números anotados em uma folha de papel com os nomes de alguns amigos de clube do lado, a partir do que se conjeturou que antes da sua morte ele tentara verificar suas perdas e ganhos nas cartas.

Um exame minucioso das circunstâncias apenas serviu para tornar o caso mais complexo. Em primeiro lugar, não se chegou a conclusão alguma quanto ao motivo de o rapaz ter trancado a porta por dentro. Havia a possibilidade de que o assassino tivesse feito isso e depois escapado pela janela. No entanto, a queda era de ao menos sete metros, e embaixo havia um canteiro de açafrões em plena floração. Nem as flores, ou a terra, mostravam qualquer sinal de terem sido tocadas, tampouco havia qualquer marca sobre a faixa estreita de grama que separava a casa do caminho. Aparentemente, portanto, fora o próprio jovem que trancara a porta. Mas como ele encontrara a sua morte? Ninguém conseguiria subir na janela sem deixar rastros. Suponhamos que um homem tivesse atirado pela janela: teria sido realmente um tiro extraordinário para causar um ferimento tão mortal. Além disso, Park Lane é uma rua de tráfego intenso, e há um ponto de carros de aluguel a menos de cem metros da casa. Ninguém ouvira tiro algum. E, no entanto, havia um homem morto e uma bala de revólver que explodira, como acontece com balas de ponta macia, e assim provocara um ferimento que deve ter causado morte instantânea. Essas eram as circunstâncias do mistério de Park Lane, que foram mais complicadas ainda pela total ausência de um motivo, visto que, como eu disse, não se sabia que o jovem Adair tivesse qualquer inimigo, e nenhuma tentativa fora feita para roubar o dinheiro ou objetos de valor no aposento.

Durante todo o dia revolvi esses fatos na minha mente, esforçando-me para encontrar uma teoria que os conciliasse e descobrir aquela linha de menor resistência que o meu pobre amigo havia declarado ser o ponto de partida de qualquer investigação. Confesso que fiz pouco progresso. À tarde caminhei pelo parque e, às seis horas, vi-me na extremidade da Oxford Street com a Park Lane. Um grupo de curiosos na calçada, todos olhando para uma janela em particular, indicaram-me a casa que eu procurava. Um homem alto e magro, de óculos escuros, que suspeitei fortemente ser um detetive à paisana, expunha alguma teoria sua, enquanto os outros se amontoavam ao redor para ouvir o que ele dizia. Aproximei-me o máximo que pude, mas suas observações pareceram-me absurdas e então retirei-me novamente, com algum desagrado. Ao fazê-lo, esbarrei em um homem velho e disforme, que estava atrás de mim, e derrubei vários livros que ele carregava. Lembro que ao juntá-los observei o título de um deles, *The Origin of Tree Worship*, e ocorreu-me que o sujeito devia ser algum pobre bibliófilo que, por profissão ou passatempo, colecionava livros estranhos. Tentei pedir desculpas pelo acidente, mas era evidente que esses livros que eu tivera a infelicidade de derrubar eram objetos muito preciosos aos olhos do proprietário. Com um grunhido de desagrado, ele girou sobre os calcanhares e acompanhei a sua corcunda e suíças brancas desaparecendo no meio da multidão.

Minhas observações sobre o número 427 da Park Lane pouco me ajudaram a esclarecer o problema no qual eu estava interessado. A casa era separada da rua por um muro baixo com uma cerca, que não totalizavam mais do que um metro e meio. Era muito fácil, portanto, para qualquer um entrar no jardim; mas a janela era inteiramente inacessível, já que não havia calha ou qualquer coisa que pudesse ajudar o homem mais ágil a alcançá-la. Mais confuso do que nunca, voltei pelo mesmo caminho para Kensington. Não fazia cinco minutos que eu estava em meu escritório quando a criada entrou para dizer que uma pessoa queria me ver. Para minha surpresa, não era ninguém mais do que o estranho colecionador de livros, com seu rosto enrugado emoldurado pelos cabelos brancos, a perscrutar ao redor, e os volumes preciosos, uma dúzia deles pelo menos, apertados sob o braço direito.

– O senhor está surpreso em me ver – disse, em um tom de voz estranho.

Reconheci que estava.

– Bom, eu tenho uma consciência, senhor, e ao vê-lo entrar nesta casa, enquanto o seguia coxeando, pensei comigo mesmo, vou entrar e ver aquele gentil cavalheiro e lhe dizer que, se me mostrei um pouco grosseiro, não foi minha intenção, e que lhe sou muito grato por ter apanhado meus livros.

– O senhor está dando muita importância para o incidente – eu disse. – Posso lhe perguntar como o senhor sabia quem eu era?

– Bom, senhor, se não for tomar muita liberdade, sou seu vizinho, pois o senhor encontrará a minha pequena livraria na esquina da Church Street, e ficarei muito feliz em vê-lo, pode ficar certo. Talvez o senhor também seja um colecionador; aqui estão o *British Birds*, e *Catullus* e *The Holy War* – uma pechincha cada um deles. Com cinco volumes o senhor poderia preencher aquele espaço na segunda prateleira. Não parece desarrumada, senhor?

Virei a cabeça e olhei para a estante atrás de mim. Quando tornei a virar-me, Sherlock Holmes estava parado sorrindo para mim do outro lado da escrivaninha. Ergui-me de um salto, olhei-o por alguns segundos, completamente atônito, e então devo ter desmaiado pela primeira e última vez na minha vida. Certamente uma nuvem cinzenta dançou diante dos meus olhos, e quando ela passou, vi que meu colarinho fora desabotoado e senti o formigamento do conhaque nos lábios. Holmes estava inclinado sobre a minha cadeira, de frasco na mão.

– Meu caro Watson – disse a velha e conhecida voz –, eu lhe devo mil desculpas. Não fazia idéia de que você ficaria tão abalado.

Agarrei-o pelo braço.

– Holmes! – exclamei. – É você mesmo? Você pode realmente estar vivo? É possível que tenha conseguido sair daquele abismo terrível?

– Espere um momento! Você tem certeza de que está realmente em condições de discutir alguma coisa? Causei-lhe um choque sério com minha aparição desnecessariamente dramática.

– Estou bem, mas francamente, Holmes, mal posso acreditar em meus olhos. Por Deus, pensar que você – entre todos os homens – estaria aqui no meu escritório! – Mais uma vez agarrei-o pela manga e senti-lhe o braço magro e rijo. – Bom, em todo caso, você não é um espírito – eu disse. – Meu caro amigo, estou radiante em revê-lo. Sente-se e conte-me como você saiu vivo daquele terrível precipício.

Ele sentou-se diante de mim e acendeu um cigarro, com aquele seu jeito despreocupado. Estava vestido com a sobrecasaca puída do mercador de livros, mas o resto daquele indivíduo era uma pilha de cabelos brancos e livros velhos sobre a mesa. Holmes parecia mais magro e incisivo do que antigamente, mas havia uma palidez no rosto aquilino que me dizia que não levara uma vida saudável recentemente.

– Que bom poder esticar-me, Watson – ele disse. – Não é brincadeira quando um homem alto tem de diminuir trinta centímetros da sua estatura por várias horas a fio. Agora, meu caro amigo, com relação a essas explicações, se eu puder contar com a sua cooperação, temos uma noite de trabalho duro e perigoso à nossa espera. Talvez seja melhor eu fazer-lhe um relato de toda a situação quando o trabalho tiver terminado.

– Estou muito curioso. Eu preferiria ouvir agora.

– Virá comigo hoje à noite?

– Quando quiser e aonde quiser.

– Isso é realmente como nos bons tempos. Teremos tempo para um rápido jantar antes de partir. Bom, então, falemos do abismo. Não tive muita dificuldade em sair dele, pela simples razão de que nunca caí nele.

– Nunca caiu nele?

– Não, Watson, nunca caí nele. Meu bilhete para você foi absolutamente sincero. Tinha pouca dúvida de que havia chegado ao fim da minha carreira quando percebi a figura de certa forma sinistra do falecido professor Moriarty parado na estreita vereda que era a única saída daquele lugar perigoso. Li nos seus olhos cinzentos uma resolução inexorável. Troquei com ele alguns comentários e obtive a sua cortês permissão para escrever o curto bilhete que você recebeu depois. Deixei-o com minha cigarreira e bengala e segui pela vereda, com Moriarty ainda em meu encalço. Quando cheguei ao fim, estava acuado. Ele não sacou arma alguma, mas correu para mim e lançou seus longos braços à minha volta. Ele sabia que seu jogo chegara ao fim, e estava apenas ansioso em vingar-se de mim. Nós cambaleamos juntos à beira do precipício. Mas conheço um pouco de *baritsu*, o sistema japonês de luta romana, que mais de uma vez me foi muito útil. Consegui escapar dos seus braços, e, com um grito horrível, ele esperneou enlouquecido por alguns segundos e agarrou o ar com as mãos. Mas apesar de todos os seus esforços, não conseguiu recuperar o equilíbrio e caiu. Inclinado sobre o abismo, acompanhei sua longa queda. Então ele bateu em uma rocha, projetou-se do paredão e caiu na água.

Ouvi com espanto essa explicação, que Holmes me deu entre tragadas do seu cigarro.

– Mas e as marcas! – exclamei. – Eu vi com meus próprios olhos que duas pessoas seguiram a vereda e nenhuma voltou.

– Aconteceu assim. No momento em que o professor desapareceu, dei-me conta da sorte realmente extraordinária que o Destino havia colocado em meu caminho. Eu sabia que Moriarty não era o único homem que havia jurado minha morte. Havia pelo menos três outros cujo desejo de vingança sobre mim se acentuaria com a morte do seu líder. Todos eram homens muito perigosos. Um ou outro certamente me pegaria. Por outro lado, se todo o mundo estivesse convencido de que eu estava morto, esses homens se descuidariam, abririam a guarda, e cedo ou tarde eu conseguiria destruí-los. Então chegaria o momento para anunciar que eu ainda estava no mundo dos vivos. O cérebro age tão rapidamente que acredito que pensei tudo isso antes do professor Moriarty ter alcançado o fundo das Quedas de Reichenbach.

"Levantei-me e examinei a parede de pedra atrás de mim. Na sua pitoresca descrição do incidente, que li com grande interesse alguns meses mais tarde, você afirma que o paredão era escarpado. Isso não era bem verdade. Havia alguns pequenos pontos de apoio para os pés e uma ligeira indicação de uma saliência no rochedo. Ele era tão alto que escalá-lo todo parecia obviamente uma impossibilidade, e era igualmente impossível voltar pela vereda úmida sem deixar algumas marcas. Eu poderia, é verdade, ter virado minhas botinas, como o fiz em ocasiões similares, mas a impressão de três grupos de pegadas em uma direção certamente despertaria suspeitas. Em suma, então, era melhor arriscar-me a subir. Não foi algo agradável de se fazer, Watson. As quedas d'água rugiam abaixo de mim. Não sou uma pessoa fantasiosa, mas dou-lhe a minha palavra de que parecia que eu ouvia a voz de Moriarty gritando para mim do fundo do abismo. Um erro teria sido fatal. Mais de uma vez, quando os tufos de grama que eu usava para escalar não suportaram meu peso, ou o pé escorregou nas fendas úmidas da rocha, pensei que chegara meu fim. Mas lutei para seguir a escalada, e finalmente alcancei a saliência de um rochedo de alguns metros, coberta com um musgo verde macio, onde pude deitar com todo o conforto sem ser visto. Ali estava eu espichado quando você, meu caro Watson, e todos os que o acompanhavam, investigavam as circunstâncias da minha morte da maneira mais solidária e ineficiente.

"Finalmente, quando todos tinham chegado às suas conclusões inevitáveis e totalmente errôneas, você voltou para o hotel e fui deixado a sós. Pensei que tivesse chegado ao final das minhas aventuras, mas uma ocorrência muito inesperada mostrou-me que ainda havia surpresas à minha espera. Uma rocha enorme, vinda de cima, passou por mim com um estrondo, bateu na vereda e ricocheteou para o precipício. Por um instante pensei que fora um acidente, mas um momento depois, olhando para cima, vi a cabeça de um homem contra o céu da noite que caía, e outra pedra acertou a própria saliência sobre a qual eu estava deitado, a uns trinta centímetros da minha cabeça. É claro, o significado disso era óbvio. Moriarty não estava sozinho. Um cúmplice – e aquele olhar mesmo de relance me disse quão perigoso era o homem – ficara de tocaia enquanto o professor me atacava. De longe, sem que eu o visse, ele testemunhara a morte do seu amigo e a minha fuga. Ele esperara, e então, dando a volta até o topo do rochedo, procurara vencer onde o seu camarada fora derrotado.

"Não levei muito tempo pensando a respeito, Watson. Mais uma vez vi aquele rosto sinistro lá em cima e sabia que era o anúncio de mais uma pedra. Desci com dificuldade até a vereda. Não acho que poderia tê-lo feito a sangue-frio. Foi cem vezes mais difícil do que subir. Mas eu não tinha tempo para pensar sobre o perigo, pois outra pedra passou zunindo por mim, enquanto me dependurava pelas mãos na beirada da saliência. A meio caminho, escorreguei, mas graças a Deus caí na vereda, ensangüentado e com as roupas rasgadas. Tratei de dar no pé, caminhei dezesseis quilômetros pelas montanhas no escuro, e uma semana depois encontrava-me em Florença, com a certeza de que ninguém no mundo sabia que fim eu levara.

"Eu tinha apenas um confidente – meu irmão Mycroft. Devo-lhe mil desculpas, caro Watson, mas era absolutamente necessário que me considerassem morto, e tenho certeza de que você não escreveria um relato tão convincente do meu final infeliz se não tivesse pensado que era verdade. Várias vezes durante os últimos três anos peguei a pena para escrever-lhe, mas sempre temia que a sua afeição por mim o levasse a alguma indiscrição que trairia o meu segredo. Por esse motivo, afastei-me de você hoje à tarde quando derrubou os meus livros, pois eu corria perigo no momento, e qualquer demonstração de surpresa ou emoção da sua parte poderia chamar a atenção para a minha identidade e levar aos resultados mais deploráveis e irreparáveis. Quanto a Mycroft, eu tinha de confiar nele a fim de obter o dinheiro de que precisava. O desenrolar dos eventos em Londres não foi tão bem quanto eu esperava, pois o julgamento do bando de Moriarty deixou em liberdade dois dos seus membros mais perigosos e meus maiores inimigos. Viajei então durante dois anos pelo Tibete, diverti-me visitando Lhasa e passando alguns dias com um Lama graduado. Você deve ter lido sobre as extraordinárias explorações de um norueguês chamado Sigerson, mas tenho certeza de que nunca ocorreu-lhe que estava tendo notícias do seu amigo. Passei então pela Pérsia, depois por Meca, fiz uma curta, mas interessante, visita ao Califa em Khartum, tendo comunicado os resultados ao ministério do Exterior. Voltando para a França, dediquei alguns meses à pesquisa sobre derivados do alcatrão de hulha, que conduzi em um laboratório em Montpellier, no sul da França.

"Tendo concluído o meu trabalho satisfatoriamente e sabendo que sobrara somente um dos meus inimigos em Londres, eu estava pronto para voltar, mas resolvi apressar-me ao ouvir as notícias desse extraordinário mistério de Park Lane, que me atraiu não somente por seus próprios méritos, como também por oferecer algumas oportunidades pessoais muito peculiares. Vim imediatamente para Londres, apresentei-me pessoalmente em Baker Street, causei um violento ataque histérico na sra. Hudson e vi que Mycroft havia mantido os meus aposentos e papéis exatamente como eu sempre os deixara. Então foi assim, meu caro Watson, que hoje às duas horas me encontrei sentado na minha velha poltrona, em meu velho quarto, e desejando apenas ver o meu velho amigo Watson na outra cadeira, que ele tantas vezes adornou."

Essa foi a história extraordinária que eu ouvi naquela noite de abril – uma narrativa que seria totalmente inacreditável para mim se não fosse confirmada pela presença da figura alta e magra, e do rosto incisivo e impaciente que eu pensara nunca mais tornar a ver. De alguma forma ele soubera da minha consternação, e demonstrou a sua solidariedade comigo mais pela sua atitude do que com palavras.

– O trabalho é o melhor antídoto para a tristeza, meu caro Watson – ele disse –, e eu tenho um pouco de trabalho para nós dois hoje à noite que, se tivermos êxito, por si só justificará a existência de um homem nesse planeta.

Em vão supliquei-lhe que me contasse mais.

– Você vai ver e ouvir o suficiente até o amanhecer – respondeu ele. – Nós temos três anos do passado para discutir. Deixe que esse relato baste até as nove e meia, quando daremos início à notável aventura da casa vazia.

Foi realmente como nos velhos tempos quando, às quatro, me vi sentado ao seu lado em um cupê, com o revólver no bolso e o entusiasmo da aventura no coração. Holmes estava frio, severo e silencioso. Quando a luz dos lampiões da rua refletiu-se no seu rosto austero, vi que as sobrancelhas estavam contraídas em pensamento e os lábios finos, cerrados. Não sabia que fera selvagem nós iríamos caçar na selva escura da Londres do crime, mas pela atitude desse caçador experiente tinha certeza de que era um caso bastante grave, enquanto o sorriso sardônico que de vez em quando surgia na sua carranca contemplativa augurava pouca sorte para o objeto da nossa busca.

Pensei que estávamos indo para Baker Street, mas Holmes parou o cupê na esquina de Cavendish Square. Observei que quando ele desceu, olhou cautelosamente para a direita e a esquerda, e a cada esquina dali em diante, tomou as maiores precauções para assegurar-se de que não estava sendo seguido. Nossa rota foi certamente singular. O conhecimento de Holmes dos caminhos secundários de Londres era extraordinário, e nessa ocasião ele passou velozmente, e com um passo seguro, por uma rede de estrebarias e estábulos de cuja existência eu jamais suspeitara. Emergimos finalmente em uma pequena rua, ladeada por casas velhas e sombrias, que nos levou até a Manchester Street, e daí para a Blandford. Ali ele dobrou velozmente em uma viela estreita, passou por um portão de madeira e entrou em um quintal abandonado, então abriu com uma chave a porta dos fundos de uma casa. Entramos juntos e ele a fechou atrás de nós.

O lugar estava escuro como o breu, mas era evidente para mim que estávamos em uma casa vazia. Nossos passos faziam ranger o soalho tabuado, e minha mão estendida tocou uma parede de onde o papel pendia em tiras. Os dedos frios e magros de Holmes fecharam-se sobre o meu pulso e me conduziram por um longo corredor, até que eu vi vagamente a luz dúbia que filtrava pela soleira da porta. Aqui Holmes virou subitamente para a direita, e nos vimos em um grande aposento, vazio e quadrado, com sombras profundas nos cantos, mas fracamente iluminado no centro pelas luzes da rua. Não havia um lampião próximo e a janela estava grossa de pó, de modo que mal discerníamos um ao outro lá dentro. Meu companheiro colocou sua mão sobre o meu ombro e os lábios próximos do meu ouvido.

– Você sabe onde estamos? – sussurrou ele.

– Não há dúvida de que ali é a Baker Street – respondi, mirando através da janela fosca.

– Exatamente. Estamos em Camden House, que fica defronte aos nossos velhos aposentos.

– Mas por que estamos aqui?

– Porque temos uma vista excelente daquele prédio pitoresco. Você poderia se aproximar um pouco da janela, meu caro Watson, tomando todas as precauções para não se mostrar, e então olhar para os nossos velhos aposentos – o ponto de partida de tantas das nossas pequenas aventuras? Vamos ver se os meus três anos de ausência terminaram completamente com meu poder de surpreendê-lo.

Avancei cautelosamente e olhei para fora para a conhecida janela. Quando meus olhos caíram sobre ela, fiquei boquiaberto e deixei escapar uma exclamação de espanto. A cortina estava cerrada e uma forte luz brilhava no aposento. A sombra de um homem sentado em uma cadeira desenhava-se sobre o quadro luminoso da janela. Não havia como se enganar quanto à postura da cabeça, a solidez dos ombros, a nitidez dos traços. O rosto estava meio virado, e o efeito era o de um daqueles desenhos em silhueta que os nossos avós adoravam emoldurar. Era uma reprodução perfeita de Holmes. Fiquei tão impressionado que estendi a mão para ter certeza de que era realmente o homem que estava ao meu lado. Ele se sacudia em um riso silencioso.

– Então? – perguntou.

– Deus do céu! – exclamei. – É maravilhoso.

– Espero que nem a idade, tampouco o costume, façam com que esse meu dom de infinita variedade desapareça ou torne-se desinteressante. – E reconheci na sua voz a alegria e o orgulho que os artistas sentem por sua própria criação. – Parece-se bastante comigo, não é? – continuou.

– Eu poderia jurar que era você.

– O mérito da execução é de *monsieur* Oscar Meunier, de Grenoble, que levou alguns dias fazendo a forma. É um busto em cera. O resto ajeitei durante minha visita a Baker Street esta tarde.

– Mas por quê?

– Porque, meu caro Watson, eu tinha a mais forte razão possível para querer que algumas pessoas pensassem que eu estava lá, quando na realidade me encontrava em outro lugar.

– E você acreditava que os aposentos estavam sendo vigiados?

– Eu *sabia* que eles estavam sendo vigiados.

– Por quem?

– Por meus velhos inimigos, Watson. Pela encantadora sociedade cujo líder repousa nas Quedas de Reichenbach. Você deve se lembrar de que eles sabiam, e somente eles sabiam, que eu ainda estava vivo. Cedo ou tarde eles acreditavam que eu voltaria aos meus aposentos. Eles os vigiavam continuamente, e essa manhã me viram chegar.

– Como você sabe?

– Porque reconheci o sentinela deles quando olhei de relance para fora da janela. Ele é um sujeito relativamente inofensivo, chamado Parker, trabalha em um matadouro e é um extraordinário gaiteiro. Não lhe dou importância, mas dou muita à pessoa muito mais formidável que estava por trás dele, o amigo íntimo de Moriarty, o homem que jogou as pedras do alto do rochedo, o criminoso mais astuto e perigoso de Londres. Ele é o homem que está no meu encalço hoje à noite, Watson, e esse é o homem que nem de longe desconfia que nós estamos no encalço *dele*.

Os planos do meu amigo gradualmente se revelavam. A partir desse cômodo retiro, os observadores estavam sendo observados, e os perseguidores, perseguidos. Aquela sombra angulosa lá adiante era a isca, e nós éramos os caçadores. Ficamos juntos em silêncio no escuro, observando os vultos apressados que passavam e repassavam à nossa frente. Holmes estava calado e imóvel, mas eu sentia que ele estava totalmente alerta, seus olhos fixos atentamente no fluxo de transeuntes.

Era uma noite escura e tempestuosa, e o vento assoviava agudo pela longa rua. Muitas pessoas iam de um lado ao outro, a maioria delas agasalhada com seus capotes e cachecóis. Uma ou duas vezes tive a impressão de ver a mesma pessoa e notei particularmente dois homens que pareciam estar se abrigando do vento no vão da porta de uma casa a alguma distância na rua. Tentei chamar a atenção do meu companheiro para eles, mas ele soltou uma pequena exclamação de impaciência e continuou a mirar a rua. Mais de uma vez mexeu nervosamente os pés e bateu rapidamente com os dedos na parede. Era evidente para mim que ele estava ficando inquieto, e que seus planos não estavam funcionando como esperava. Finalmente, quando a meia-noite se aproximava e a rua gradualmente ficava deserta, começou a caminhar para cima e para baixo no quarto com uma agitação incontrolável. Eu ia fazer um comentário, quando ergui os olhos para a janela iluminada e mais uma vez experimentei uma surpresa tão grande quanto antes. Agarrei o braço de Holmes e apontei para cima.

– A sombra se deslocou! – exclamei.

Realmente não era mais o perfil, e sim as costas, que estavam voltadas para nós.

Três anos certamente não haviam suavizado as asperezas do seu gênio, ou a sua impaciência com uma inteligência menos ativa do que a sua.

– É claro que ela se moveu – ele disse. – Eu seria um farsante tão atrapalhado, Watson, a ponto de colocar um boneco óbvio e esperar enganar alguns dos homens mais espertos da Europa? Há duas horas estamos neste quarto, e a sra. Hudson fez alguma mudança na posição daquela figura oito vezes, ou uma vez a cada quinze minutos. Ela o mexe pela frente, de maneira que a sua sombra nunca é vista. Ah! – respirou bruscamente com uma inspiração aguda e excitada.

Na luz sombria, vi sua cabeça inclinar-se para frente, com toda sua atitude tornada rígida pela atenção. Aqueles dois homens ainda podiam estar agachados no vão da porta, mas eu não conseguia mais vê-los. Tudo estava silencioso e escuro, salvo apenas o quadro amarelo brilhante à nossa frente com o vulto negro delineado no centro. Mais uma vez no silêncio profundo, ouvi o som sibilante e agudo, que denotava a sua intensa excitação reprimida. No momento seguinte, ele me puxou para o canto mais escuro do quarto, e senti a sua mão sobre meus lábios pedindo silêncio. Os dedos que me seguravam tremiam. Nunca vira meu amigo tão emocionado, e mesmo assim a rua escura continuava deserta e sem movimento à nossa frente.

Mas de repente senti o que os seus sentidos mais aguçados já haviam distinguido. Um som baixo e furtivo chegou aos meus ouvidos, não da direção de Baker Street, mas dos fundos da própria casa na qual nos escondíamos. Uma porta abriu e fechou. No instante seguinte passos deslizavam no corredor, passos que queriam ser silenciosos, mas que ressoavam asperamente pela casa vazia. Holmes agachou-se contra a parede e eu fiz o mesmo, a mão fechando sobre o cabo do revólver. Perscrutando a escuridão, distingui o contorno vago de um homem, um pouco mais escuro que a escuridão da porta aberta. Ele parou por um instante, e então avançou furtivamente, agachado e ameaçador, para dentro do quarto. Estava a três metros de nós, essa figura sinistra, e eu me preparava para receber o seu ataque antes de dar-me conta de que ele não fazia a menor idéia da nossa presença. Passou rente a nós, foi até a janela de mansinho e ergueu-a ligeiramente com suavidade e sem fazer barulho. Ao baixar-se até o nível da abertura, a luz da rua, livre agora do vidro empoeirado, jorrou sobre seu rosto. O homem parecia fora de si de excitação. Os olhos brilhavam como estrelas e os traços faciais moviam-se convulsivamente. Era um homem idoso, com um nariz fino e proeminente, uma testa alta e calva, e um enorme bigode grisalho. Usava um chapéu alto empurrado para a parte de trás da cabeça e a camisa de peito duro brilhava por entre o sobretudo desabotoado. O rosto era macilento e de compleição escura, marcado com rugas profundas e selvagens. Na mão, carregava o que parecia ser uma bengala, mas quando a colocou no chão, ela fez um barulho metálico. Então, do bolso do sobretudo, tirou um objeto volumoso e empenhou-se em alguma tarefa que terminou com um clique alto e seco, como se uma mola ou ferrolho tivesse sido acionado. Ainda ajoelhado sobre o chão, inclinou-se para frente e jogou todo o peso e força sobre algo como uma alavanca, com o resultado que se ouviu um ruído longo, triturante e rotativo, terminando mais uma vez com um forte estalido. Endireitou-se, então, e vi que o que ele tinha em mãos era uma espécie de rifle, com uma coronha curiosamente malformada. Ele abriu a culatra, colocou algo dentro e engatilhou a arma. Então, agachando-se, descansou a ponta do cano no peitoril da janela aberta, e vi o longo bigode cair sobre a coronha e o olho brilhar quando espiou pela mira. Ouvi um pequeno suspiro de satisfação quando ajeitou a base da arma no ombro e viu aquele alvo estranho, a silhueta escura sobre o fundo amarelo, nítido na sua mira. Por um instante permaneceu rígido e imóvel. Então o dedo apertou o gatilho. Ouviu-se um zumbido estranho e alto, e um prolongado tilintar de vidro quebrado. Nesse instante Holmes saltou como um tigre sobre as costas do atirador e derrubou-o de bruços. Ele estava de pé imediatamente e com uma força convulsa agarrou Holmes pela garganta, mas acertei-o na cabeça com a coronha do revólver, e ele caiu mais uma vez no chão. Atirei-me sobre ele, e enquanto o segurava, Holmes soou um silvo estridente com um apito. Ouvimos um ruído de passos correndo na calçada, e dois policiais fardados, com um detetive à paisana, entraram porta adentro e irromperam no quarto.

– É o senhor, Lestrade? – perguntou Holmes.

– Sim, sr. Holmes. Eu mesmo me encarreguei do caso. É um prazer vê-lo de novo em Londres, senhor.

– Acho que o senhor vai querer uma pequena ajuda extra-oficial. Três assassinatos sem solução em um ano é inaceitável, sr. Lestrade. Mas o senhor lidou com o mistério de Molesley com menos do que o seu usual... quer dizer, o senhor desempenhou bastante bem.

Estávamos todos de pé, nosso prisioneiro respirando pesadamente, com um robusto policial de cada lado. Alguns curiosos já começavam a se reunir na rua. Holmes foi até a janela e fechou-a, cerrando as cortinas. Lestrade trouxera duas velas, e os policiais, suas lanternas. Finalmente fui capaz de dar uma boa olhada no prisioneiro.

O rosto que nos olhava era tremendamente viril e, mesmo assim, sinistro. Com a testa de um filósofo sobre um queixo sensual, o homem provavelmente nascera com um grande potencial tanto para o bem quanto para o mal. Mas não se conseguia encarar os olhos azuis cruéis, de pálpebras caídas e cínicas, ou o nariz feroz e agressivo e a ameaçadora fronte com rugas profundas, sem ler os sinais mais claros de perigo da Natureza. Ele não deu atenção nenhuma para nós, os olhos fixos sobre o rosto de Holmes com uma expressão em que o ódio e o espanto estavam igualmente presentes.

– Seu demônio! – seguiu murmurando. – Seu demônio esperto, esperto!

– Ah, coronel – disse Holmes, ajeitando o colarinho amarfanhado –, "jornadas terminam em encontros de amantes", como diz a velha peça. Não creio que tive o prazer de vê-lo desde que me presenteou com aquelas cortesias quando me encontrava na borda acima das quedas de Reichenbach.

O coronel continuava mirando meu amigo como se estivesse em transe.

– Seu demônio velhaco, velhaco! – era tudo o que conseguia dizer.

– Ainda não o apresentei – disse Holmes. – Esse, cavalheiros, é o coronel Sebastian Moran, certa feita membro do Exército Indiano de Sua Majestade, e o melhor tiro de grandes caças que o nosso Império Oriental já produziu. Creio estar correto, coronel, quando digo que o número de tigres que abateu ainda não foi alcançado?

O velho feroz nada disse, mas ainda fulminou o meu companheiro: com seus olhos selvagens e bigode eriçado, ele próprio era incrivelmente parecido com um tigre.

– Admiro-me que o meu estratagema tão simples tenha enganado um *shikari** tão experiente – disse Holmes. – Ele deve ser bastante familiar para o senhor. Será que nunca amarrou um bezerro novo sob uma árvore, posicionou-se acima com seu rifle e esperou que a isca trouxesse o seu tigre? Esta casa vazia é a minha árvore e o senhor é o meu tigre. Possivelmente o senhor tinha outras armas de reserva caso houvesse vários tigres, ou na suposição improvável da sua própria pontaria falhar. Esses – ele apontou à sua volta – são as minhas outras armas. O paralelo é preciso.

O coronel Moran saltou para frente com um rosnado de raiva, mas os policiais o puxaram de volta. A fúria estampada em seu rosto era terrível de se ver.

---

* Guia para caçadas de animais de grande porte, em hindustani. (N. do T.)

– Confesso que o senhor tinha uma pequena surpresa guardada para mim – disse Holmes. – Não pensei que fosse fazer uso dessa casa vazia e da sua oportuna janela de frente. Tinha imaginado que fosse operar da rua, onde o meu amigo sr. Lestrade e seus simpáticos homens o esperavam. Com essa exceção, tudo ocorreu como esperado.

O coronel Moran voltou-se para o detetive oficial.

– O senhor pode, ou não, ter motivos para prender-me – ele disse –, mas pelo menos não há por que eu me submeter ao escárnio dessa pessoa. Se estou nas mãos da lei, que se faça tudo de forma legal.

– Bem, isso soa razoável – disse Lestrade. – Tem algo a acrescentar, sr. Holmes, antes de nos irmos?

Holmes apanhara do chão o poderoso rifle de ar comprimido e estava examinando o seu mecanismo.

– Uma arma admirável e única – ele disse –, silenciosa e com um poder tremendo. Eu conhecia Von Herder, o mecânico alemão cego, que a construiu a pedido do falecido professor Moriarty. Há anos sei de sua existência, apesar de nunca ter tido a chance de manejá-la. Recomendo-a especialmente à sua atenção, sr. Lestrade, assim como as balas que lhe servem.

– Pode ficar certo de que cuidaremos disso, sr. Holmes – disse Lestrade, enquanto todos dirigiam-se para a porta. – Algo mais?

– Apenas perguntar-lhe qual vai ser a acusação?

– Qual acusação, senhor? Ora, é claro, a tentativa de assassinato do sr. Sherlock Holmes.

– Nada disso, sr. Lestrade. Não quero aparecer no caso de forma alguma. Ao senhor, e ao senhor somente, pertence o crédito da extraordinária prisão que efetuou. Sim, sr. Lestrade, dou-lhe os parabéns! Com a sua habitual combinação de audácia e sagacidade, o senhor o capturou.

– Capturei? Capturei quem, sr. Holmes?

– O homem que toda a força policial tem procurado em vão – o coronel Sebastian Moran, que atirou no *honourable* Ronald Adair com uma bala de fragmentação de um rifle de ar comprimido, através da janela da frente, no segundo andar do número 427 de Park Lane, no dia 30 do mês passado. Essa é a acusação, sr. Lestrade. E agora, Watson, se estiver disposto a agüentar a corrente de ar de uma janela quebrada, creio que meia hora em meu gabinete, fumando um charuto, pode lhe proporcionar um vantajoso entretenimento.

Nossos velhos aposentos tinham sido deixados inalterados, graças à supervisão de Mycroft Holmes e aos cuidados diretos da sra. Hudson. Quando entrei vi, é verdade, uma arrumação fora do comum, mas os velhos marcos estavam todos em seus lugares. Tinha o canto para análises químicas e a mancha de ácido na mesa. A estante com a fileira de cadernos de apontamentos e livros de referências formidáveis, que muitos dos nossos cidadãos teriam o maior prazer de queimar. Os diagramas, a caixa do violino e a prateleira dos cachimbos – até mesmo a bolsa persa com o tabaco – chamaram minha atenção quando olhei em torno. Havia dois ocupantes no gabinete, a sra. Hudson, que sorria exultante quando entramos, e o estranho boneco que tivera uma participação tão importante nos acontecimentos da noite. Era um modelo em cera colorida do meu amigo, feito de forma tão admirável que era uma réplica perfeita. Estava sobre uma mesinha com um velho roupão de Holmes à sua volta, de tal forma que a ilusão a partir da rua era absolutamente perfeita.

– Espero que a senhora tenha tomado todas as precauções, sra. Hudson – disse Holmes.

– Fui de joelhos, como o senhor me recomendou.

– Excelente. A senhora se saiu muito bem. Viu por onde entrou a bala?

– Sim, senhor. Receio que tenha estragado o seu belo busto, pois ela passou direto pela cabeça e parou na parede. Juntei-a do tapete. Aqui está!

Holmes mostrou-me a bala.

– Uma bala de fragmentação, como vê, Watson. Não deixa de ser uma idéia genial, quem iria esperar encontrar uma bala assim, partindo de um rifle de ar comprimido? Muito bem, sra. Hudson, sou-lhe muito grato por sua ajuda. E agora, Watson, quero vê-lo na sua velha poltrona mais uma vez, pois há vários pontos que eu gostaria de discutir com você.

Ele se livrara do casaco surrado, e agora era o Holmes de outros tempos, no roupão cinzento que ele tirara da sua efígie.

– Os nervos do velho *shikari* não perderam a firmeza, nem os olhos a agudeza – disse ele, com um sorriso, enquanto inspecionava a testa espatifada do seu busto. – Bem no meio da cabeça, por trás, e o impacto trespassando o cérebro. Ele era o melhor tiro na Índia e acredito que existam poucos melhores em Londres. Você conhecia o nome?

– Não, não conhecia.

– Bem, bem, assim é a fama! Mas então, se bem me lembro, você também não conhecia o nome do professor Moriarty, uma das maiores cabeças do século. Por favor, me passe o índice de biografias da prateleira.

Ele virou as páginas preguiçosamente, recostando-se na poltrona e tirando baforadas do charuto.

– Minha coleção de M's é muito boa – disse ele. – O próprio Moriarty bastaria para tornar qualquer letra ilustre, e aqui está Morgan, o envenenador, e Merridew, de abominável memória, e Mathews, que quebrou meu canino esquerdo na sala de espera em Charing Cross, e, finalmente, aqui está o nosso amigo de hoje à noite.

Passou-me o livro e li:

"*Moran, Sebastian, coronel*. Desempregado. Pertenceu ao 1º Batalhão *Bengalore Pioneers*. Nascido em Londres, 1840. Filho de *sir* Augustus Moran, C. B., ex-ministro britânico na Pérsia. Estudou em Eton e Oxford. Serviu nas campanhas de Jowaki, Afeganistão, Charasiab (menção por bravura), Sherpur e Cabul. Autor de *Heavy Game of the Western Himalayas*, 1881; *Three Months in the Jungle*, 1884. Endereço: Conduit Street. Clubes: The Anglo-Indian, Tankerville e Bagatelle Card Club."

Na margem estava escrito na caligrafia precisa de Holmes: "O segundo homem mais perigoso em Londres".

– Isso é extraordinário – observei, enquanto devolvia o volume. – A carreira do homem é a de um soldado honrado.

– É verdade – respondeu Holmes. – Até um certo ponto ele agiu bem. Sempre teve nervos de aço e, na Índia, ainda se conta a história de como rastejou por um bueiro atrás de um perigoso tigre ferido. Há algumas árvores, Watson, que crescem até uma certa altura e então subitamente desenvolvem alguma excentricidade repugnante. Você vê isso seguidamente em seres humanos. Tenho uma teoria de que o indivíduo representa em seu desenvolvimento toda a procissão dos seus antepassados, e que uma virada súbita para o bem ou para o mal sinaliza alguma forte influência que veio na linha do seu *pedigree*.

– É realmente bem interessante.

– Bom, eu não insisto no assunto. Seja qual for a causa, o coronel Moran começou a tomar um caminho errado. Mesmo não tendo se envolvido em nenhum grande escândalo, ele tornou-se indesejável na Índia. Aposentou-se, veio para Londres, e mais uma vez adquiriu uma má fama. Foi nessa época que ele foi procurado pelo professor Moriarty, tornando-se por um tempo o seu braço direito. Moriarty pagava-lhe generosamente, e o usava somente em um ou dois trabalhos de alta classe, que nenhum criminoso ordinário teria capacidade de realizar. Talvez você se lembre da morte da srta. Stewart, de Lauder, em 1887. Não? Bom, tenho certeza de que Moran estava por trás disso, mas nada pode ser provado. O coronel estava tão habilmente encoberto, que, mesmo quando o bando foi desmantelado, não conseguimos incriminá-lo. Lembra-se daquela vez, quando fui visitá-lo em seus aposentos, de como fechei as venezianas com medo de rifles de ar comprimido? Sem dúvida você me achou fantasioso. Eu sabia exatamente o que estava fazendo, pois tinha conhecimento dessa arma extraordinária e também que um dos melhores tiros do mundo estava por atrás dela. Quando estivemos na Suíça, ele nos seguiu com Moriarty, e não há dúvida que foi ele que me fez passar por aqueles cinco minutos diabólicos nas quedas de Reichenbach.

"Você bem pode imaginar como li com atenção os jornais durante minha estada na França, na esperança de qualquer chance de pegá-lo pelos calcanhares. Enquanto ele estivesse livre em Londres, não valia a pena seguir vivendo. Noite e dia sua sombra estaria sobre mim, e cedo ou tarde ele teria a sua chance. O que eu poderia fazer? Não poderia atirar nele sem um motivo, pois aí eu que pararia no banco dos réus. Não adiantava apelar para um juiz. Eles não podem interferir com base em algo que lhes pareceria uma suspeita infundada. Não podia fazer nada. Mas continuava acompanhando as notícias do crime, sabendo que cedo ou tarde o pegaria. Então veio a morte de Ronald Adair. Finalmente havia chegado minha chance! Com o conhecimento que tinha, não era certo que fora o coronel Moran? Ele jogara cartas com o rapaz; o seguira do clube até em casa; atirara nele pela janela aberta. Não havia dúvida, só as balas já são o suficiente para levá-lo à forca. Voltei imediatamente. Fui visto pelo sentinela, que, como esperado, daria parte da minha presença ao coronel. Ele não poderia deixar de ligar meu retorno repentino ao seu crime, e ficar terrivelmente alarmado. Eu tinha certeza de que ele faria uma tentativa para tirar-me do caminho *imediatamente*, e traria consigo sua arma assassina para esse fim. Deixei-lhe um alvo excelente na janela, e, tendo avisado a polícia de que eles talvez fossem necessários, aliás, Watson, você notou a sua presença no vão da porta com uma precisão incrível... enfim, assumi o que me pareceu ser um posto de observação prudente, sem jamais sonhar que ele escolheria o mesmo lugar para o seu ataque. Agora, meu caro Watson, ainda há alguma coisa a explicar?"

– Sim – respondi. – Você não deixou claro o que levou o coronel Moran a assassinar o *honourable* Ronald Adair.

– Ah! Meu caro Watson, chegamos agora àqueles domínios onde a mente mais lógica pode falhar. Cada um pode formar a sua própria hipótese com as provas existentes, e a sua é provavelmente tão correta quanto a minha.

– Você formou uma, então?

– Acho que não é difícil explicar os fatos. Ficou provado que o coronel Moran e o jovem Adair haviam ganhado juntos uma soma considerável de dinheiro. Agora, com certeza Moran jogou sujo, como sei há muito tempo. Acredito que no dia do assassinato, Adair havia descoberto que Moran estava roubando. É muito provável que ele tenha falado com ele privadamente e ameaçado denunciá-lo a menos que ele renunciasse voluntariamente a ser membro do clube e prometesse nunca mais jogar cartas. É improvável que um jovem como Adair provocasse imediatamente um escândalo chocante expondo um homem conhecido e tão mais velho do que ele. Ele agiu provavelmente como sugeri. A exclusão dos seus clubes significaria a ruína para Moran, que vivia dos seus ganhos desonestos com as cartas. Então ele assassinou Adair, que na ocasião estava tentando calcular quanto dinheiro ele deveria devolver, já que ele não iria querer lucrar com o jogo sujo do seu parceiro. Ele trancou a porta para que a mãe e a irmã não o surpreendessem e insistissem em saber o que estava fazendo com esses nomes e moedas. Faz sentido?

– Não tenho dúvidas de que chegou à verdade.

– Isso será confirmado ou refutado no julgamento. Enquanto isso, qualquer que seja o resultado, o coronel Moran não vai mais nos incomodar, o famoso rifle de ar comprimido de Von Herder irá enfeitar o museu da Scotland Yard, e o sr. Sherlock Holmes está mais uma vez livre para devotar sua vida a examinar esses pequenos problemas interessantes que a vida complexa de Londres apresenta tão fartamente.

O construtor de Norwood

– Do ponto de vista do perito criminal, Londres tornou-se uma cidade singularmente desinteressante desde a morte do pranteado professor Moriarty – observou Sherlock Holmes.

– Duvido que encontre muitos cidadãos decentes que concordem com você – respondi.

– Bem, bem, não posso ser egoísta – disse ele com um sorriso, afastando-se da mesa do café-da-manhã. "A comunidade certamente saiu ganhando, e ninguém saiu perdendo, exceto o pobre especialista sem trabalho, cuja ocupação deixou de existir. Com aquele homem em campo, o jornal da manhã oferecia infinitas possibilidades. Muitas vezes era apenas o menor traço, Watson, o mais leve indício, e no entanto era o suficiente para me dizer que o grande cérebro maligno estava lá, como os mais leves tremores das margens de uma teia nos lembram da aranha infame que espreita no centro. Pequenos roubos, agressões gratuitas, insultos sem sentido, tudo isso, para o homem que tinha a chave, poderia ser reunido em um todo interligado. Para o estudante científico do mundo do alto crime, nenhuma capital na Europa oferecia as vantagens que Londres possuía na época. Mas agora..." – meneou os ombros em um gesto bem-humorado de protesto sobre o estado das coisas que ele mesmo tinha contribuído tanto para criar.

Na época de que falo, Holmes estava de volta havia alguns meses e a seu pedido eu passara adiante o meu consultório e voltara a residir com ele nos aposentos em Baker Street. Um jovem médico, chamado Verner, comprara meu pequeno consultório em Kensington e pagara, incrivelmente sem a menor objeção, o preço mais alto que eu tivera a coragem de pedir – um incidente que se explicou somente alguns anos mais tarde, quando fiquei sabendo que Verner era um parente afastado de Holmes, e que fora o meu amigo quem realmente emprestara o dinheiro.

Nossos meses de parceria não haviam sido tão monótonos como ele dizia, pois revendo minhas notas, descubro que esse período inclui o caso dos documentos do ex-presidente Murillo, e também o caso escandaloso do vapor holandês *Friesland*, que quase nos custou a vida. A sua natureza fria e orgulhosa era sempre avessa, entretanto, a qualquer coisa que se assemelhasse à publicidade, e ele me fez jurar nos termos mais rigorosos que não diria mais nada sobre sua pessoa, seus métodos, ou seus sucessos – uma proibição que, como expliquei, somente agora foi levantada.

Sherlock Holmes estava reclinado na cadeira após a queixa caprichosa, e abria o jornal matutino de maneira despreocupada, quando nossa atenção foi despertada por um tremendo toque na campainha, seguido imediatamente por um som abafado, como se alguém estivesse batendo na porta da rua com o punho. Quando esta foi aberta, ouviu-se uma corrida tumultuada na entrada, então passos rápidos escada acima, e um instante depois um jovem desvairado de olhos arregalados, pálido e desalinhado, irrompeu alvoroçado gabinete adentro. Encarou-nos de um para o outro e, ante o nosso olhar questionador, deu-se conta de que alguma desculpa era necessária para sua entrada deselegante.

– Desculpe, sr. Holmes – exclamou ele. – O senhor não pode culpar-me. Estou quase louco, sr. Holmes, eu sou o infeliz John Hector McFarlane.

Ele fez o anúncio como se o nome bastasse para explicar tanto a sua visita quanto a sua atitude, mas eu podia ver pelo rosto inexpressivo do meu amigo que o nome significava tão pouco para ele como para mim.

– Tome um cigarro, sr. McFarlane – disse ele, passando-lhe a cigarreira. – Tenho certeza de que com os seus sintomas, o meu amigo Watson aqui lhe receitaria um sedativo. O tempo tem estado tão quente nesses últimos dias. Agora, se já se sente um pouco mais calmo, eu gostaria que sentasse naquela poltrona e nos contasse com vagar e tranqüilamente quem é e o que quer. Você mencionou o seu nome como se eu devesse reconhecê-lo, mas lhe asseguro que, além dos fatos óbvios de que é solteiro, advogado, maçom e asmático, não sei nada a seu respeito.

Habituado como estava com os métodos do meu amigo, não foi difícil seguir suas deduções e observar o descuido no vestir, o maço de documentos jurídicos, o pequeno enfeite no relógio e a respiração, que haviam sugerido as mesmas. Nosso cliente, entretanto, mirava atônito.

– Sim, sou tudo isso, sr. Holmes, e além disso eu sou o homem mais infeliz nesse momento em Londres. Pelo amor de Deus, não me abandone, sr. Holmes! Se eles vierem me prender antes de eu terminar minha história, faça com que me dêem um tempo, para que possa contar toda a verdade. Eu iria feliz para a prisão se soubesse que o senhor estava trabalhando para mim aqui fora.

– Prendê-lo! – disse Holmes. – Isso é realmente gratifican... muito interessante. Sob qual acusação você espera ser preso?

– Pelo assassinato do sr. Jonas Oldacre, de Lower Norwood.

O rosto expressivo do meu companheiro demonstrou uma simpatia que, temo, não era destituída de satisfação.

– Meu Deus! – disse ele. – Justamente há pouco no café-da-manhã eu estava dizendo para o meu amigo, o dr. Watson, que os casos sensacionais desapareceram dos jornais.

Nosso visitante estendeu uma mão trêmula e apanhou o *Daily Telegraph* que ainda estava sobre o joelho de Holmes.

– Se o senhor já tivesse lido o jornal, saberia logo o propósito da minha visita nesta manhã. Parece-me que o meu nome e minha desgraça estão na boca de todo mundo.

Ele abriu o jornal para expor a página central.

– Aqui está, e com a sua permissão vou ler para o senhor. Ouça isso, sr. Holmes. As manchetes são: "CASO MISTERIOSO EM LOWER NORWOOD. DESAPARECIMENTO DE UM CONHECIDO CONSTRUTOR. SUSPEITA DE ASSASSINATO E INCÊNDIO CRIMINOSO. UMA PISTA PARA O CRIMINOSO." Essa é a pista que eles já estão seguindo, sr. Holmes, e eu sei que ela leva infalivelmente a mim. Fui seguido desde a estação de London Bridge e tenho certeza de que eles estão esperando somente por um mandado de prisão para me prender. Isso vai partir o coração da minha mãe, vai partir o seu coração!

Ele apertava as mãos em sua agonia, balançando para frente e para trás na cadeira.

Olhei com interesse para aquele homem, que era acusado de ter cometido um crime violento. Tinha cabelos claros e era bonito de um jeito sem graça, negativo, com olhos azuis assustados, rosto barbeado e a boca fraca e sensível. Parecia ter uns 27 anos de idade; os trajes e maneira eram de um cavalheiro. Do bolso do sobretudo leve de verão saía um maço de documentos que revelavam a sua profissão.

– Temos de aproveitar o tempo que nos resta – disse Holmes. – Watson, você teria a bondade de pegar o jornal e ler o tópico em questão?

Sob as manchetes contundentes que o nosso cliente citara, li a seguinte narrativa sugestiva:

"Na noite passada, ou hoje de madrugada, ocorreu em Lower Norwood um incidente que, teme-se, indique um sério crime. O sr. Jonas Oldacre é um conhecido morador daquele subúrbio, onde durante muitos anos trabalhou como construtor. O sr. Oldacre é solteiro, tem 52 anos de idade e mora em Deep Dene House, no lado de Sydenham da rua daquele nome. Ele tem a reputação de ser um homem de hábitos excêntricos, misterioso e reservado. Por alguns anos ele praticamente afastou-se dos negócios que, ao que parece, lhe renderam uma fortuna considerável. Um pequeno depósito de madeira ainda existe, entretanto, nos fundos da casa, e ontem à noite, em torno da meia-noite, um alarme foi dado de que uma das pilhas de madeira estava pegando fogo. Os bombeiros apareceram logo, mas a madeira seca queimou furiosamente e foi impossível deter o fogo até a pilha ser inteiramente consumida. Até esse ponto o incidente tinha a aparência de um incidente comum, mas novos indícios parecem indicar um crime sério. Causou surpresa a ausência do dono do estabelecimento no local do incêndio, e uma investigação que se seguiu mostrou que ele havia desaparecido da casa. Uma inspeção no seu quarto revelou que ele não dormira na cama, que o cofre que havia ali estava aberto, que uma quantidade de papéis importantes estava espalhada pelo quarto, e, finalmente, que havia sinais de uma luta brutal. Ligeiros traços de sangue foram encontrados no quarto, assim como uma bengala de carvalho que também mostrava manchas de sangue no cabo. Sabe-se que o sr. Jonas Oldacre recebera uma visita tardia em seu quarto à noite, e a bengala encontrada foi identificada como sendo de propriedade dessa pessoa, que é um jovem advogado de Londres chamado John Hector McFarlane, sócio minoritário da Graham & McFarlane, com escritório em Gresham Buildings, número 426, E. C. A polícia acredita que reuniu evidências que corroboram um motivo muito convincente para o crime, e diante do caso como um todo, não se pode duvidar de que desenvolvimentos sensacionais ocorrerão a curto prazo.

Última hora – Há rumores, no momento em que estamos prestes a imprimir esta edição, de que o sr. John Hector McFarlane já foi preso sob a acusação do assassinato do sr. Jonas Oldacre. Pelo menos é certo que um mandado de prisão foi emitido. Ocorreram novos e sinistros desenvolvimentos na investigação em Norwood. Além dos sinais de uma luta no quarto do infeliz construtor, agora sabe-se que as portas de vidro do seu quarto (que é no térreo) foram encontradas abertas, que havia marcas como se um objeto pesado fora arrastado até a pilha de madeira, e, finalmente, foi informado que restos mortais queimados foram encontrados entre as cinzas do fogo. A teoria da polícia é a de que um crime realmente extraordinário foi cometido, que a vítima foi golpeada até a morte no seu próprio quarto, seus papéis, remexidos, e o corpo, arrastado até a pilha de madeira, à qual foi ateado fogo para esconder todos os traços do crime. A condução da investigação criminal foi entregue às mãos experientes do inspetor Lestrade, da Scotland Yard, que está seguindo as pistas com a energia e sagacidade habituais."

Sherlock Holmes ouviu a extraordinária narrativa com os olhos fechados e os dedos entrelaçados.

– O caso tem certamente alguns pontos interessantes – disse ele, do seu jeito lânguido. – Posso perguntar-lhe, em primeiro lugar, sr. McFarlane, como é que o senhor se encontra ainda em liberdade, visto que parece haver provas suficientes que justifiquem a sua prisão?

– Eu vivo em Torrington Lodge, Blackheath, com meus pais, sr. Holmes; mas na noite passada, tendo de tratar de negócios muito tarde com o sr. Jonas Oldacre, fiquei em um hotel em Norwood e vim de lá para o meu escritório. Eu não sabia de nada sobre esse caso até me ver no trem, quando li o que o senhor acabou de ouvir. Percebi imediatamente o perigo terrível da minha situação e vim correndo para colocar o caso em suas mãos. Não tenho dúvidas de que eu seria preso em meu escritório no centro, ou em minha casa. Um homem seguiu-me desde a estação de London Bridge, e não duvido – meu Deus, o que é isso?

Ouviu-se um toque da campainha, seguido no mesmo instante por passos pesados escada acima. No momento seguinte, nosso amigo Lestrade apareceu no vão da porta. Por sobre o ombro, distingui de relance um ou dois policiais fardados do lado de fora.

– Sr. John Hector McFarlane – disse Lestrade.

Nosso infeliz cliente ergueu-se lívido.

– Você está preso pelo assassinato premeditado do sr. Jonas Oldacre de Lower Norwood.

McFarlane voltou-se para nós com um gesto de desespero e afundou na poltrona mais uma vez, como alguém aniquilado.

– Um momento, sr. Lestrade – disse Holmes. – Meia hora a mais ou a menos não pode fazer diferença para o senhor, e o cavalheiro estava prestes a fazer um relato sobre esse caso muito interessante, que pode nos ajudar a esclarecê-lo.

– Creio que não haverá dificuldade em esclarecê-lo – disse Lestrade sombrio.

– Mesmo assim, com a sua permissão, estou muito interessado em ouvir o seu relato.

– Bem, sr. Holmes, é difícil recusar-lhe qualquer coisa, já que ajudou a polícia uma ou duas vezes no passado, e temos uma dívida de gratidão com o senhor na Scotland Yard. Ao mesmo tempo, tenho de ficar com o meu prisioneiro, e sou obrigado a avisá-lo que qualquer coisa que ele disser vai ser usado como prova contra ele – disse Lestrade.

– Não desejo outra coisa. Tudo o que peço é que os senhores ouçam o que tenho a dizer e acreditem que é a verdade absoluta – replicou nosso cliente.

Lestrade olhou para o relógio.

– Você tem meia hora – disse ele.

– Tenho de explicar primeiro – disse McFarlane – que não conhecia o sr. Jonas Oldacre. O nome me era familiar, pois muitos anos atrás meus pais se relacionavam com ele, mas depois se afastaram. Fiquei muito surpreso, portanto, quando ontem, em torno das três horas da tarde, ele entrou no meu escritório no centro de Londres. Mas fiquei mais perturbado ainda quando me contou o objetivo da sua visita. Trazia na mão várias folhas de um caderno, cobertas com garranchos – aqui estão elas –, e as largou sobre a minha mesa.

"– Aqui está o meu testamento. Quero que o coloque em termos legais, sr. McFarlane. Esperarei aqui enquanto faz isso – disse ele.

"Pus-me a copiá-lo, e os senhores podem imaginar minha surpresa quando percebi que, com algumas reservas, ele tinha deixado todas as suas propriedades para mim. Era um homem estranho, pequeno, com um jeito de doninha, cílios brancos, e quando o encarei, vi que me fitava com uma expressão divertida em seus olhos cinzentos vivos. Eu mal podia acreditar nos meus sentidos enquanto lia os termos do testamento; mas ele explicou que era solteiro e não tinha quase nenhum parente vivo, que conhecera meus pais na juventude e que sempre ouvira falar de mim como um jovem muito digno, e que tinha certeza de que o seu dinheiro estaria em ótimas mãos. É claro que só consegui gaguejar meus agradecimentos. O testamento foi devidamente terminado, assinado e teve meu escrevente como testemunha. Aqui está no papel azul, e essas notas, como expliquei, são o rascunho. O sr. Jonas Oldacre então informou-me que havia uma série de documentos – contratos de aluguel, certificados de propriedade, hipotecas, documentos e por aí afora – que era preciso que eu visse e compreendesse. Ele disse que não descansaria até que tudo ficasse acertado, e implorou-me para ir à sua casa em Norwood naquela noite, trazendo o testamento comigo para acertamos tudo. – Lembre-se, rapaz, nem uma palavra aos seus pais sobre o assunto até terminarmos tudo. Nós vamos manter isso como uma pequena surpresa para eles.

"Ele insistiu muito nesse ponto e me fez prometer solenemente. O senhor pode imaginar, sr. Holmes, que eu não estava em condições de lhe recusar qualquer coisa que me pedisse. Ele era meu benfeitor, e todo o meu desejo era satisfazer as suas vontades nos mínimos detalhes. Mandei um telegrama para casa, portanto, para dizer que eu tinha de tratar de um importante negócio e que era impossível dizer a que horas chegaria. O sr. Oldacre havia dito que gostaria de jantar comigo às nove, já que ele poderia não estar em casa antes daquela hora. Tive alguma dificuldade em encontrar a casa, no entanto, e eram quase nove e meia quando lá cheguei. Encontrei-o..."

– Um momento! – disse Holmes. – Quem abriu a porta?

– Uma mulher de meia-idade, que, suponho, era a governanta.

– E foi ela, presumo, que mencionou o seu nome?

– Exatamente – disse McFarlane.

– Por favor, continue.

McFarlane enxugou a testa e então continuou a narrativa:

– A mulher introduziu-me em uma sala de estar, onde uma janta frugal estava servida. Mais tarde, o sr. Jonas Oldacre levou-me para o seu quarto, onde havia um pesado cofre. Abriu-o e tirou um maço de documentos, que examinamos juntos. Era entre onze horas e meia-noite quando terminamos. Ele observou que não deveríamos incomodar a governanta. Fez-me sair pela porta do jardim, que esteve aberta todo esse tempo.

– A cortina estava fechada? – perguntou Holmes.

– Não tenho certeza, mas creio que ela estava pela metade. Sim, eu lembro como ele a puxou para abrir toda a porta. Não consegui encontrar a minha bengala, e ele disse: – Não tem importância, garoto, espero vê-lo bastante agora, e vou guardá-la até você voltar para buscá-la. – Deixei-o lá, o cofre aberto e os papéis em pacotes sobre a mesa. Era tão tarde que não consegui voltar para Blackheath, então passei a noite no Amberley Arms, e não soube de nada mais até ler sobre esse caso horrível de manhã.

– Algo mais que o senhor gostaria de perguntar, sr. Holmes? – perguntou Lestrade, que erguera as sobrancelhas uma ou duas vezes durante essa extraordinária narrativa.

– Não até ter ido a Blackheath.

– O senhor quer dizer Norwood – corrigiu Lestrade.

– Oh, sim; com certeza era o que eu queria dizer – disse Holmes, com seu sorriso enigmático.

Lestrade aprendera com mais experiências do que gostaria de admitir que aquele cérebro afiado como uma lâmina chegava a lugares que eram impenetráveis para ele. Notei que olhava com curiosidade para o meu companheiro.

– Creio que gostaria de ter uma palavra agora com o senhor Holmes – disse ele. – Agora, sr. McFarlane, dois dos meus policiais estão na porta, e há um cupê à espera.

O desventurado rapaz ergueu-se e, com um último olhar suplicante para nós, saiu gabinete afora. Os policiais o conduziram para fora, mas Lestrade ficou.

Holmes apanhara as páginas que formavam o rascunho do testamento e as examinava com a maior atenção.

– Há alguns pontos interessantes no documento, não é, sr. Lestrade? – comentou passando-lhe os papéis.

O detetive olhou-os com uma expressão de perplexidade.

– Eu consigo ler as primeiras linhas, essas na metade da segunda página e uma ou duas no final. Essas estão claras como se fossem impressas – disse ele –, mas a escrita entre elas é muito ruim, e há três pontos onde não consigo ler nada.

– O que o senhor me diz disso? – perguntou Holmes.

– Bem, o que *o senhor* diz disso?

– Que foi escrito em um trem; a escrita legível representa as estações, a escrita ruim, movimento, e a escrita ilegível, a passagem sobre desvios. Um perito daria seu parecer sem vacilar de que foi escrito em um trem de subúrbio, visto que em nenhum lugar a não ser nas imediações de uma grande cidade poderia haver uma sucessão tão rápida de desvios. Supondo-se que ele levou toda a viagem fazendo o rascunho do testamento, então o trem era um expresso, parando somente entre Norwood e London Bridge.

Lestrade começou a rir.

– O senhor é demais para mim quando começa com suas teorias, sr. Holmes – disse ele. – Como isso se encaixa no caso?

– Bem, isso corrobora a história do rapaz até o ponto em que o testamento foi feito por Jonas Oldacre na sua viagem ontem. Curioso, não é? Que um homem fosse redigir um documento tão importante de maneira tão casual. Dá a impressão de que ele não acreditava que fosse ter tanto valor prático. Se um homem fosse redigir um testamento com a intenção de que não tivesse efeito, ele poderia agir assim.

– Bem, ele redigiu a sua sentença de morte ao mesmo tempo – disse Lestrade.

– Oh, o senhor acha isso?

– O senhor não?

– Bom, é bem provável; mas o caso ainda não está claro para mim.

– Não está claro? Bem, se isso não está claro, o que *poderia* ser mais claro? Aqui está um jovem que fica sabendo de uma hora para outra que se um determinado velho morrer ele vai herdar uma fortuna. O que ele faz? Ele não diz nada para ninguém, mas arranja um pretexto para ver o seu cliente naquela noite; ele espera até a única outra pessoa na casa ir para cama e então, na solidão do quarto do homem, ele o assassina, queima seu corpo na pilha de madeira e se manda para um hotel na vizinhança. As manchas de sangue no quarto e também na bengala são muito superficiais. É provável que ele tenha imaginado que não houve derramamento de sangue no seu crime, e esperava que, se o corpo fosse queimado, isso esconderia todos os vestígios do método da sua morte – vestígios que por alguma razão teriam apontado para ele. Isso tudo não é óbvio?

– Parece-me, meu caro sr. Lestrade, um pouco óbvio demais – disse Holmes. – O senhor não acrescenta a imaginação a suas outras grandes qualidades; mas se o senhor pudesse por um momento colocar-se no lugar desse jovem, teria escolhido justamente a noite em que o testamento foi feito para cometer o crime? Não lhe pareceria perigoso estabelecer uma relação tão próxima entre os dois incidentes? Além disso, o senhor escolheria uma ocasião em que era sabido que o senhor estava na casa, já que uma criada deixou-o entrar? E, finalmente, o senhor passaria esse trabalho todo para esconder o corpo e apesar disso deixaria a sua própria bengala como um sinal de que o senhor era o criminoso? Confesse, sr. Lestrade, que tudo isso é muito improvável.

– Quanto à bengala, sr. Holmes, o senhor sabe tão bem quanto eu que um criminoso muitas vezes se afoba e faz coisas que um homem calmo não faria. É bem provável que ele estivesse com medo de voltar ao quarto. Me apresente outra teoria que se encaixe aos fatos.

– Eu poderia facilmente lhe apresentar meia dúzia delas – disse Holmes. – Essa, por exemplo, é bem possível e até provável. Vou dá-la de presente. O velho está mostrando documentos que são de evidente valor. Um vagabundo de passagem os vê pela porta de vidro, cuja cortina está fechada apenas pela metade. Sai o advogado. Entra o vagabundo! Ele pega a bengala, que vê ali, mata Oldacre e parte após queimar o corpo.

– Por que o vagabundo queimaria o corpo?

– Nesse sentido, por que McFarlane o faria?

– Para esconder alguma prova.

– Provavelmente o vagabundo quisesse esconder o assassinato.

– E por que o vagabundo não levou nada?

– Porque eram papéis que não poderiam ser negociados.

Lestrade balançou a cabeça, embora me parecesse que ele não estava tão absolutamente seguro como antes.

– Bem, sr. Sherlock Holmes, o senhor pode procurar pelo seu vagabundo, e enquanto estiver fazendo isso, nós vamos ficar com o nosso homem. O futuro dirá quem está certo. Apenas considere esse ponto, sr. Holmes: até onde sabemos, nenhum documento foi removido, e o prisioneiro é o único homem no mundo que não tinha motivo algum para removê-los, já que ele era o herdeiro e os receberia de qualquer jeito.

Meu amigo pareceu impressionar-se com essa observação.

– Não quero negar que as provas são sob vários aspectos muito a favor da sua teoria – disse ele. – Eu só queria destacar que existem outras teorias possíveis. Como o senhor diz, o futuro decidirá. Tenha um bom dia! Creio que vou dar uma passada em Norwood e ver como estão indo as coisas.

Quando o detetive partiu, meu amigo levantou-se e fez suas preparações para o dia de trabalho com o ar desperto de um homem que tem uma tarefa agradável à sua frente.

– Meu primeiro passo – disse ele, enquanto colocava apressadamente a sobrecasaca – deve ser, como eu disse, na direção de Blackheath.

– E por que não Norwood?

– Porque nós temos nesse caso um incidente singular nos calcanhares de outro incidente singular. A polícia está cometendo o erro de concentrar sua atenção sobre o segundo, porque esse tem na realidade uma natureza criminosa. Mas me parece evidente que o meio lógico para abordar esse caso é começar tentando jogar alguma luz sobre o primeiro incidente – o estranho testamento, feito tão repentinamente, e com um herdeiro tão inesperado. Pode ser que isso me auxilie a simplificar o que se seguiu. Não, meu caro, não creio que possa ajudar-me. Não há uma perspectiva de perigo, ou eu não sonharia em movimentar-me sem você. Confio que quando nos encontrarmos de novo à noite, poderei dizer que fui capaz de fazer algo por esse jovem infeliz que se colocou sob a minha proteção.

Já era tarde quando meu amigo retornou, e pude ver logo em seguida pelo seu rosto abatido e ansioso que as fortes esperanças com que ele começara o dia não tinham se realizado. Por uma hora ele tocou monotonamente o violino na tentativa de acalmar os nervos agitados. Finalmente, deixou de lado o instrumento e mergulhou em um relato detalhado dos seus contratempos.

– Está tudo dando errado, Watson – o mais errado possível. Mantive uma expressão confiante diante de Lestrade, mas, em minha alma, acredito que pela primeira vez o sujeito está no caminho certo e nós no errado. Todos os meus instintos apontam em uma direção, e todos os fatos apontam para outra, e temo realmente que os júris britânicos ainda não tenham alcançado aquele grau de inteligência que os faria dar preferência às minhas teorias sobre os fatos de Lestrade.

– Você esteve em Blackheath?

– Sim, Watson, eu fui lá, e não tardei a descobrir que o saudoso Oldacre era um patife bastante considerável. O pai estava fora, à procura do filho. A mãe, uma mulherzinha gorducha e de olhos azuis, estava em casa trêmula de medo e indignação. Obviamente ela não admitiria nem a possibilidade da sua culpa. Mas também não demonstrou surpresa nem pena em relação à morte de Oldacre. Pelo contrário, falou dele com tal amargura que ela estava sem querer fortalecendo consideravelmente o caso para a polícia; pois, é claro, se o filho a escutou falar do homem dessa maneira, isso o predisporia ao ódio e à violência.

"– Ele mais parecia um gorila maldoso e astuto do que um ser humano, e sempre foi assim, desde que era moço – disse ela.

"– A senhora o conhecia na época? – perguntei.

"– Sim, eu o conhecia bem; para ser exata, ele era um velho pretendente meu. Graças a Deus que tive o bom senso de recusá-lo e casar-me com um homem melhor, embora mais pobre. Eu era noiva dele, sr. Holmes, quando ouvi uma história chocante de como ele havia soltado um gato em um aviário, e fiquei tão horrorizada com a sua brutal crueldade que não quis mais saber dele.

"Ela remexeu em uma escrivaninha e logo tirou dali uma fotografia de uma mulher, vergonhosamente deformada e mutilada com uma faca.

"– Essa é a minha própria fotografia. Ele a enviou nesse estado, com sua maldição, na manhã do meu casamento – disse ela.

"– Bem – eu disse – pelo menos ele a perdoou agora, já que deixou todas as suas propriedades para o seu filho.

"– Nem meu filho, nem eu queremos coisa alguma de Jonas Oldacre, morto ou vivo – exclamou, com muito brio. – Há um Deus no céu, sr. Holmes, e esse mesmo Deus que puniu esse homem mau vai mostrar a seu tempo que as mãos do meu filho não estão manchadas com o seu sangue.

"Bem, eu tentei seguir um ou dois indícios, mas não consegui chegar a nada que ajudasse a nossa hipótese, e sim a vários pontos que a contrariariam. Desisti, finalmente, e fui para Norwood. Esse lugar, Deep Dene House, é uma grande casa de campo moderna de tijolos à vista, situada nos fundos de um gramado pontuado por arbustos à sua frente. À direita, a alguma distância da rua, fica o pátio com as madeiras onde aconteceu o fogo. Aqui está um rascunho da planta feito em uma folha do meu caderno. Essa janela à esquerda é a que dá para o quarto de Oldacre. Da rua, você pode olhar para dentro, como dá para perceber. Acho que esse foi o único pequeno consolo que tive hoje. Lestrade não estava lá, mas o seu sargento fez as honras da casa. Eles recém tinham feito uma grande descoberta. Passaram a manhã remexendo nas cinzas da pilha de madeira e, ao lado dos restos orgânicos queimados, separaram vários discos de metal descoloridos. Examinei-os com cuidado, e não havia dúvida de que eram botões de uma calça. Cheguei até a distinguir que um deles estava marcado com o nome 'Hyams', que era o alfaiate de Oldacre. Então passei um pente fino no jardim à procura de marcas e vestígios, mas a seca tornou tudo duro como ferro. Nada podia se ver, a não ser que alguém ou alguma coisa fora arrastado através de uma sebe baixa de alfena que fica ao lado da pilha de madeira. Arrastei-me pelo gramado, com o sol de agosto nas minhas costas. Mas levantei-me uma hora depois sem saber mais do que antes.

"Bem, após o fiasco fui para o quarto e examinei-o também. As manchas de sangue eram muito leves, meras nódoas descoloridas, mas sem dúvida recentes. A bengala já fora levada, mas as marcas eram leves nela também. Não há dúvida de que a bengala pertencia ao nosso cliente. Ele o admite. Era possível distinguir marcas de passos de ambos os homens no carpete, mas nenhuma de uma terceira pessoa, o que mais uma vez é um ponto favorável para o outro lado. Eles empilhavam pontos, e nós parados no marcador.

"Tive apenas um raio de esperança, e mesmo assim, não chegou a ser grande coisa. Examinei os conteúdos do cofre, embora quase tudo tivesse sido tirado e colocado sobre a mesa. Os documentos estavam em envelopes fechados, e um ou dois haviam sido abertos pela polícia. Até onde pude ver, eles não eram de grande valor, tampouco a caderneta do banco mostrava que o sr. Oldacre estivesse vivendo um momento muito próspero. Mas pareceu-me que todos os documentos não estavam lá. Havia referências a algumas escrituras – possivelmente as mais valiosas – que não consegui encontrar. É claro, se conseguíssemos provar isso com certeza, faria o argumento de Lestrade voltar-se contra ele mesmo, pois quem roubaria alguma coisa se soubesse que a herdaria logo em seguida?

"Finalmente, tendo procurado por tudo e não encontrado pista alguma, tentei minha sorte com a governanta. Chama-se sra. Lexington, uma pessoa pequena, morena, silenciosa, com olhos desconfiados e furtivos. Ela poderia nos contar algo se quisesse, tenho certeza disso. Mas estava fechada como uma ostra. Sim, ela tinha deixado entrar o sr. McFarlane às nove e meia. Desejaria que sua mão tivesse secado antes de fazer isso. Ela se deitara às dez e meia. Seu quarto ficava do outro lado da casa, e ela não poderia ouvir nada do que se passou. O sr. McFarlane deixara o chapéu e, até onde se lembrava, a bengala na entrada. Ela fora acordada pelo alarme de incêndio. Seu pobre, querido patrão certamente fora assassinado. Se ele tinha algum inimigo? Bem, todo homem tem inimigos, mas o sr. Oldacre era muito reservado, e só se encontrava com outras pessoas a negócios. Tinha visto os botões, e tinha certeza de que eles pertenciam às roupas que ele vestira na noite passada. A pilha de madeira estava muito seca, pois há um mês que não chovia. Queimou como um pavio, e quando ela chegou ao local, nada se via além de chamas. Todos, inclusive os bombeiros, sentiram o cheiro de carne queimada. Ela não sabia nada dos documentos, tampouco dos negócios particulares do sr. Oldacre.

"Então, meu caro Watson, eis o meu relato de um fracasso. E no entanto... no entanto... – ele comprimiu as mãos magras em um acesso de convicção – eu *sei* que está tudo errado. Sinto-o em meus ossos. Alguma coisa não transpirou, e aquela governanta sabe o que é. Havia uma espécie de desafio esquivo em seus olhos que ocorre apenas com o conhecimento culposo. No entanto, não vale mais a pena falar nisso, Watson; e a não ser que tenhamos um golpe de sorte, temo que o caso do desaparecimento de Norwood deixe de figurar na crônica das nossas histórias de sucesso, algo que prevejo que o público paciente cedo ou tarde terá de suportar."

– Certamente – eu disse – a aparência do rapaz impressionará bem o público?

– Esse é um argumento perigoso, meu caro Watson. Você se lembra daquele terrível assassino, Bert Stevens, que queria que o livrássemos em 87? Terá existido algum dia um jovem tão suave e carola?

– É verdade.

– A não ser que consigamos estabelecer uma teoria alternativa, esse homem está perdido. Mal conseguimos encontrar uma falha que possa ser apresentada no caso, e todas as investigações subseqüentes serviram para fortalecê-lo. Por falar nisso, há uma pequena curiosidade sobre esses documentos que pode nos servir como ponto de partida para uma investigação. Examinando a caderneta bancária, vi que a baixa no saldo da conta era devida, em grande parte, a vultosos cheques emitidos para um sr. Cornelius no ano passado. Confesso que eu deveria interessar-me em saber quem possa ser esse sr. Cornelius, com quem um construtor aposentado fazia transações tão grandes. É possível que ele tenha algum envolvimento nesse caso? Cornelius pode ser um corretor, mas não encontramos nenhum certificado de subscrição de ações que correspondesse a esses grandes pagamentos. Não havendo outra pista, minhas buscas têm agora de tomar a direção de uma investigação no banco a respeito do cavalheiro que descontou esses cheques. Mas temo, meu caro amigo, que o nosso caso vai terminar ingloriamente, com Lestrade enforcando o nosso cliente, o que certamente será um triunfo para a Scotland Yard.

Não sei até que horas Sherlock Holmes permaneceu acordado naquela noite, mas quando desci para o café-da-manhã encontrei-o pálido e abatido, os olhos, circundados por sombras escuras, pareciam ainda mais brilhantes. O carpete em torno da sua poltrona estava cheio de tocos de cigarros e edições dos jornais matutinos. Um telegrama aberto estava sobre a mesa.

– O que você acha disso, Watson? – perguntou ele, jogando-o para mim.

Era de Norwood e dizia o seguinte:

> "Encontrada prova nova e importante. Culpa de McFarlane indubitavelmente estabelecida. Aconselho-o a abandonar o caso." LESTRADE

– Isso parece sério – eu disse.

– É o cocoricó de triunfo de Lestrade – respondeu Holmes com um sorriso amargo. – E ainda assim pode ser prematuro abandonar o caso. Afinal de contas, uma prova nova importante é uma faca de dois gumes e pode apontar para uma direção muito diferente da que imagina Lestrade. Tome o seu café, Watson, e vamos juntos ver o que podemos fazer. Sinto que preciso da sua companhia e apoio moral hoje.

Meu amigo não tomara café, pois uma de suas peculiaridades era não comer nada nos momentos mais intensos, e já o vi contar demasiado com sua força extraordinária até desmaiar de pura inanição. "No momento não posso desperdiçar energia e resistência com a digestão", ele diria, em resposta às minhas admoestações médicas. Não fiquei surpreso, portanto, quando essa manhã ele deixou para trás sua refeição intocada e partiu comigo para Norwood. Um grupo de curiosos mórbidos ainda estava à volta de Deep Dene House, que não passava de uma casa de campo suburbana como eu imaginava. Já dentro dos portões, Lestrade recebeu-nos com o rosto corado pela vitória, a atitude flagrantemente triunfante.

– Bom, sr. Holmes, já conseguiu provar o nosso engano? Encontrou o nosso vagabundo? – exclamou.

– Ainda não cheguei a conclusão alguma – respondeu meu companheiro.

– Mas chegamos à nossa ontem, e agora ficou provado que ela está correta, de maneira que dessa vez o senhor tem de reconhecer que nós estivemos um pouco à sua frente, sr. Holmes.

– O senhor está sem dúvida com ar de alguém que sabe da ocorrência de algo fora do comum – disse Holmes.

Lestrade riu alto.

– O senhor não gosta de perder tanto quanto qualquer um de nós – disse ele. – Um homem não pode esperar sempre conseguir o que quer... não é verdade, dr. Watson? Entrem por aqui, por favor, cavalheiros, que espero poder convencê-los de uma vez por todas que foi John McFarlane que cometeu este crime.

Ele levou-nos por um corredor até um vestíbulo escuro.

– Aqui deve ter sido onde McFarlane veio pegar o seu chapéu depois de ter cometido o crime – disse ele. – Agora, olhem para isso.

Com dramática brusquidão, riscou um fósforo, e com a luz expôs uma mancha de sangue sobre a parede branca. Quando aproximou a chama, percebi que era mais do que uma mancha. Era a impressão bem nítida de um polegar.

– Veja com a sua lente, sr. Holmes.

– Sim, é o que estou fazendo.

– O senhor sabe que não existem duas impressões digitais iguais?

– Ouvi algo a respeito.

– Bem, então, o senhor faria o favor de comparar essa mancha com a impressão em cera do polegar direito do jovem McFarlane, tirada por minha ordem esta manhã?

Enquanto ele segurava a impressão em cera ao lado da mancha de sangue, não foi preciso uma lente de aumento para ver que as duas eram incontestavelmente do mesmo polegar. Era evidente para mim que o nosso infeliz cliente estava perdido.

– Isso é conclusivo – disse Lestrade.

– Sim, isso é conclusivo – ecoei involuntariamente.

– É conclusivo – disse Holmes.

Algo no seu tom de voz chamou minha atenção, e virei-me para olhá-lo. Uma mudança extraordinária havia ocorrido em seu rosto. Ele se retorcia por dentro de regozijo, os olhos brilhavam como estrelas e parecia-me que ele fazia um esforço desesperado para conter um acesso convulsivo de riso.

– Meu Deus! Meu Deus! – disse finalmente. – Ora, ora, quem teria pensado nisso? E realmente como podem ser enganadoras as aparências! À primeira vista, um rapaz tão distinto! É uma lição para não acreditarmos no nosso próprio julgamento, não é, sr. Lestrade?

– Sim, algumas pessoas têm uma inclinação à arrogância, sr. Holmes – disse Lestrade.

A insolência do homem era enlouquecedora, mas não podíamos nos ofender.

– Que coisa providencial o rapaz ter pressionado o polegar direito contra a parede ao tirar o chapéu do cabide! Um gesto muito natural também, se você for pensar.

Holmes aparentava estar calmo, mas seu corpo contorcia-se para conter a excitação enquanto falava.

– Aliás, sr. Lestrade, quem fez essa descoberta extraordinária?

– Foi a governanta, sra. Lexington, que chamou a atenção do policial à noite.

– Onde estava esse policial?

– Ele ficou de guarda no quarto onde o crime foi cometido, para que ninguém mexesse em nada.

– Mas por que a polícia não viu essa impressão ontem?

– Bem, nós não tínhamos uma razão em particular para fazer um exame cuidadoso da entrada. Além disso, ela não está em um local muito chamativo, como você pode ver.

– Não, não, é claro que não. Suponho que não há dúvidas de que a impressão estava aqui ontem?

Lestrade olhou para Holmes como se achasse que ele estava enlouquecendo. Confesso que eu mesmo estava surpreso, tanto com seu jeito jovial quanto com sua observação absurda.

– Não sei se o senhor está pensando que McFarlane saiu da prisão no meio da noite a fim de fortalecer as provas contra si mesmo – disse Lestrade. – Desafio qualquer perito do mundo a dizer que essa não é a impressão digital do seu polegar.

– Ela é inquestionavelmente a impressão do seu polegar.

– Então isso é o suficiente – disse Lestrade. – Sou um homem prático, sr. Holmes, e quando tenho minhas provas, chego às minhas conclusões. Se quiser falar comigo, vai encontrar-me escrevendo meu relatório na sala de estar.

Holmes recuperara a serenidade, embora eu ainda percebesse um certo brilho divertido no seu olhar.

– Meu Deus, que novidade desagradável, não é, Watson? – disse ele. – E apesar disso, há pontos singulares a respeito desse caso que me fazem ter esperança para o nosso cliente.

– Fico feliz em ouvir isso – repliquei com sinceridade. – Eu temia que estivesse tudo terminado para ele.

– Eu não iria tão longe, meu caro Watson. O fato é que há uma falha realmente séria nessa prova a que o nosso amigo atribui tanta importância.

– É mesmo, Holmes? O que é?

– Apenas isso: eu *sei* que aquela impressão não estava lá quando eu examinei a entrada ontem. E agora, Watson, vamos dar uma volta ao sol.

Com a mente confusa, mas com a esperança aquecendo um pouco o coração, acompanhei meu amigo em um passeio pelo jardim. Holmes examinou com cuidado cada lado da casa. Então seguiu para dentro, examinando toda a construção, do porão ao sótão. A maioria dos aposentos não estava mobiliada, mas mesmo assim Holmes inspecionou-os minuciosamente. Finalmente, no corredor de cima, onde havia três quartos desocupados, ele mais uma vez foi tomado por um acesso de riso.

– Realmente há alguns fatos bastante singulares neste caso, Watson – disse ele. – Acho que está na hora de fazermos umas confidências ao nosso amigo Lestrade. Ele já divertiu-se às nossas custas, e talvez nós possamos fazer o mesmo com ele, se a minha leitura desse problema provar-se correta. Sim, sim, acho que sei como devemos abordá-lo.

O inspetor da Scotland Yard ainda escrevia na sala de estar quando Holmes interrompeu-o.

– Parece-me que está fazendo o relatório sobre o caso – disse ele.

– Sim, estou.

– O senhor não acha que isso pode ser um pouco prematuro? Não posso deixar de pensar que as provas são insuficientes.

Lestrade conhecia meu amigo bem demais para desconsiderar as suas palavras. Largou a pena e fitou-o com curiosidade.

– O que quer dizer, sr. Holmes?

– Apenas que há uma importante testemunha que o senhor não viu.

– Pode apresentá-la?

– Acho que posso.

– Então apresente-a.

– Vou fazer o melhor possível. Quantos policiais estão aqui?

– Há três à mão.

– Ótimo! – disse Holmes. – Posso perguntar se eles são homens grandes, sadios e com vozes fortes?

– Não tenho dúvida de que sim, apesar de não compreender o que as suas vozes têm a ver com o caso.

– Talvez eu possa ajudá-lo a ver isso, e uma ou duas outras coisas também – disse Holmes. – Faça o favor de chamar os seus homens, que vou tentar.

Cinco minutos mais tarde três policiais reuniam-se na entrada.

– No galpão, vocês vão encontrar uma quantidade considerável de palha – disse Holmes. – Vou lhes pedir que me tragam dois montes. Acho que isso vai me ajudar muito em fazer aparecer a testemunha que eu quero. Muito obrigado. Creio que você tem alguns fósforos no bolso, Watson. Agora, sr. Lestrade, vou pedir que me acompanhe ao andar de cima.

Como já disse, havia um largo corredor lá, com três quartos desocupados ao longo dele. Ao final do corredor, fomos enfileirados por Sherlock Holmes, os policiais sorridentes e Lestrade fitando meu amigo com uma expressão em que se alternavam espanto, expectativa e escárnio. Holmes parou à nossa frente com o ar de um prestidigitador fazendo um truque.

– Quer fazer o favor de mandar um dos seus policiais buscar dois baldes de água? Ponham a palha no chão aqui, longe das paredes. Agora, creio que estamos prontos.

O rosto de Lestrade começou a ficar vermelho de raiva.

– Não sei se está brincando conosco, sr. Sherlock Holmes – disse ele. – Se o senhor sabe de alguma coisa, pode contar-nos certamente sem toda essa palhaçada.

– Asseguro-lhe, meu bom sr. Lestrade, que tenho uma razão excelente para tudo que estou fazendo. Talvez o senhor se lembre que caçoou de mim um pouco há algumas horas, quando o vento soprava para o seu lado, de modo que não pode deixar de conceder-me um pouco de pompa e cerimônia agora. Posso lhe pedir, Watson, para abrir aquela janela e então atear fogo à palha?

Foi isso que fiz, e, levado pela corrente de ar, um rolo de fumaça cinza alastrou-se pelo corredor, enquanto a palha crepitava e queimava.

– Agora vamos ver se conseguimos encontrar essa testemunha para o senhor, sr. Lestrade. Posso pedir-lhes que gritemos juntos "fogo"? Agora, então: um, dois, três...

– Fogo! – gritamos todos.

– Obrigado. Vou incomodar-lhes mais uma vez.

– Fogo!

– Apenas mais uma vez, cavalheiros, e todos juntos.

– Fogo!

O grito deve ter ecoado por toda Norwood, e ele mal tinha se extinguido quando ocorreu algo extraordinário. De repente uma porta escancarou-se do que parecia ser uma parede sólida ao final do corredor, e um homenzinho encarquilhado saiu voando como um coelho da toca.

– Excelente! – disse Holmes calmamente. – Watson, um balde de água sobre a palha. Assim está bom! Sr. Lestrade, permita-me apresentá-lo à sua principal testemunha desaparecida, o sr. Jonas Oldacre.

O detetive olhou para o recém-chegado com uma expressão de absoluto espanto. Este piscava na luz clara do corredor, examinando-nos e ao fogo que morria. Era um rosto astuto, odioso, mau, com olhos furtivos cinza-claros e sobrancelhas brancas.

– O que significa isso, então? – disse Lestrade finalmente. – O que esteve fazendo esse tempo todo, hein?

Oldacre deu uma risada constrangida, recuando ante o rosto vermelho colérico do detetive enfurecido.

– Não fiz mal algum.

– Mal algum? O senhor fez o melhor que pôde para enforcar um homem inocente. Se não fosse por esse cavalheiro aqui, não tenho certeza se o senhor não teria sido bem-sucedido.

A criatura deplorável começou a choramingar.

– Garanto, senhor, que isso não passou de uma brincadeira.

– Oh, uma brincadeira, é mesmo? Garanto-lhe que não a achará engraçada. Levem-no para baixo e mantenham-no na sala de estar até eu voltar.

"Sr. Holmes – continuou ele, quando eles se retiraram –, eu não poderia falar na frente dos policiais, mas não me importo de dizer, na presença do dr. Watson, que esse foi o feito mais brilhante que o senhor já conseguiu, embora seja um mistério para mim como o fez. Salvou a vida de um homem inocente e preveniu um escândalo muito grave, que teria arruinado a minha reputação na polícia."

Holmes sorriu e bateu no ombro de Lestrade.

– Em vez de ficar arruinada, meu caro senhor, verá que a sua reputação foi enormemente realçada. Apenas faça umas poucas alterações naquele relatório que estava escrevendo, e eles vão entender como é difícil jogar poeira nos olhos do inspetor Lestrade.

– E não quer que o seu nome apareça?

– De forma alguma. O trabalho é a minha própria recompensa. Talvez eu também receba o crédito em um futuro distante quando permitir que meu dedicado historiador coloque isso no papel... não é, Watson? Bem, agora, vamos ver onde essa ratazana esteve escondida.

Uma divisão de madeira e estuque fora colocada no corredor, a um metro e oitenta centímetros do seu final, com uma porta habilmente escondida. Era iluminada por aberturas sob o beiral. Ali havia algumas peças de mobília e um estoque de água e comida, junto com alguns livros e jornais.

– Essa é a vantagem de ser um construtor – disse Holmes quando saímos. – Ele foi capaz de fazer seu pequeno esconderijo sem a ajuda de nenhum cúmplice, salvo, é claro, da sua preciosa governanta, que eu não perderia tempo de acrescentar à sua captura, sr. Lestrade.

– Vou seguir o seu conselho. Mas como você sabia desse lugar, sr. Holmes?

– Cheguei à conclusão de que o homem estava escondido na casa. Quando contei meus passos por um corredor e vi que ele era um metro e oitenta centímetros mais curto que o corredor correspondente abaixo, ficou bastante claro onde ele estava. Achei que ele não teria a coragem de ficar escondido com um alarme de incêndio. Poderíamos, é claro, ter entrado para prendê-lo, mas achei que seria divertido fazer com que ele aparecesse. Além disso, o senhor merecia uma encenação, sr. Lestrade, pela sua zombaria de hoje de manhã.

– Bem, senhor, não há dúvida de que estamos

quites. Mas de que forma extraordinária ficou sabendo que ele estava na casa?

– A impressão do polegar, sr. Lestrade. O senhor disse que era conclusivo, e assim era, mas em um sentido totalmente diverso. Eu sabia que ela não estava lá na véspera. Presto muita atenção em detalhes, como o senhor deve ter observado, e eu examinara a entrada, tendo certeza de que a parede estava limpa. Portanto, a impressão fora feita durante a noite.

– Mas como?

– Muito simples. Quando aqueles pacotes foram lacrados, Jonas Oldacre fez com que McFarlane lacrasse um deles colocando o polegar sobre a cera mole. Deve ter sido feito tão rapidamente e com tal naturalidade, que eu diria que o rapaz nem se lembra disso. É muito provável que tenha sido isso que aconteceu, e o próprio Oldacre não tinha noção do uso que faria disso. Refletindo sobre o caso naquele seu cubículo, de repente lhe ocorreu que prova absolutamente terrível contra McFarlane poderia ser essa impressão digital. Tirar a impressão em cera do lacre, manchá-la com a maior quantidade possível de sangue que ele conseguisse tirar de uma alfinetada e colocá-la na parede durante a noite, seja ele mesmo ou a governanta, foi a coisa mais simples do mundo. Se procurar entre esses documentos que ele levou consigo para o esconderijo, aposto com o senhor que vai encontrar o lacre com a impressão digital.

– Maravilhoso! – disse Lestrade. – Maravilhoso! Da forma como o senhor coloca, fica tudo claro como o cristal. Mas qual o objetivo dessa grande trapaça, sr. Holmes?

Era divertido ver como a atitude arrogante do detetive havia mudado de repente para a de uma criança fazendo perguntas para o seu professor.

– Bem, não creio que seja muito difícil explicar. O cavalheiro que nos espera lá embaixo é uma pessoa muito má e vingativa. O senhor sabe que um dia ele foi rejeitado pela mãe de McFarlane? Não sabe! Eu lhe disse que deveria ir primeiro a Blackheath e depois a Norwood. Bem, esse insulto, como ele o considerava, corroeu a sua mente perversa e ardilosa, e durante toda a sua vida ele ansiou vingar-se, mas nunca teve a sua chance.

"No último ano, ou dois anos, os negócios não andaram bem para ele – especulações secretas, presumo – e ele se viu em uma situação difícil. Ele resolve fraudar os seus credores, e com esse intuito paga cheques vultosos para um determinado sr. Cornelius, que imagino, é ele mesmo com outro nome. Ainda não rastreei esses cheques, mas não tenho dúvidas de que eles foram depositados com esse nome em um banco de alguma cidadezinha onde Oldacre de tempos em tempos levava uma vida dupla. A sua intenção era mudar completamente de nome, sacar o dinheiro e desaparecer, começando uma vida nova em outro lugar."

– Bem, isso é bem provável.

– Provavelmente lhe ocorreu que, ao desaparecer, ele poderia despistar a todos e ao mesmo tempo vingar-se da velha namorada de um jeito amplo e devastador, se conseguisse passar a impressão de que fora assassinado por seu único filho. Foi uma obra-prima de vilania, e ele executou-a como um mestre. A idéia do testamento, que lhe daria um motivo óbvio para o crime, a visita secreta sem o conhecimento dos pais, a bengala que ficou com ele, o sangue, os restos de um animal e os botões na pilha de madeira, tudo foi admirável.

"Era uma rede de onde, há algumas horas, eu próprio achava que não haveria como escapar. Mas ele não tinha aquele dom supremo do artista, que é saber quando parar. Ele queria melhorar o que já estava quase perfeito, apertar mais ainda a corda no pescoço da sua vítima infeliz, e assim arruinou tudo. Vamos descer, sr. Lestrade. Há uma ou duas perguntas que eu gostaria de fazer a ele."

O ser maligno estava sentado na sua própria sala, com um policial de cada lado.

– Foi uma piada, meu bom senhor, uma piada e nada mais – choramingava ele, sem parar. – Asseguro-lhe, senhor, que eu simplesmente me escondi para ver o efeito do meu desaparecimento, e tenho certeza de que o senhor não seria injusto a ponto de imaginar que eu permitiria que acontecesse algum mal ao pobre jovem McFarlane.

– Isso compete ao júri decidir – disse Lestrade. – De qualquer maneira, nós o acusaremos de conspiração, se não for por tentativa de assassinato.

– E provavelmente verá seus credores apreenderem a conta bancária do sr. Cornelius – disse Holmes.

O homenzinho teve um sobressalto e virou-se para meu amigo com seu olhar maldoso.

– Tenho de agradecer-lhe muita coisa – disse ele. – Talvez eu pague minha dívida um dia.

Holmes sorriu com indulgência.

– Creio que por alguns anos o senhor terá seu tempo bastante tomado. Aliás, o que o senhor colocou na pilha de madeira além das suas velhas calças? Um cão morto, ou coelhos, ou o quê? Não vai me contar? Meu Deus, que rude de sua parte! Bem, bem, eu diria que dois coelhos poderiam ser responsáveis pelo sangue e pelos restos carbonizados. Se um dia você escrever um relato, Watson, pode optar pelos coelhos.

Os dançarinos

Holmes estava sentado fazia algumas horas em silêncio, suas costas longas e magras curvadas sobre um tubo de ensaio, onde ele fermentava um produto particularmente malcheiroso. A cabeça estava caída sobre o peito, e, do meu ponto de vista, ele parecia um pássaro estranho e delgado, com uma plumagem cinza apagada e um penacho negro.

– Então, Watson, você não pretende investir em ações sul-africanas? – perguntou subitamente.

Tive um sobressalto. Por mais acostumado que estivesse com as singulares aptidões de Holmes, essa súbita intrusão nos meus mais íntimos pensamentos era absolutamente inexplicável.

– Mas como diabos você sabe disso? – perguntei.

Ele girou na banqueta, com um tubo de ensaio espumando e um brilho divertido no olhar firme.

– Agora, Watson, confesse que você está completamente surpreso – disse ele.

– Estou mesmo.

– Eu devia fazer você assinar uma declaração a esse respeito.

– Por quê?

– Porque em cinco minutos você vai dizer que isso tudo é absurdamente simples.

– Tenho certeza de que não direi nada nesse sentido.

Escorando o tubo de ensaio na armação, ele começou a dissertar com o ar de um professor que se dirige à sua classe.

– Você vê, meu caro Watson, não é realmente difícil de se construir uma série de deduções, cada uma dependendo da sua antecessora e cada uma simples em si mesma. Se, após fazer isso, você simplesmente derrubar todas as deduções centrais e apresentar à sua audiência o ponto de partida e a conclusão, pode produzir um efeito surpreendente, embora possivelmente falso. Agora, não foi realmente difícil, observando o espaço entre o seu indicador e o polegar da mão esquerda, perceber com segurança que você *não* tinha a intenção de investir o seu pequeno capital nas minas de ouro.

– Não vejo relação.

– Provavelmente não, mas posso mostrar-lhe rapidamente uma ligação próxima. Aqui estão os elos que faltam a essa cadeia muito simples: 1º, você tinha giz entre o indicador e o polegar da mão esquerda quando voltou do clube na noite passada; 2º, você coloca giz ali quando joga bilhar para firmar o taco; 3º, você nunca joga bilhar a não ser com Thurston; 4º, você me contou, há quatro semanas, que Thurston tinha uma opção de compra sobre uma propriedade sul-africana que expiraria em um mês e que ele gostaria de compartilhar com você; 5º, o seu talão de cheques está trancado na minha gaveta, e você não pediu a chave; 6º, você não tem a intenção de investir o seu dinheiro dessa maneira.

– Mas que absurdamente simples! – exclamei.

– É verdade! – disse ele, um pouco irritado. – Todos os problemas tornam-se bastante infantis uma vez explicados. Aqui tenho um que ainda não foi explicado, veja o que pode me dizer disso, amigo Watson.

Holmes jogou uma folha de papel sobre a mesa e voltou novamente às suas análises químicas.

Olhei com espanto para os absurdos hieróglifos no papel.

– Mas, Holmes, isso é o desenho de uma criança! – exclamei.

– Oh, é isso que você acha!

– O que mais poderia ser?

– É o que o sr. Hilton Cubitt, de Ridling Thorpe Manor, Norfolk, está muito ansioso em saber. Essa pequena charada chegou no primeiro correio da manhã, e ele viria no trem seguinte. Estão tocando a campainha, Watson. Não ficaria muito surpreso se fosse ele.

Ouviram-se passos pesados na escada, e no instante seguinte entrou um homem alto, queimado do sol e bem barbeado, cujos olhos claros e rosto corado indicavam uma vida levada longe da neblina de Baker Street. Parecia trazer consigo um sopro do ar puro e revigorante da costa leste quando entrou. Depois de nos ter cumprimentado, ia sentar-se, quando seu olhar caiu sobre o papel com os estranhos desenhos que eu acabara de examinar e deixara sobre a mesa.

– Bem, sr. Holmes, o que me diz disso? – exclamou. – Disseram-me que o senhor gostava de mistérios e não creio que possa encontrar um maior do que esse. Enviei o papel na frente para o senhor ter tempo de estudá-lo antes da minha chegada.

– Não há dúvida de que é uma obra bem interessante – disse Holmes. – À primeira vista me pareceria alguma brincadeira de criança. Ela consiste de uma porção de pequenas figuras absurdas dançando de um lado ao outro do papel em que foram desenhadas. Por que o senhor daria qualquer importância a um objeto tão grotesco?

– Eu não daria, sr. Holmes. Mas minha mulher dá, ela está muito assustada e não diz nada, mas posso ver o terror nos seus olhos. É por isso que quero examinar essa história a fundo.

Holmes segurou o papel para cima de maneira

que a luz do sol batesse de cheio nele. Era uma página arrancada de um livro. As figuras eram desenhadas a lápis do seguinte modo:

Holmes examinou-as por um tempo, e então, dobrando o papel com cuidado, colocou-o no seu caderno de apontamentos.

– Promete ser um caso muito interessante e fora do comum – disse ele. – O senhor me passou alguns pormenores na sua carta, sr. Hilton Cubitt, mas ficaria muito agradecido se contasse tudo de novo em proveito do meu amigo, dr. Watson.

– Não sou um grande contador de histórias – começou o nosso visitante, abrindo e fechando nervosamente as mãos grandes e fortes. – Me perguntem qualquer coisa que não ficar clara. Vou começar na época do meu casamento no ano passado, mas gostaria de dizer em primeiro lugar que, apesar de não ser um homem rico, minha família mora em Ridling Thorpe há cinco séculos, e que não há uma família mais conhecida no condado de Norfolk. No ano passado, vim para Londres para o Jubileu e hospedei-me em uma pensão na Russell Square, porque Parker, o vigário da nossa paróquia, estava lá. Havia uma jovem dama norte-americana hospedada na pensão – Patrick era o seu sobrenome, Elsie Patrick. De alguma forma nós nos tornamos amigos, mas antes que acabasse o meu mês de estada, eu estava totalmente apaixonado por ela. Casamo-nos sem alarde em um cartório e voltamos para Norfolk casados. O senhor achará uma loucura, sr. Holmes, um homem de boa família casar-se dessa maneira, sem saber nada do passado dela ou da sua família. Mas, se a visse e a conhecesse, compreenderia melhor o que se passou.

“Elsie foi muito correta sobre nossa relação – continuou. – Não posso dizer que ela não me deu todas as chances para desfazer o casamento, se eu assim o desejasse. ‘Tive algumas relações muito desagradáveis em minha vida’, disse ela. ‘Gostaria de esquecer tudo sobre elas. Eu preferiria nunca fazer alusões ao passado, pois ele é muito doloroso para mim. Se você casar comigo, Hilton, vai aceitar uma mulher que nada tem do que se envergonhar, mas você terá de contentar-se com a minha palavra e permitir que guarde silêncio sobre toda a minha vida até que o conheci. Se essas condições forem muito severas, então volte para Norfolk e deixe-me levar a vida solitária em que você me encontrou.’ Foi só um dia antes do nosso casamento que ela me disse exatamente isso. Respondi que estava satisfeito em aceitá-la com suas condições, e mantive minha palavra desde então.

“Bem, estamos casados há um ano agora, e temos sido muito felizes. Mas há um mês, no final de junho, percebi sinais de problemas pela primeira vez. Um dia minha mulher recebeu uma carta dos Estados Unidos. Eu vi o selo norte-americano. Ela ficou mortalmente pálida, leu a carta e jogou-a no fogo. Ela não fez alusão alguma a isso depois, nem lhe perguntei nada, pois uma promessa é uma promessa, mas ela nunca mais teve descanso. Sempre há uma expressão de medo no seu rosto – uma expressão de quem está à espera de alguma coisa. Seria melhor se ela confiasse em mim, assim veria que eu sou seu melhor amigo. Mas até ela falar, não posso fazer nada. Saiba que ela é uma mulher confiável, sr. Holmes, e qualquer que seja o problema que teve no passado, não foi sua culpa. Sou apenas um simples proprietário rural de Norfolk, mas não há um homem na Inglaterra que preze mais a honra da sua família do que eu. Ela sabe e sabia disso muito antes de casar comigo. Jamais faria com que meu nome ficasse manchado, tenho certeza disso.

"Bem, agora chego à parte estranha da história. Há mais ou menos uma semana, era terça-feira da semana passada, vi no peitoril de uma das janelas uma porção de figurinhas de dançarinos desenhadas, como essas no papel. Tinham sido feitas com giz. Pensei que tivessem sido desenhados pelo garoto da estrebaria, mas ele jurou que não sabia nada a respeito. De qualquer forma, tinham sido feitas durante a noite. Mandei apagá-las e só depois falei sobre isso com minha mulher. Para minha surpresa, ela levou o assunto muito a sério e implorou-me que eu a chamasse para vê-las se aparecessem de novo. Nenhuma apareceu por uma semana, e então ontem de manhã encontrei esse papel sobre o relógio de sol no jardim. Mostrei-o a Elsie, e ela caiu desmaiada. Desde então ela parece uma mulher vivendo em um pesadelo, confusa e com o terror sempre oculto no seu olhar. Foi aí que lhe escrevi e mandei o papel, sr. Holmes. Não era uma coisa que eu pudesse levar para a polícia, pois eles teriam rido de mim, mas o senhor me dirá o que fazer. Não sou um homem rico, mas se minha mulherzinha estiver correndo perigo, eu gastarei meu último níquel para protegê-la."

Ele era um homem correto, filho das tradicionais terras inglesas, simples, sincero e bom, com grandes e atentos olhos azuis em um rosto largo e simpático. Seu amor pela esposa e a confiança que nela depositava estavam estampados em seu rosto. Holmes ouvira a sua história com toda a atenção, e então ficou um tempo em silêncio e pensativo.

– Não acha, sr. Cubitt – disse ele finalmente –, que o melhor plano seria apelar diretamente para sua esposa e pedir-lhe que compartilhe seu segredo com o senhor?

Hilton Cubitt sacudiu a cabeça grande.

– Uma promessa é uma promessa, sr. Holmes. Se Elsie quisesse contar-me, ela o faria. Se não o fez, não devo forçar a sua confiança. Mas tenho o direito de agir a meu modo, e é o que farei.

– Então vou ajudá-lo de todo o coração. Em primeiro lugar, ouviu falar de algum estranho na vizinhança?

– Não.

– Presumo que seja um lugar muito sossegado. Qualquer rosto novo provocaria comentários?

– Na vizinhança próxima, sim. Mas nós temos várias pequenas estações de água não muito longe dali. E os fazendeiros aceitam hóspedes.

– Esses hieróglifos têm evidentemente um significado. Se é um significado puramente arbitrário, talvez nos seja impossível resolvê-lo. Se, por outro lado, ele for sistemático, não tenho dúvidas de que encontraremos a sua solução. Mas essa amostra em particular é tão pequena, que não posso fazer nada a respeito, e os fatos que o senhor me contou são tão vagos, que nós não temos uma base para a investigação. Sugiro que volte a Norfolk, fique de olhos abertos e tire uma cópia exata de quaisquer dançarinos novos que aparecerem. É uma grande pena não termos uma reprodução dos que foram desenhados a giz no peitoril da janela. Faça uma investigação discreta, também, sobre qualquer estranho no bairro. Quando tiver conseguido alguma informação nova, volte a procurar-me. Esse é o melhor conselho que eu posso lhe dar, sr. Hilton Cubitt. Se ocorrer qualquer novidade séria, estarei sempre pronto para ir vê-lo em sua casa em Norfolk.

A entrevista deixou Sherlock Holmes muito pensativo, e várias vezes nos dias seguintes vi-o tirar o papelzinho de dentro do caderno de anotações e examinar atenta e longamente as figuras esquisitas ali desenhadas.

Ele não fez alusão alguma ao caso, no entanto, até uma tarde uns quinze dias depois. Eu estava saindo, quando ele me chamou de volta.

– É melhor ficar em casa, Watson.

– Por quê?

– Porque recebi hoje de manhã um telegrama de Hilton Cubitt – você se lembra de Hilton Cubitt, dos dançarinos? Ele vai chegar na estação Liverpool Street à uma e vinte. Ele pode estar aqui a qualquer momento. Pelo telegrama deduzi que ocorreram alguns incidentes de importância.

Não tivemos de esperar muito, pois o nosso fazendeiro de Norfolk veio direto da estação o mais rápido que um cupê pôde trazê-lo. Ele parecia preocupado e deprimido, com os olhos cansados e a testa enrugada.

– Esse negócio está dando nos meus nervos, sr. Holmes – disse ele, enquanto afundava como um homem exausto em uma poltrona. – Já é ruim o suficiente sentir-se cercado por pessoas invisíveis e desconhecidas, que têm más intenções a seu respeito... mas quando, além disso, você sabe que isso está matando sua mulher pouco a pouco, então torna-se insuportável. Ela está definhando, se acabando diante dos meus olhos.

– Ela não contou nada ainda?

– Não, sr. Holmes, nada. E no entanto houve ocasiões em que a coitadinha quis falar, e no entanto não teve a coragem para arriscar-se. Tentei ajudá-la, mas acho que fui desajeitado e assustei-a. Ela falou da minha velha família, da nossa reputação no condado, do nosso orgulho em nossa honra imaculada, e eu sempre senti que isso estava conduzindo ao ponto, mas de alguma forma o assunto morria antes de chegarmos lá.

– Mas o senhor descobriu alguma coisa por si?

– Muita coisa, sr. Holmes. Trouxe vários dançarinos novos para o senhor examinar e, o que é mais importante, eu vi o sujeito.

– O quê... o homem que os desenha?

– Sim, vi-o trabalhando. Mas vou contar-lhe tudo na sua ordem. Quando voltei da minha visita ao senhor, a primeira coisa que vi na manhã seguinte foi uma nova coleção de dançarinos. Eles tinham sido feitos a giz sobre a porta de madeira preta da casa de ferramentas, que fica ao lado do gramado, bem à vista das janelas da frente. Tirei uma cópia exata e aqui está ela.

Ele desdobrou um papel e colocou-o sobre a mesa. Eis uma cópia dos hieróglifos:

– Ótimo! – disse Holmes. – Ótimo! Continue, por favor.

– Depois de fazer a cópia, apaguei o desenho, mas dois dias depois apareceu uma nova inscrição. Tenho uma cópia dela aqui:

Holmes esfregou as mãos e deu um risinho satisfeito.

– Nosso material acumula-se rapidamente – disse ele.

– Três dias depois uma mensagem foi escrita em papel e colocada sob um seixo no relógio de sol. Aqui está. Os caracteres são, como vê, exatamente iguais ao último. Depois disso, resolvi ficar à espreita, então apanhei meu revólver e sentei em meu gabinete, que tem vista para o gramado e o jardim. Em torno das duas da manhã, eu estava sentado junto à janela, com tudo escuro, a não ser pelo luar na rua, quando ouvi passos atrás de mim, e lá estava minha mulher de penhoar. Ela implorou-me para voltar para a cama. Respondi, francamente, que queria ver quem estava fazendo conosco brincadeiras tão absurdas. Ela respondeu que isso não passava de um trote à toa e que eu não deveria levá-lo a sério.

"– Se isso realmente o incomoda, Hilton, nós deveríamos ir viajar, você e eu, e evitar esse aborrecimento.

"– O quê, sermos expulsos da nossa própria casa por um gaiato? – repliquei. – Mas o condado inteiro riria de nós!

"– Bem, venha para a cama – disse ela – e podemos discutir o assunto de manhã.

"De repente, enquanto falava, vi que o rosto branco da minha mulher ficou mais pálido ainda sob a luz do luar, e a sua mão crispou-se sobre o meu ombro. Alguma coisa se movia na sombra da casa de ferramentas. Vi um vulto escuro arrastando-se pelo canto da casa e agachando-se diante da porta. Pegando meu revólver, eu já corria para fora, quando minha mulher jogou seus braços ao meu redor e segurou-me com toda a força. Tentei desvencilhar-me, mas ela agarrava-se a mim desesperadamente. Finalmente consegui desvencilhar-me, mas no momento em que havia aberto a porta e alcançado a casa de ferramentas, o homem tinha ido embora. Mas ele havia deixado um rasto da sua presença, pois na porta estava a mesma combinação de dançarinos que já havia aparecido duas vezes, e que eu copiara no papel. Não havia outro sinal do sujeito em lugar algum, embora tivesse examinado o jardim todo. E no entanto, o fato extraordinário é que ele certamente estava lá o tempo todo, pois quando examinei a porta novamente de manhã, ele havia desenhado mais algumas figuras sob a fileira que eu já vira."

– Trouxe esse novo desenho?

– Sim, ele é muito pequeno, mas fiz uma cópia dele, e aqui está.

Mais uma vez ele tirou um papel. A dança nova estava na seguinte ordem:

– Diga-me – falou Holmes, e eu pude ver pelos seus olhos que ele estava muito excitado –, esse desenho foi uma mera adição ao primeiro ou ele parecia estar inteiramente separado?

– Ele estava em outra folha da porta.

– Ótimo! Isso é o mais importante para o nosso propósito. Me enche de esperança. Agora, sr. Hilton Cubitt, faça o favor de continuar o seu relato tão interessante.

– Não tenho mais nada a dizer, sr. Holmes, a não ser que fiquei furioso com minha mulher naquela noite por ter me segurado quando eu poderia ter pegado o velhaco covarde. Ela disse que tivera medo de que me acontecesse algo. Por um momento, me ocorreu que talvez o que ela realmente temia era que acontecesse algo a *ele*, pois eu não duvidava de que ela sabia quem era esse homem e o que ele queria dizer com aqueles estranhos sinais. Mas há um tom na voz da minha mulher, sr. Holmes, e uma expressão nos seus olhos que não permitem dúvida, e tenho certeza de que era realmente a minha própria segurança que ela tinha em mente. Aí está o caso todo, e agora quero o seu conselho sobre o que eu devo fazer. Minha idéia é colocar meia dúzia dos meus peões em meio aos arbustos e, quando esse sujeito aparecer, lhe aplicar uma tal surra, que ele nos deixará em paz no futuro.

– Temo que esse caso seja muito profundo para soluções tão simples – disse Holmes. – Por quanto tempo pode ficar em Londres?

– Tenho de voltar hoje. Não deixaria minha mulher sozinha à noite por nada. Ela está muito nervosa e implorou-me para voltar.

– Acho que o senhor tem razão. Mas se pudesse ficar, talvez fosse possível voltar com o senhor dentro de um dia ou dois. Enquanto isso, deixe-me esses papéis, e creio que é muito provável que eu consiga visitá-lo em breve e lance alguma luz sobre o seu caso.

Sherlock Holmes manteve a sua calma atitude profissional até o visitante nos ter deixado, apesar de que para mim, que o conhecia tão bem, era fácil ver que ele estava profundamente excitado. No momento em que as costas largas de Hilton Cubitt desapareceram pela porta, meu camarada correu para a mesa, colocou à sua frente todos os pedaços de papel contendo dançarinos e lançou-se em um intrincado e elaborado cálculo.

Por duas horas observei-o enquanto ele enchia uma folha de papel atrás de outra com desenhos e letras, tão absorto em sua tarefa que evidentemente tinha esquecido a minha presença. Às vezes fazia progresso e assoviava e cantarolava sobre o trabalho; outras, ficava desorientado e parava por um longo tempo com a testa franzida e o olhar vago. Finalmente saltou da cadeira com um grito de satisfação e pôs-se a caminhar para cima e para baixo na sala, esfregando as mãos. Então escreveu um longo telegrama em um formulário-padrão telegráfico.

– Se a resposta a este telegrama for a que eu espero, você terá um caso bastante interessante para acrescentar à sua coleção, Watson – disse ele. – Espero que possamos ir a Norfolk amanhã e levar ao nosso amigo notícias definitivas sobre o segredo que o aborrece.

Confesso que estava cheio de curiosidade, mas sabia que Holmes gostava de fazer as suas revelações no seu momento e à sua maneira, então esperei até que ele achasse adequado fazer-me as confidências.

Mas houve um atraso na resposta ao telegrama, e seguiram-se dois dias de impaciência, durante os quais

Holmes espichava as orelhas a cada toque da campainha. Na tarde do segundo dia, chegou uma carta de Hilton Cubitt. Ia tudo bem com ele, a não ser por uma longa inscrição que aparecera naquela manhã no pedestal do relógio de sol. Ele mandou junto uma cópia, que vai aqui reproduzida:

Holmes inclinou-se sobre o desenho grotesco por alguns minutos e então de repente levantou-se de um salto com uma exclamação de surpresa e espanto. O rosto estava pálido de ansiedade.

– Nós deixamos esse caso ir longe demais – disse ele. – Há um trem para North Walsham hoje à noite?

Consultei o horário dos trens. O último recém partira.

– Então tomaremos o café cedo e pegaremos o primeiro trem da manhã – disse Holmes. – A nossa presença é absolutamente necessária. Ah, eis o nosso cabograma esperado. Um momento, sra. Hudson, pode haver uma resposta. Não, é exatamente como eu esperava. Essa mensagem torna ainda mais importante que não percamos uma hora para deixar Hilton Cubitt a par do que se passa, pois trata-se de uma teia singular e perigosa em que está emaranhado o nosso ingênuo fazendeiro de Norfolk.

E realmente assim era. Ao chegar à conclusão sombria de uma história que a princípio me parecia apenas infantil e bizarra, experimento novamente a consternação e o horror que então senti. Gostaria de ter um final mais alegre para comunicar aos meus leitores, mas esse é o relato dos fatos, e sou obrigado a seguir a estranha cadeia de eventos até a sua crise sombria, a qual por alguns dias tornou o Solar Ridling Thorpe um nome familiar em toda a Inglaterra.

Nós mal tínhamos descido em North Walsham e mencionado o nome do nosso destino, quando o chefe da estação correu até nós.

– Suponho que são os detetives de Londres? – perguntou.

Uma expressão de contrariedade passou pelo rosto de Holmes.

– O que o faz pensar isso?

– Porque o inspetor Martin de Norwich estava aqui há pouco. Mas talvez os senhores sejam os cirurgiões. Ela não está morta – ou não estava, até onde sei. É possível que tenham chegado a tempo de salvá-la... mesmo que seja para a forca.

O semblante de Holmes ficou sombrio de ansiedade.

– Estamos indo para o Solar Ridling Thorpe – disse ele –, mas não ouvimos nada sobre o que se passou lá.

– Um negócio terrível – disse o chefe da estação. – Eles foram baleados, tanto o sr. Hilton Cubitt como a sua esposa. Ela atirou nele e então em si própria – pelo que dizem os criados. Ele está morto e não há esperanças quanto a ela. Meu Deus, meu Deus! Uma das famílias mais tradicionais de Norfolk, e uma das mais honradas.

Sem uma palavra, Holmes correu para uma carruagem, não abrindo a boca durante o longo caminho de onze quilômetros. Raras vezes o vira tão profundamente desesperançado. Ele estivera preocupado durante toda a viagem desde a cidade, e eu o observara examinar os jornais matutinos com uma atenção inquietante, mas essa súbita percepção dos seus piores medos deixou-o absolutamente melancólico. Recostou-se no assento, perdido em sombrias conjeturas. Havia muito à nossa volta para nos interessarmos, entretanto, pois atravessávamos uma região rural que podia concorrer com qualquer outra na Inglaterra, em que algumas casas de campo representavam a população de hoje, enquanto enormes igrejas de torres quadradas chamavam a atenção sobre o campo verde e plano, testemunhando a glória e prosperidade do velho império. Finalmente, a margem violeta do Mar do Norte apareceu sobre a faixa da costa verde de Norfolk, e o cocheiro apontou com o chicote para dois oitões antigos de tijolos e madeira que se projetavam do arvoredo.

– Esse é o Solar Ridling Thorpe – disse ele.

Quando nos dirigimos ao pórtico de entrada, observei, à sua frente e ao lado da quadra de tênis, a negra casa de ferramentas e o relógio de sol em um pedestal com os quais fazíamos associações tão estranhas. Um homenzinho vivo, de bigode aparado, acabara de descer de uma charrete. Apresentou-se como sendo o inspetor Martin, da polícia de Norfolk, e ficou consideravelmente admirado quando ouviu o nome do meu companheiro.

– Mas, sr. Holmes, o crime foi cometido somente hoje às três da manhã! Como é que pôde saber disso em Londres e chegar aqui ao mesmo tempo que eu?

– Eu o previ. Vim na esperança de evitá-lo.

– Então o senhor deve ter importantes provas que desconhecemos, pois ouvimos dizer que eles eram um casal muito unido.

– Tenho apenas o indício dos dançarinos – disse Holmes. – Mais tarde lhe explicarei o caso. Enquanto isso, já que é muito tarde para evitar essa tragédia, estou ansioso por usar o conhecimento que tenho a fim de assegurar que a justiça seja feita. Quer que o ajude em sua investigação, ou prefere que eu aja independentemente?

– Teria orgulho em trabalharmos juntos, sr. Holmes – disse o inspetor com sinceridade.

– Nesse caso, gostaria de ouvir os depoimentos e examinar o local sem perda de tempo.

O inspetor Martin teve o bom senso de deixar que o meu amigo agisse à sua maneira, e contentou-se em anotar cuidadosamente os resultados. O cirurgião local, um velho de cabelos brancos, acabara de descer do quarto da sra. Cubitt e relatou que os seus ferimentos eram sérios, mas não necessariamente fatais. A bala passara junto à parte frontal do cérebro, e provavelmente levaria algum tempo até ela recobrar a consciência. Quanto à questão se ela recebera um tiro ou havia atirado em si mesma, ele não se arriscaria a expressar qualquer opinião definitiva. Certamente a bala fora disparada de muito perto. Só havia o revólver encontrado no quarto, com dois alojamentos do tambor vazios. O sr. Hilton Cubitt fora baleado no coração. Era igualmente concebível que ele atirara nela e então em si mesmo, ou que ela fora a criminosa, pois o revólver fora encontrado no chão entre os dois.

– Moveram o revólver do lugar? – perguntou Holmes.

– Não movemos nada, a não ser a senhora. Não podíamos deixá-la ferida no chão.

– Há quanto tempo o senhor está aqui, doutor?

– Desde as quatro horas.

– Alguém mais?

– Sim, o policial aqui.

– E não tocaram em nada?

– Em nada.

– Vocês agiram com muita discrição. Quem mandou chamá-los?

– Saunders, a arrumadeira.

– Foi ela quem deu o alarme?

– Ela e a sra. King, a cozinheira.

– Onde elas estão agora?

– Acredito que na cozinha.

– Então acho melhor ouvirmos a sua história de uma vez.

A velha entrada, com lambris de carvalho e janelas altas, fora transformada em uma sala de interrogatório. Holmes sentou em uma cadeira grande e antiga, com os olhos implacáveis brilhando no rosto abatido. Eu podia ler neles a firme resolução de dedicar a sua vida a essa busca, até que o cliente que ele não conseguira salvar fosse, pelo menos, vingado. O alinhado inspetor Martin, o velho doutor grisalho provinciano, eu e um impassível policial do vilarejo compúnhamos o resto desse estranho grupo.

As duas mulheres contaram a história com bastante clareza. Tinham sido acordadas com o ruído de uma explosão, que foi seguida um minuto depois por outra. Elas dormiam em quartos contíguos, e a sra. King correra a chamar Saunders. Juntas, tinham descido as escadas. A porta do gabinete estava aberta e uma vela ardia sobre a mesa. O patrão estava caído de bruços, no centro do aposento. Não havia dúvida de que estava morto. Próxima à janela estava sua mulher, agachada e com a cabeça apoiada contra a parede. Ela estava gravemente ferida, com um lado do rosto vermelho de sangue. Respirava pesadamente, mas era incapaz de dizer qualquer coisa. O corredor, assim como o aposento, estavam cheios de fumaça e cheiravam a pólvora. A janela fora certamente fechada e trancada por dentro. As duas mulheres afirmavam isso com segurança. Tinham mandado chamar imediatamente o médico e o policial. Então, com a ajuda do cavalariço e do garoto da estrebaria, levaram a patroa ferida para o seu quarto. Tanto ela quanto o marido haviam ocupado a cama. Ela estava de camisola e ele, de chambre sobre o pijama. Nada no gabinete havia sido mexido. Até onde sabiam, nunca houvera uma briga entre marido e mulher. Elas sempre os viram como um casal muito unido.

Esses eram os principais pontos dos depoimentos das empregadas. Em resposta ao inspetor Martin, responderam que tinham certeza de que todas as portas estavam trancadas por dentro e ninguém poderia ter fugido da casa. Em resposta a Holmes, ambas se lembraram de que tinham sentido o cheiro de pólvora desde o momento em que saíram correndo dos seus quartos no andar de cima.

– Chamo sua mais absoluta atenção para esse fato – disse Holmes para seu colega profissional. – E agora creio que estamos prontos para fazer um exame minucioso do aposento.

O gabinete era um aposento pequeno, com fileiras de livros em três paredes e uma escrivaninha de frente para uma janela, que dava para o jardim. Nossa primeira atenção foi dada ao cadáver do infeliz fazendeiro, cujo corpo enorme estava estirado no meio do aposento. A desordem das roupas mostrava que ele fora acordado apressadamente. A bala fora disparada de frente para ele e permanecera no corpo após trespassar o coração. A morte fora certamente instantânea e sem dor. Não havia sinais de pólvora sobre o chambre ou nas mãos. De acordo com o cirurgião provinciano, a senhora tinha manchas sobre o rosto, mas nenhuma sobre a mão.

– A ausência das últimas não quer dizer nada, apesar de que a sua presença pode significar tudo – disse Holmes. – A não ser que a pólvora de um cartucho defeituoso estoure para trás, uma pessoa pode dar vários tiros sem deixar um sinal. Eu sugeriria que o corpo do sr. Cubitt fosse removido agora. Suponho, doutor, que o senhor ainda não extraiu a bala que feriu a senhora?

– Para isso será necessária uma séria operação. Mas ainda há quatro cartuchos no revólver. Dois foram detonados e há dois ferimentos, de maneira que cada bala pode ser contabilizada.

– Assim pareceria – disse Holmes. – Talvez o senhor possa explicar a bala que tão claramente acertou o canto da janela?

Ele virara-se repentinamente, e o dedo longo e magro apontava para um buraco que fora feito bem no caixilho da janela de baixo, a alguns centímetros da parte inferior.

– Meu Deus! – exclamou o inspetor. – Como o senhor viu isso?

– Porque estava à sua procura.

– Maravilhoso! – disse o médico provinciano. – O senhor está absolutamente certo. Então um terceiro tiro foi disparado, e portanto uma terceira pessoa tinha de estar presente. Mas quem teria sido e como conseguiu fugir?

– Esse é o problema que nós estamos prestes a solucionar – disse Sherlock Holmes. – O senhor se recorda, inspetor Martin, quando as criadas disseram que logo ao deixar os quartos elas sentiram o cheiro de pólvora? Eu observei que o ponto era de extrema importância.

– Sim, senhor, mas confesso que não entendi a razão.

– Ele sugere que, no momento do tiroteio, a janela assim como a porta do aposento estavam abertas. Do contrário, o cheiro da pólvora não poderia ter se espalhado tão rapidamente pela casa. Era necessária uma corrente de ar no aposento para que isso acontecesse. No entanto, tanto a porta como a janela estiveram abertas apenas por um curto período de tempo.

– Como o senhor prova isso?

– Porque a vela não pingou.

– Extraordinário! – exclamou o inspetor. – Extraordinário!

– Tendo certeza de que a janela estava aberta no momento da tragédia, concebi a possibilidade de que poderia haver uma terceira pessoa no caso, que ficou parada do lado de fora dessa abertura e atirou por ela. Qualquer tiro em direção a essa pessoa poderia acertar o caixilho. Fiz uma investigação, e certamente lá estava a marca da bala!

– Mas como a janela foi fechada e trancada?

– O primeiro instinto da mulher seria fechar e trancar a janela. Oh! O que é isso?

Era uma bolsa feminina que estava sobre a escrivaninha – uma bolsa pequena e elegante de couro de crocodilo e prata. Holmes abriu-a e derrubou o conteúdo. Havia vinte notas de cinqüenta libras do Banco da Inglaterra, presas por um elástico – nada mais.

– Isso deve ser preservado, pois vai figurar no julgamento – disse Holmes, passando a bolsa com o seu conteúdo para o inspetor. – Precisamos agora esclarecer essa terceira bala, que foi sem dúvida disparada de dentro do aposento, como se deduz pelo estilhaçar da madeira. Gostaria de falar novamente com a sra. King, a cozinheira... a senhora disse que foi acordada por um estampido *alto*, sra. King. Quando a senhora disse isso, quis dizer que ele pareceu-lhe mais alto que o segundo?

– Bem, senhor, foi ele que me acordou, então é difícil julgar. Mas pareceu-me muito alto.

– Não acha que podem ter sido dois tiros detonados quase ao mesmo tempo?

– Eu realmente não saberia dizer, senhor.

– Acredito que foi exatamente isso que ocorreu. Creio, inspetor Martin, que esgotamos tudo o que esse aposento poderia nos ensinar. Se quiser fazer o favor de acompanhar-me, podemos ver que indícios novos o jardim tem a nos oferecer.

Um canteiro com flores vinha até a janela do gabinete e todos soltamos um grito de espanto quando ali chegamos. As flores tinham sido pisoteadas, e a terra macia estava cheia de pegadas, feitas por sapatos grandes de homem, com biqueiras peculiarmente longas e agudas. Holmes procurou no meio da grama e das folhas como um cão de caça em busca de uma ave abatida. Então, com um grito de satisfação, inclinou-se e apanhou uma pequena cápsula de bronze.

– Foi o que pensei – disse ele. – O revólver tinha um ejetor, e aqui está a terceira cápsula. Creio realmente, inspetor Martin, que o nosso caso está quase completo.

O rosto do inspetor provinciano demonstrava o profundo espanto com o rápido e magistral progresso das investigações de Holmes. A princípio ele dera mostras de impor a sua própria posição, mas agora fora derrubado pela admiração e estava pronto a seguir Holmes sem questionamentos aonde ele o levasse.

– De quem o senhor suspeita? – perguntou.

– Mais tarde tratarei disso. Há vários pontos nesse caso que eu não fui capaz de explicar ainda. Agora que cheguei tão longe, é melhor seguir pelo meu caminho, e então esclarecer tudo de uma vez por todas.

– Como quiser, sr. Holmes, desde que consigamos prender o nosso homem.

– Não quero fazer mistérios, mas é impossível no momento da ação entrar em longas e complexas explicações. Tenho os fios da meada desse caso todos em minha mão. Mesmo que essa senhora nunca recobre a consciência, nós poderemos reconstruir os eventos da noite passada e assegurar que a justiça seja feita. Em primeiro lugar, gostaria de saber se há alguma hospedaria nas redondezas chamada Elrige's?

Os criados foram questionados, mas nenhum havia ouvido falar desse lugar. O garoto da estrebaria esclareceu um pouco a questão ao lembrar-se de que um fazendeiro com esse nome vivia a alguns quilômetros dali na direção de East Ruston.

– É uma fazenda isolada?

– Muito isolada, senhor.

– Talvez eles não saibam ainda do que se passou aqui à noite?

– Talvez não, senhor.

Holmes pensou por um pouco, então um sorriso singular iluminou-lhe o rosto.

– Sele um cavalo, meu rapaz – disse ele. – Gostaria que você levasse uma nota à fazenda Elrige's.

Tirou do bolso os vários bilhetes com os dançarinos. Com eles à sua frente, trabalhou por algum tempo na escrivaninha. Finalmente entregou a nota para o garoto, com instruções para entregá-la na mão da pessoa a quem era dirigida, e especialmente para não responder a pergunta alguma que lhe fosse feita. Vi o lado de fora da nota, com o endereço escrito com uma letra irregular e pouco legível, muito diferente da caligrafia precisa de Holmes. Era destinado ao sr. Abe Slaney, fazenda Elrige's, East Ruston, Norfolk.

– Creio, inspetor – observou Holmes –, que o senhor faria bem em telegrafar pedindo uma escolta, pois se os meus cálculos estiverem corretos, o senhor pode ter um prisioneiro particularmente perigoso para levar para a cadeia do condado. O garoto que levar essa nota poderia sem dúvida cuidar do seu telegrama. Se houver um trem à tarde, Watson, creio que faríamos bem em pegá-lo, já que tenho uma análise química de algum interesse para terminar, e essa investigação está precipitando-se para a sua conclusão.

Depois de o rapaz ter sido despachado com a nota,

Sherlock Holmes deu suas instruções para os criados. Se viesse alguém procurar a sra. Cubitt, nenhuma informação deveria ser dada sobre a sua condição, mas essa pessoa deveria ser levada imediatamente à sala de estar. Insistiu nesse ponto com a maior veemência possível. Finalmente conduziu-nos para a sala de estar, com a observação de que o caso estava agora fora de nossas mãos e que devíamos procurar passar o tempo da melhor maneira possível, até vermos o que nos esperava. O médico partira para cuidar dos seus pacientes, e apenas o inspetor e eu permanecemos.

– Creio que posso ajudá-los a passar o tempo de uma maneira interessante e proveitosa – disse Holmes, trazendo sua cadeira para a mesa e espalhando à sua frente os vários papéis onde estavam desenhadas as piruetas dos dançarinos. – Quanto a você, amigo Watson, tenho de pedir perdão por ter permitido que a sua curiosidade natural ficasse insatisfeita por tanto tempo. Ao senhor, inspetor, todo o incidente pode interessar como um extraordinário estudo profissional. Primeiro tenho de contar-lhe todas as circunstâncias interessantes relacionadas às consultas anteriores que o sr. Hilton Cubitt teve comigo em Baker Street.

Ele então recapitulou rapidamente os fatos que já foram narrados.

– Tenho aqui à minha frente esses desenhos singulares, que poderiam provocar sorrisos, não tivessem eles sido os presságios de uma tragédia tão terrível. Sou bastante familiarizado com todas as formas de escritas secretas, e sou autor de uma monografia insignificante sobre o assunto, na qual eu analiso 160 criptogramas diferentes, mas confesso que esse era inteiramente novo para mim. A intenção daqueles que inventaram o sistema foi aparentemente esconder que esses caracteres transmitiam uma mensagem e dar a idéia de que eles eram meros desenhos ao acaso de crianças.

"Tendo reconhecido uma vez, no entanto, que os símbolos representavam letras e aplicando as regras que nos orientam em todas as formas de escritas secretas, a solução não foi difícil de ser encontrada. A primeira mensagem submetida a mim era tão curta que foi impossível fazer mais do que conjeturar com alguma confiança qual símbolo representava o E. Como sabem, a letra E é a mais comum no alfabeto inglês e ela predomina de tal forma que até em uma frase curta pode-se esperar encontrá-la mais vezes. Dos quinze símbolos na primeira mensagem, quatro eram os mesmos, então era razoável estabelecê-los como sendo a letra E. É verdade que, em alguns casos, a figura empunhava uma bandeira, e em outros não, mas era provável pela maneira que as bandeiras estavam distribuídas, que elas eram usadas para dividir a frase em palavras. Tomei isso como uma hipótese, e considerei que o E era representado por .

"Mas agora chegamos à verdadeira dificuldade da investigação. A ordem das letras após o E no inglês não é de forma alguma bem definida, e qualquer preponderância que se faça sentir na média de uma folha impressa poderá desaparecer, quando se tratar de uma única frase curta. Falando por alto, T, A, O, I, N, S, H, R, D e L são a ordem numérica na qual as letras ocorrem, mas T, A, O e I estão quase no mesmo plano, de modo que seria uma tarefa infindável tentar cada combinação até se chegar a um significado. Esperei, portanto, por novos dados. Na minha segunda entrevista com o sr. Hilton Cubitt, ele pôde me passar mais duas frases curtas e uma mensagem que me pareceu – já que não havia bandeira – uma palavra só. Aqui estão os símbolos:

"Agora, na palavra de cinco letras que já tenho, os dois E aparecem em segundo e quarto lugares. Pode ser *sever, lever*, ou *never**. Não há dúvida que essa última como resposta a um apelo é de longe a mais provável, e as circunstâncias indicavam ser uma resposta escrita pela senhora. Aceitando isso como correto, podemos agora dizer que os símbolos

correspondem respectivamente a N, V e R.

"Mesmo assim eu estava em uma posição difícil, mas uma feliz idéia me fez descobrir várias outras letras. Ocorreu-me que, se esses apelos viessem, como eu esperava, de alguém que tivera intimidade com a senhora no passado, uma combinação que contivesse dois E, com três letras entre eles, poderia muito bem significar o nome *Elsie*. Examinando os bilhetes, vi que essa combinação formava a conclusão da mensagem que se repetia três vezes. Era certamente algum apelo a *Elsie*. Desse modo consegui o meu L, S e I. Mas que apelo poderia ser? Havia apenas quatro letras na palavra que precedia *Elsie*, e ela terminava em E. Seguramente a palavra devia ser *come***. Tentei todas as outras quatro letras com terminação em E, mas não encontrei nenhuma que encaixasse. Então agora eu estava de posse do C, O e M, e podia atacar a primeira mensagem novamente, dividindo-a em palavras e colocando pontos para cada símbolo que ainda era desconhecido. Com essa abordagem, ela ficou assim:

.M ERE ..E SL.NE.

"Agora, a primeira letra só pode ser A, o que é uma descoberta muito útil, já que ela ocorre não menos

* Separar, alavanca, ou nunca. (N. do T.)

** Venha. (N. do T.)

que três vezes nessa frase curta, e o H também é evidente na segunda palavra. Assim sendo, temos:

AM HERE A. E SLANE.

"Ou, completando os espaços óbvios no nome:

AM HERE ABE SLANEY*

"Eu tinha tantas letras agora que podia prosseguir com uma considerável confiança para a segunda mensagem, que ficou assim:

A. ELRI.ES

"Aqui, eu só podia conseguir sentido colocando o T e o G para as letras que faltavam, e supondo que o nome era de alguma casa ou pousada na qual o escritor estava hospedado."

O inspetor Martin e eu ouvimos com a maior atenção o relato completo e preciso de como o meu amigo havia conseguido os resultados que levaram a um domínio tão completo das nossas dificuldades.

– O que fez então, senhor? – perguntou o inspetor.

– Eu tinha todas as razões para supor que esse Abe Slaney era norte-americano, já que o nome Abe é uma abreviatura americana, e também porque a carta dos Estados Unidos fora o ponto de partida de todos os problemas. Tinha também razões para crer que havia algum segredo criminoso no caso. As alusões da senhora ao passado e a sua recusa em fazer confidências para o seu marido apontavam nessa direção. Assim sendo, telegrafei ao meu amigo Wilson Hargreave, da polícia de Nova York, que mais de uma vez fez uso do meu conhecimento do mundo criminoso de Londres. Perguntei-lhe se o nome Abe Slaney lhe era conhecido. Aqui está a resposta: "O mais perigoso vigarista de Chicago". Na

* "Estou aqui Abe Slaney." (N. do T.)

mesma tarde que recebi a sua resposta, Hilton Cubitt enviou-me a última mensagem de Slaney. Trabalhando com letras conhecidas, cheguei a esse resultado:

ELSIE .RE.ARE TO MEET THY GO.*

"O acréscimo de um P e um D completou a mensagem, deixando claro que o miserável tinha passado da persuasão para a ameaça, e o meu conhecimento dos vigaristas de Chicago deu-me a condição de saber que ele poderia agir sem demora. Vim de uma vez para Norfolk com meu amigo e colega, dr. Watson, mas, infelizmente, apenas a tempo de ficar sabendo que o pior já ocorrera.

– É um privilégio trabalhar com o senhor em um caso – disse o inspetor com entusiasmo. – Mas me desculpe, entretanto, se lhe falar com franqueza. O senhor é responsável por si mesmo, mas eu tenho de prestar contas aos meus superiores. Se esse Abe Slaney, que está em Elrige's, é realmente o assassino, e se ele fugiu enquanto estou sentado aqui, certamente ficarei com sérios problemas.

– Não se preocupe. Ele não tentará fugir.

– Como o senhor sabe?

– A fuga seria uma confissão de culpa.

– Então vamos prendê-lo.

– Espero a chegada dele aqui a qualquer instante.

– Mas por que ele viria?

– Porque escrevi pedindo que viesse.

– Mas isso é incrível, sr. Holmes! Por que ele viria se o senhor pedisse? Um pedido dessa natureza não iria antes despertar-lhe as suspeitas e fazê-lo fugir?

– Creio que soube como redigir o bilhete – disse Sherlock Holmes. – Na realidade, se eu não estiver muito enganado, lá está o próprio cavalheiro subindo a alameda.

* "Elsie prepare-se para encontrar com Deus." (N. do T.)

Um homem vinha a passos largos pelo caminho que levava à porta. Era um sujeito alto, bonito e moreno, com uma barba escura curta e um nariz grande e agressivo, em forma de gancho. Trajava um terno de flanela cinza com um chapéu Panamá e balançava uma bengala ao caminhar. Seguia arrogante pelo caminho, como se o lugar lhe pertencesse, e ouvimos o seu toque alto e firme na campainha.

– Creio, cavalheiros, que é melhor assumirmos a nossa posição atrás da porta – disse Holmes calmamente. – Todas as precauções são necessárias quando lidando com um sujeito dessa espécie. Vai precisar das suas algemas, inspetor. Deixe a conversa por minha conta.

Esperamos em silêncio por um minuto – um desses minutos que uma pessoa jamais esquece. Então a porta abriu-se, e o homem entrou. Imediatamente Holmes golpeou sua cabeça com o revólver, e Martin colocou-lhe as algemas. Foi tudo feito de forma tão rápida e hábil, que o sujeito estava dominado antes de perceber que fora atacado. Lançou um olhar feroz de um para o outro com um par de olhos negros brilhantes, então irrompeu em um riso amargo.

– Bem, cavalheiros, levaram vantagem desta vez. Parece que bati em algo duro com a cabeça. Mas vim aqui em resposta a uma carta da sra. Hilton Cubitt. Não me digam que ela está envolvida nisto? Não me digam que ela ajudou-os a armar esta armadilha para mim?

– A sra. Hilton Cubitt foi seriamente ferida, e está à morte.

O homem deu um grito rouco de dor que ecoou pela casa.

– Você está louco! – exclamou ferozmente. – Foi ele que foi ferido, não ela. Quem machucaria a pequena Elsie? Eu posso ter ameaçado ela, Deus me perdoe, mas nunca tocaria em um fio de cabelo daquela linda cabeça. Desminta isso! Diga que ela não está ferida!

– Ela foi encontrada com um ferimento grave ao lado do seu marido morto.

Ele afundou no sofá com um gemido profundo e enterrou o rosto nas mãos algemadas. Por cinco minutos permaneceu em silêncio. Então ergueu o rosto mais uma vez e falou com a compostura fria do desespero.

– Nada tenho a esconder dos senhores – disse ele. – Se atirei no homem, ele atirou primeiro em mim, e não posso ser considerado um assassino. Mas se acham que eu seria capaz de ferir aquela mulher, então não me conhecem, nem a ela. Garanto-lhes que nunca houve um homem nesse mundo que amou uma mulher mais do que eu a amei. Eu tinha direito a ela. Ela me foi prometida anos atrás. Quem era esse inglês que se interpôs entre nós? Digo-lhes que tinha primazia sobre ela, e estava somente reivindicando o que era meu.

– Ela livrou-se da sua influência quando descobriu que espécie de homem o senhor era – disse Holmes severamente. – Ela fugiu dos Estados Unidos para evitá-lo e casou-se com um honrado cavalheiro na Inglaterra. Você perseguiu-a obstinadamente, e tornou miserável a vida dela a fim de induzi-la a abandonar o marido, que ela amava e respeitava, para fugir com o senhor, que temia e odiava. O senhor terminou provocando a morte de um homem nobre e levou a sua mulher ao suicídio. Essa é a sua ficha neste caso, sr. Abe Slaney, e terá de responder na justiça por isso.

– Se Elsie morrer, não temo nada que possa me ocorrer – disse o americano.

Ele abriu uma das mãos e olhou para o bilhete amassado na sua palma.

– Diga aí, o senhor não está tentando me assustar com isso, está? Se a senhora está tão ferida como o senhor diz, quem escreveu esta nota? – exclamou com um brilho de suspeita nos olhos, jogando o bilhete sobre a mesa.

– Eu escrevi para trazê-lo aqui.

– O senhor escreveu? Não havia ninguém no mundo, fora da Junta, que conhecesse o segredo dos dançarinos. Como o senhor poderia escrever?

– O que um homem pode inventar, o outro pode descobrir – disse Holmes. – Há um cupê vindo para levá-lo a Norwich, sr. Slaney. Mas, enquanto isto, o senhor tem tempo para fazer uma pequena reparação pelo mal que fez. O senhor está consciente de que a própria sra. Cubitt esteve sob grave suspeita de assassinato do seu marido e que foi somente a minha presença aqui e o conhecimento que tinha que a salvaram da acusação? O mínimo que o senhor lhe deve é tornar claro para todo o mundo que ela não é responsável de forma alguma, direta ou indiretamente, pelo trágico fim dele.

– Não desejo outra coisa – disse o americano. – Creio que o melhor que posso fazer por mim mesmo é contar a verdade absoluta.

– É meu dever preveni-lo de que tudo o que disser será usado contra o senhor – rogou o inspetor, com a magnífica lealdade prevista pela lei criminal inglesa.

Slaney encolheu os ombros.

– Estou disposto a arriscar-me – disse ele. – Em primeiro lugar, gostaria que os cavalheiros compreendessem que conheço essa senhora desde que ela era uma criança. Nós éramos sete em uma gangue em Chicago, e o pai de Elsie era o chefe da Junta. Ele era um homem inteligente, o velho Patrick. Foi ele que inventou aquela escrita, que passaria como os garranchos de uma criança, a não ser para quem tivesse a chave para ela. Bem, Elsie sabia de algumas coisas que fazíamos, mas ela não tolerava isso, e com um pouco de dinheiro honesto que tinha, ela fugiu e foi para Londres. Estávamos noivos e ela teria casado comigo, acredito, se eu tivesse assumido outra profissão, mas ela não queria saber de nada que fosse desonesto. Somente depois do seu casamento com esse inglês que fui capaz de descobrir o seu paradeiro. Escrevi para ela, mas não tive resposta. Depois, vim para cá e, como as cartas não adiantavam, coloquei as minhas mensagens onde ela pudesse lê-las.

"Bem, estou aqui há um mês agora. Eu vivia naquela fazenda, onde eu tinha um quarto embaixo e podia entrar e sair todas as noites sem que ninguém percebesse. Fiz de tudo para persuadir Elsie a fugir comigo. Eu sabia que ela lia as mensagens, pois uma vez escreveu uma resposta embaixo de uma delas. Depois perdi a paciência e comecei a ameaçá-la. Então ela enviou-me uma carta, implorando que eu fosse embora e dizendo que se qualquer escândalo manchasse o nome do marido, isso partiria o coração dela. Disse que desceria quando o seu marido estivesse dormindo às três da manhã e falaria comigo pela janela dos fundos, se eu fosse embora depois e a deixasse em paz. Ela desceu e trouxe dinheiro consigo, tentando comprar-me para ir embora. Isso me deixou maluco, e peguei-a pelo braço e tentei puxá-la pela janela. Nesse instante, o marido entrou correndo no aposento empunhando o revólver. Elsie caíra no chão e estávamos frente a frente. Eu também estava armado, e ergui o revólver para assustá-lo e poder fugir. Ele atirou e errou. Atirei quase no mesmo instante e ele caiu. Fugi pelo jardim e ainda ouvi a janela ser fechada atrás de mim. Juro por Deus que essa é a verdade, cavalheiros, palavra por palavra, e não ouvi mais falar nisso até aquele rapaz aparecer a cavalo com o bilhete que me fez vir até aqui como um tolo para cair em suas mãos."

Um cupê chegara enquanto o americano falava. Dois policiais estavam sentados dentro. O inspetor Martin ergueu-se e tocou o prisioneiro no ombro.

– Está na hora de irmos.

– Posso vê-la primeiro?

– Não, ela está inconsciente. Sr. Sherlock Holmes, só espero que, se um dia tiver novamente um caso importante, eu tenha a boa sorte de tê-lo ao meu lado.

Paramos na janela e acompanhamos o cupê ir embora. Ao voltar-me, vi a bola de papel que o prisioneiro jogara sobre a mesa. Era o bilhete com que Holmes o atraíra à armadilha.

– Veja se você consegue compreendê-lo, Watson – disse ele, com um sorriso.

Não havia uma palavra escrita, apenas uma pequena fileira de dançarinos:

– Se você usar o código que lhe expliquei, você verá que ele quer dizer simplesmente "Come here at once"* – disse Holmes. – Eu estava convencido de que ele não recusaria tal convite, já que nunca iria imaginar que pudesse vir de outra pessoa, além da senhora. E assim, meu caro Watson, terminamos conseguindo que os dançarinos servissem a uma boa causa, quando eles foram tantas vezes agentes do mal, e acredito ter cumprido minha promessa de dar a você algo fora do comum para o seu caderno de notas. Nosso trem sai às três e quarenta, e creio que estaremos de volta a Baker Street a tempo de jantar.

* "Venha imediatamente." (N. do T.)

Apenas uma palavra como epílogo:

O americano, Abe Slaney, foi condenado à morte por um tribunal de Norwich, mas a pena foi comutada para prisão perpétua devido às circunstâncias atenuantes, e a certeza de que Hilton Cubitt atirara primeiro.

Da sra. Cubitt, só sei que se recuperou inteiramente e que continua viúva, devotando a sua vida a cuidar dos pobres e da administração da propriedade do marido.

A ciclista solitária

Dos anos de 1894 a 1901, inclusive, o sr. Sherlock Holmes foi um homem muito ocupado. Pode-se afirmar com segurança que não houve um caso público de qualquer dificuldade em que ele não tenha sido consultado durante aqueles oito anos, e houve centenas de casos específicos, alguns realmente intrincados e extraordinários, nos quais desempenhou um papel importante. Muitos sucessos sensacionais e alguns fracassos inevitáveis foram o resultado desse longo período contínuo de trabalho. Tendo guardadas notas completas de todos esses casos, e estando pessoalmente envolvido em muitos deles, pode-se imaginar que não é tarefa fácil escolher quais eu deva apresentar ao público. Ficarei, no entanto, com minha antiga norma, de dar a preferência para aqueles casos que derivam o seu interesse nem tanto da brutalidade do crime, mas da engenhosidade e qualidade dramática da solução.

Por esse motivo, vou apresentar agora para o leitor os fatos associados à srta. Violet Smith, a ciclista solitária de Charlington, e a curiosa seqüência das nossas investigações que culminaram em uma tragédia inesperada. É verdade que as circunstâncias não permitiram nenhuma demonstração extraordinária dos dons pelos quais meu amigo era famoso, mas há alguns pontos no caso que fizeram com que se sobressaísse em meio àqueles longos registros de crimes onde busco o material para essas pequenas narrativas.

Consultando o meu caderno de notas para o ano de 1895, vejo que foi em um sábado, no dia 23 de abril, que primeiro ouvimos falar da srta. Violet Smith.

Lembro-me que a sua visita foi extremamente inoportuna para Holmes, que estava absorto no momento em um problema muito obscuro e complicado relacionado à estranha perseguição de que fora vítima John Vincent Harden, o conhecido milionário do tabaco.

Meu amigo, que acima de tudo gostava de precisão e concentração em seu raciocínio, ressentia-se de qualquer coisa que distraísse sua atenção do problema que estava à sua frente. Mesmo assim, sem ser rude, o que era algo estranho ao seu temperamento, foi impossível recusar-se a escutar a história da jovem bela, alta e graciosa, que se apresentou em Baker Street já tarde da noite e implorou sua ajuda e conselhos. Foi inútil insistir que o seu tempo já estava totalmente ocupado, pois a jovem dama viera determinada a contar a sua história e era evidente que nada, a não ser a força, poderia tirá-la da sala até que ela o fizesse. Com um ar resignado e um sorriso de certa forma cansado, Holmes convidou a bela intrusa a sentar-se e contar-nos o que a estava incomodando.

– Pelo menos não pode ser a sua saúde – disse ele, enquanto os olhos atentos a examinavam. – Uma ciclista tão apaixonada deve estar cheia de energia.

Ela relanceou os olhos com surpresa para os próprios pés, e observei uma leve aspereza no lado da sola causada pela fricção da extremidade do pedal.

– Sim, eu pedalo bastante, sr. Holmes, e isso tem alguma relação com a minha visita de hoje.

Meu amigo tomou a mão despida da luva da jovem e examinou-a com a rigorosa atenção e a frieza que um cientista demonstraria por um espécime.

– Tenho certeza de que a senhorita vai desculparme. Faz parte do meu trabalho – disse ele, largando-lhe a mão. – Quase caí no erro de supor que era datilógrafa. Naturalmente, é óbvio que é musicista. Você vê as pontas dos dedos espatuladas, Watson, que é comum a ambas as profissões? Há, no entanto, uma espiritualidade no rosto... – girando de leve o rosto dela para a luz – que a datilógrafa não desenvolve. Essa jovem é musicista.

– Sim, sr. Holmes, sou professora de música.

– No campo, suponho, pela sua tez de pele.

– Sim, senhor, perto de Farnham, nos limites de Surrey.

– Uma bela vizinhança, e repleta das associações mais interessantes. Lembra-se, Watson, de que foi perto dali que nós apanhamos Archie Stamford, o falsificador? Agora, srta. Violet, que foi que lhe aconteceu perto de Farnham, nos limites de Surrey?

A jovem, com grande clareza e serenidade, fez o seguinte curioso relato:

– Meu pai já morreu, sr. Holmes. Ele era James Smith, regente da orquestra do Teatro Imperial. Minha mãe e eu nos vimos sem um parente no mundo a não ser um tio, Ralph Smith, que foi para a África 25 anos atrás e de quem nunca mais tivemos notícia. Quando meu pai morreu ficamos muito pobres, mas um dia nos disseram que havia um anúncio no *The Times* perguntando por nosso paradeiro. Pode imaginar como ficamos excitadas, pois imaginamos que alguém nos deixara uma fortuna. Fomos imediatamente ao advogado cujo nome fora dado no jornal. Ali encontramos dois cavalheiros, os senhores Carruthers e Woodley, que estavam de volta de uma viagem à África do Sul. Disseram que meu tio era amigo deles, que morrera pobre alguns meses atrás em Johannesburg e que lhes pedira, na hora da morte, que procurassem seus parentes e vissem se precisavam de algo. Pareceu-nos estranho que o tio Ralph, que nunca se preocupara conosco em vida, tivesse tanto cuidado em zelar por nós após sua morte, mas o sr. Carruthers explicou que a razão era que meu tio acabara de saber da morte do seu irmão e então sentira-se responsável por nossa sorte.

– Perdão – disse Holmes –, quando ocorreu essa conversa?

– Em dezembro passado, há quatro meses.

– Por favor, continue.

– O sr. Woodley pareceu-me uma pessoa realmente odiosa. Olhava-me o tempo todo de maneira desagradável, um rapaz com um rosto ordinário, inchado, de bigode ruivo e cabelos emplastados dos lados da testa. Achei-o absolutamente detestável e tive certeza de que Cyril não gostaria que eu conhecesse um sujeito como aquele.

– Oh, Cyril é o seu nome! – disse Holmes, sorrindo.

A moça corou e riu.

– Sim, sr. Holmes. Cyril Morton, um engenheiro elétrico, e esperamos casar-nos no fim do verão. Meu Deus, como é que *fui* falar nele? O que eu queria dizer é que o sr. Woodley era absolutamente detestável, mas que o sr. Carruthers, embora sendo um homem muito mais velho, era mais agradável. Ele era moreno, pálido, bem barbeado, silencioso, mas tinha boas maneiras e um sorriso simpático. Perguntou-me como estávamos financeiramente e, ao saber que éramos muito pobres, sugeriu que eu fosse ensinar música para sua filha única, de dez anos de idade. Respondi que não gostaria de deixar minha mãe, ao que ele sugeriu que eu poderia ir para casa todos os fins de semana e ofereceu-me cem libras por ano, o que era certamente uma ótima remuneração. Acabei aceitando e fui para Chiltern Grange, a uns dez quilômetros de Farnham. O sr. Carruthers era viúvo, mas havia contratado uma governanta, uma senhora muito respeitável, já de idade, chamada sra. Dixon, para tomar conta da casa. A menina era querida e tudo ia bem. O sr. Carruthers era muito amável e apreciava muito a música, de modo que passávamos noites agradáveis juntos. Todos os fins de semana eu ia para casa visitar minha mãe.

"A primeira perturbação na minha felicidade foi a chegada do sr. Woodley com seu bigode ruivo. Ele veio para uma visita de uma semana, e oh, pareceu-me três meses! Era uma pessoa desagradável, um sujeito grosseiro com todos, mas comigo algo infinitamente pior que isso. Fez-me uma corte detestável, gabando-se da sua riqueza, dizendo que se me casasse com ele teria os diamantes mais finos de Londres. Finalmente, certo dia, após o jantar, quando não quis saber dele, agarrou-me pelos braços – ele era hediondamente forte – e jurou que não me deixaria ir se não o beijasse. O sr. Carruthers apareceu e desvencilhou-o de mim, ao que ele voltou-se contra o seu próprio anfitrião, derrubando-o com um soco e cortando o seu rosto. Como o senhor pode imaginar, foi o fim da visita. O sr. Carruthers desculpou-se no dia seguinte e assegurou-me que eu nunca mais seria exposta a um insulto dessa natureza. Não vi mais o sr. Woodley desde então.

"E agora, sr. Holmes, chego afinal ao acontecimento especial que me fez procurar seus conselhos hoje. O senhor deve saber que todos os sábados, antes do meio-dia, vou de bicicleta para a estação de Farnham, para tomar o trem das 12h22 para a cidade. A estrada de Chiltern Grange é deserta, e um trecho é particularmente deserto, pois se estende por um quilômetro e meio entre a charneca de Charlington de um lado e a mata que cerca a mansão Charlington do outro. Não seria possível encontrar um trecho de estrada mais solitário em qualquer lugar e é bastante raro encontrar até mesmo uma carroça, ou um camponês, até chegar à estrada principal perto de Crooksbury Hill. Há duas semanas, quando passava por esse lugar, olhei por acaso por sobre o ombro e vi um homem, também de bicicleta, a uns duzentos metros atrás de mim. Parecia de meia-idade, com uma barba escura curta. Olhei de novo antes de chegar a Farnham, mas o homem desaparecera, então não pensei mais nisso. Mas o senhor pode imaginar como fiquei surpresa, sr. Holmes quando, ao voltar na segunda-feira, vi o mesmo homem no mesmo trecho da estrada. Meu espanto aumentou quando o incidente ocorreu novamente, exatamente como antes, no sábado e na segunda seguintes. Ele sempre ficava à distância e não me incomodou de forma alguma, mas ainda assim era um fato muito estranho. Falei sobre isso com o sr. Carruthers, que pareceu interessado no que eu dizia e contou-me que encomendara uma charrete e um cavalo para que no futuro eu não passasse por aquela estrada solitária sem uma companhia.

"O cavalo e a charrete eram para ter chegado essa semana, mas por alguma razão eles não foram entregues, e mais uma vez tive de pedalar para a estação. Isso foi esta manhã. O senhor pode crer que olhei à minha volta quando cheguei à charneca de Charlington e lá estava o homem, sem a menor dúvida, exatamente como nas duas semanas anteriores. Ele sempre ficava tão distante que eu não conseguia ver claramente o seu rosto, mas certamente era alguém que eu não conhecia. Estava vestido com um terno escuro e um boné de pano. A única coisa que eu conseguia distinguir claramente no seu rosto era sua barba escura. Hoje não fiquei alarmada, mas cheia de curiosidade, decidida a ver quem era e o que queria. Diminuí a marcha, mas ele diminuiu a sua. Parei completamente, mas ele parou também. Então armei uma cilada para ele. Há uma curva fechada na estrada e passei por ela pedalando rapidamente, então parei e esperei. Eu contava que ele fizesse a curva em alta velocidade e passasse por mim antes que pudesse parar. Mas ele não apareceu. Então voltei e olhei para o outro lado da curva. Podia ver um quilômetro e meio da estrada, mas ele não estava nela. O mais extraordinário é que não havia um atalho nesse ponto, por onde pudesse ter-se metido.'

Holmes deu um risinho e esfregou as mãos.

– Esse caso certamente apresenta suas peculiaridades – disse ele. – Quanto tempo se passou entre o momento em que a senhorita fez a curva e aquele em que descobriu que a estrada estava deserta?

– Dois ou três minutos.

– Então ele pode ter voltado pela estrada, e a senhorita diz que não há atalhos?

– Nenhum.

– Então ele certamente tomou uma trilha de um lado ou outro da estrada.

– Não poderia ter sido do lado das urzes, ou o teria visto.

– Então, por exclusão, chegamos à conclusão de que ele se dirigiu para a mansão Charlington, a qual, pelo que sei, está situada em um parque de um lado da estrada. Mais alguma coisa?

– Nada mais, sr. Holmes, a não ser que fiquei tão perplexa que senti que não teria sossego enquanto não falasse com o senhor e ouvisse os seus conselhos.

Holmes ficou em silêncio por algum tempo.

– Onde está o cavalheiro de quem a senhorita está noiva? – perguntou afinal.

– Ele trabalha em Coventry, na Midland Electric Company.

– Ele não lhe faria uma visita de surpresa?

– Oh, sr. Holmes! Como se eu não o conhecesse!

– A senhorita tinha muitos admiradores?

– Vários antes de conhecer Cyril.

– E desde então?

– Havia esse homem detestável, Woodley, se é que se pode chamá-lo de admirador.

– Ninguém mais?

Nossa cliente pareceu um pouco confusa.

– Quem era ele? – perguntou Holmes.

– Oh, talvez seja apenas a minha imaginação, mas, às vezes, tem-me parecido que meu empregador, sr. Carruthers, se interessa bastante por mim. Nós passamos muito tempo juntos. Eu o acompanho no piano à noite. Ele nunca disse coisa alguma. É um perfeito cavalheiro. Mas uma mulher sente essas coisas.

– Ah! – exclamou Holmes preocupado. – Como ele ganha a vida?

– Ele é um homem rico.

– Sem carruagens ou cavalos?

– Bem, pelo menos ele é relativamente rico. Mas ele vai à *City** duas ou três vezes por semana. Interessa-se muito por ações de minas de ouro da África do Sul.

– A senhorita me comunicará qualquer novidade, srta. Smith. Estou muito ocupado no momento, mas vou encontrar tempo para fazer algumas investigações sobre o seu caso. Enquanto isso, não faça nada sem avisar-me. Adeus e confio que só teremos boas notícias para a senhorita.

"Está na ordem natural das coisas que uma jovem como essa tenha seguidores – disse Holmes, buscando seu cachimbo, meditativo. – Mas por escolha, e não sobre bicicletas em estradas desertas no campo. Algum apaixonado secreto, sem dúvida alguma. Mas há detalhes curiosos e sugestivos no caso, Watson."

– Que ele apareça somente naquele trecho?

– Exatamente. Nosso primeiro passo tem de ser saber quem são os moradores da mansão Charlington. Então, além disso, qual a relação entre Carruthers e Woodley, já

---

* Centro financeiro de Londres. (N. do T.)

que parecem tipos tão diferentes. Por que estão *ambos* tão interessados nos parentes de Ralph Smith? Um ponto mais. Que espécie de *ménage** é aquele, que paga o dobro do preço de mercado a uma governanta, mas não tem um cavalo, embora esteja a dez quilômetros da estação? Estranho, Watson, muito estranho.

– Você vai até lá?

– Não, meu caro, *você* vai até lá. Talvez seja uma intriga frívola, e não posso largar minhas outras investigações importantes por causa disso. Segunda-feira você procurará chegar mais cedo em Farnham, se esconderá perto da charneca de Charlington e observará esses fatos por si mesmo, e agirá conforme achar acertado. Então, tendo indagado sobre os moradores da mansão, regressará para me fazer um relatório. E agora, Watson, nem mais uma palavra sobre o assunto até termos alguns pontos de apoio sólidos sobre os quais espero chegar à nossa solução.

Nós tínhamos confirmado com a moça que ela pegaria o trem que deixa a estação de Waterloo às 9h50 na segunda-feira, então saí mais cedo e peguei o das 9h13. Na estação de Farnham não tive dificuldade em conseguir informações que me levassem à charneca de Charlington. Era impossível enganar-se quanto ao cenário da aventura da moça, pois a estrada corre entre a charneca aberta de um lado e uma velha sebe de teixos do outro, circundando um parque cheio de árvores magníficas. Havia um portão principal de pedra, tomado por líquen, cada pilar ornado com emblemas heráldicos, mas, além dessa entrada, observei vários pontos onde havia falhas na sebe, de onde saíam veredas. A casa era invisível da estrada, mas as cercanias lembravam tristeza e decadência.

A charneca estava coberta por manchas douradas

* Lar, casa, família. (N. do T.)

de tojos em flor, brilhando magnificamente à luz do sol primaveril. Tomei posição atrás de uma dessas moitas, de maneira a ver tanto o portão da mansão como um longo trecho da estrada de cada lado. Ela estava deserta no momento em que a deixei, mas agora via um ciclista vindo da direção oposta à que eu viera. Estava vestido com um terno escuro e vi que tinha uma barba negra. Ao chegar ao fim dos terrenos da mansão Charlington, saltou da bicicleta e levou-a por um vão na sebe, desaparecendo de minhas vistas.

Um quarto de hora passou e então um segundo ciclista apareceu. Dessa vez era a moça vindo da estação. Vi-a olhar à volta quando chegou perto da sebe de Charlington. Um instante depois o homem emergiu do seu esconderijo, saltou sobre a bicicleta e passou a segui-la. Em toda a ampla paisagem aquelas eram as duas únicas figuras em movimento, a graciosa moça muito ereta na bicicleta e o homem atrás dela inclinado sobre a direção, com um ar curiosamente furtivo em cada movimento. Ela olhou para trás e diminuiu o ritmo. Ele também diminuiu. Ela parou. Ele parou imediatamente também, mantendo-se a duzentos metros dela. Seu próximo movimento foi tão inesperado quanto arrojado. De repente ela virou a direção e pedalou rapidamente direto para ele! O ciclista foi tão rápido quanto ela, no entanto, e disparou em fuga desesperada. Logo ela voltou de novo pela estrada, a cabeça desdenhosamente empinada, não se dignando mais a preocupar-se com seu seguidor silencioso. Ele também deu volta e ainda manteve a distância até a curva da estrada escondê-lo do meu campo de visão.

Fiquei em meu esconderijo, e foi bom ter feito isso, pois daqui a pouco o homem reapareceu, pedalando vagarosamente de volta. Dobrou nos portões da mansão e apeou da bicicleta. Por alguns minutos pude vê-lo parado em meio às árvores. As mãos estavam erguidas e ele parecia estar ajeitando a gravata. Então subiu de novo na bicicleta e afastou-se pela alameda em direção à mansão. Corri pela charneca e espiei por entre as árvores. Vislumbrei ao longe o velho prédio cinzento com suas chaminés altas estilo Tudor, mas a alameda corria em meio ao matagal denso, e não vi mais o nosso homem.

Entretanto, pareceu-me que o meu trabalho da manhã fora auspiciosamente bom e caminhei de volta bastante satisfeito para Farnham. O corretor de imóveis da localidade nada me pôde dizer sobre a mansão Charlington, mandando-me procurar uma conhecida firma em Pall Mall. Parei ali a caminho de casa e fui recebido com cortesia pelo representante. Não, não poderia alugar a mansão Charlington para o verão. Era tarde demais, ela fora alugada mais ou menos um mês antes. Sr. Williamson era o nome do inquilino. Era um respeitável senhor de idade. O educado agente temia que não pudesse dizer mais nada, pois a vida dos seus clientes não era um assunto que pudesse discutir.

Sherlock Holmes ouviu com atenção o longo relatório que fui capaz de lhe apresentar aquela noite, mas não enunciou a palavra concisa de elogio que eu esperava e a que teria dado tanto valor. Ao contrário, seu rosto austero tornou-se mais severo ainda do que o habitual, enquanto comentava sobre as coisas que eu fizera e as coisas que deixara de fazer.

– Seu esconderijo, caro Watson, deixou muito a desejar. Você deveria estar atrás da sebe, então teria uma visão próxima dessa pessoa interessante. Da forma que foi feito, você estava a uns cem metros de distância e pôde contar-me menos até que a srta. Smith. Ela acha que não conhece o homem, mas estou convencido de que ela o conhece. Do contrário, por que ele evitaria a todo custo que ela se aproximasse e lhe visse as feições? Você o descreve inclinando-se sobre a direção. Mais uma vez a dissimulação, percebe? Você realmente trabalhou extraordinariamente mal. Ele volta para casa, e você quer descobrir quem ele é, então vai a um corretor de imóveis de Londres!

– O que eu deveria ter feito? – exclamei acaloradamente.

– Devia ter ido à taverna mais próxima. É o centro da fofoca no campo. Eles lhe teriam contado todos os nomes, desde o patrão até o lavador de pratos. Williamson! Não me diz nada. Se ele é um homem idoso, não é o ciclista enérgico que foge em alta velocidade da perseguição daquela moça atlética. O que ganhamos com a sua expedição? A certeza de que a história da garota é verdadeira. Nunca duvidei disso. Que há uma relação entre a ciclista e a mansão. Nunca duvidei disso também. Que a mansão é alugada por Williamson. De que adianta saber disso? Bem, bem, meu caro senhor, não fique tão deprimido. Pouco podemos fazer até o próximo sábado, e, nesse ínterim, eu mesmo vou fazer uma ou duas investigações.

Na manhã seguinte, recebemos um bilhete da srta. Smith, recordando brevemente e com precisão os incidentes por mim presenciados, mas o mais importante da carta estava no pós-escrito:

> "Tenho certeza de que o senhor respeitará minha confidência, sr. Holmes, quando lhe contar que minha posição aqui tornou-se difícil devido ao fato de que meu patrão me pediu em casamento. Estou convencida de que os seus sentimentos são profundos e honrados. Por outro lado, sou noiva, é claro. Ele aceitou minha recusa muito seriamente, mas também muito delicadamente. O senhor pode entender, entretanto, que a situação está um pouco tensa."

– Nossa jovem amiga parece estar navegando em águas profundas – disse Holmes pensativo, ao terminar a carta. – O caso certamente apresenta mais traços de interesse e uma maior possibilidade de desenvolvimento do que eu pensara originalmente. Um dia tranqüilo e calmo no campo não me faria mal, e estou com vontade de ir lá esta tarde e testar uma ou duas teorias que formei.

O dia calmo de Holmes no campo teve um fim singular, pois ele chegou tarde da noite em Baker Street com um lábio cortado e um galo na testa, além de um ar de libertinagem que teriam feito dele mesmo um objeto adequado para uma investigação da Scotland Yard. Estava muito animado com sua própria aventura e riu gostosamente ao relembrá-la.

– Eu faço tão pouco exercício que é sempre um prazer – disse ele. – Você sabe que tenho alguma perícia no bom e velho esporte bretão do boxe. Ocasionalmente ele me ajuda. Hoje, por exemplo, teria sofrido um desonroso revés sem ele.

Implorei-lhe que me contasse o que ocorrera.

– Encontrei aquela taverna de campo de que já havia lhe chamado a atenção, e lá fiz minhas discretas investigações. Fiquei no balcão, e o proprietário tagarela estava me dando todas as informações que eu queria. Williamson é um homem de barba branca e mora sozinho na mansão com uma pequena equipe de empregados. Há rumores de que ele é ou foi um clérigo, mas um ou dois incidentes na sua breve estada na mansão pareceram-me peculiarmente pouco eclesiásticos. Já fiz algumas perguntas a respeito em uma agência clerical, e me contaram que *havia* um homem com esse nome nas ordens cuja carreira foi singularmente negra. O senhorio informou ainda que normalmente havia visitantes nos fins de semana na mansão – "uma turma do barulho, senhor" –, e especialmente um cavalheiro de bigode ruivo, chamado Woodley, estava sempre lá. Tínhamos chegado a esse ponto quando quem chega no balcão, senão o próprio cavalheiro, que estava bebendo a sua cerveja na taverna e ouvira toda a conversa. Quem eu era? O que eu queria? O que significavam aquelas perguntas? Ele cuspia as palavras, e os seus adjetivos eram bastante fortes. Terminou uma seqüência de palavrões com um violento cruzado, de que não consegui me esquivar de todo. Os minutos seguintes foram deliciosos. Usei diretos de esquerda contra o pesado facínora. Saí da luta como você me vê. Já o sr. Woodley voltou para casa em um carrinho de mão. Assim terminou minha viagem ao campo, e devo confessar que, apesar de agradável, meu dia nos limites de Surrey não foi muito mais proveitoso do que o seu.

A quinta-feira nos trouxe outra carta da nossa cliente:

> "O senhor não ficará surpreso, sr. Holmes, em saber que estou deixando o emprego do sr. Carruthers. Mesmo o alto salário não pode reconciliar-me com os desconfortos da minha situação. No sábado vou para a cidade e não espero voltar mais. O sr. Carruthers conseguiu uma charrete, de modo que os perigos da estrada deserta, se é que existiam, agora terminaram.
>
> Quanto ao motivo especial que me leva a partir, não é meramente a situação tensa com o sr. Carruthers, mas é o reaparecimento daquele homem detestável, sr. Woodley. Ele sempre foi detestável, mas agora parece mais terrível do que nunca, pois aparentemente sofreu um acidente e está bastante desfigurado. Vi-o pela janela, mas felizmente não nos encontramos. Ele teve uma longa conversa com o sr. Carruthers, que parecia muito excitado depois. Woodley deve estar hospedado nas redondezas, pois não dormiu aqui, e ainda assim vi-o de relance novamente hoje de manhã, escapulindo furtivamente por entre as moitas.

Eu preferiria ter um animal selvagem solto por aí. Eu o detesto e temo mais do que poderia dizer. Como é que o sr. Carruthers *pode* agüentar uma criatura dessas, por um momento que seja? Seja como for, todos meus problemas terminarão no sábado."

– Assim o espero, Watson, assim o espero – disse Holmes gravemente. – Há alguma profunda intriga à volta daquela moça, e é o nosso dever ter certeza de que ninguém a incomodará nessa última jornada. Acho, Watson, que devemos encontrar tempo para irmos juntos lá no sábado de manhã, para nos assegurarmos de que essa curiosa e inconclusa investigação não tenha um fim desafortunado.

Confesso que até então não levara o caso muito a sério, pois ele me parecera mais bizarro e grotesco do que perigoso. Que um homem ficasse à espera e seguisse uma mulher muito bonita não era algo sem precedentes, e se ele tinha tão pouca audácia que não somente não conseguia abordá-la mas mesmo fugia quando ela se aproximava, não poderia ser um agressor muito formidável. O malfeitor Woodley era uma pessoa muito diferente, mas a não ser em uma ocasião não importunara a nossa cliente, e agora visitava Carruthers sem intrometer-se em sua presença. O homem na bicicleta era, sem dúvida, um membro daquelas festas de fim de semana na mansão das quais falara o taverneiro, mas quem ele era ou o que ele queria continuava tão obscuro quanto antes. Foi a severidade da conduta de Holmes e o fato de que ele enfiara um revólver no seu bolso antes de deixar os nossos aposentos que me deixaram com o sentimento de que uma tragédia poderia se ocultar por trás dessa curiosa cadeia de eventos.

Uma noite de chuva fora seguida por uma manhã gloriosa, e o campo coberto de urzes, com os feixes brilhantes de tojos em flor, parecia ainda mais bonito para os olhos que estavam cansados dos tons cinzentos de Londres. Holmes e eu caminhamos pela estrada larga e arenosa respirando o ar fresco da primavera. De uma elevação da estrada ao lado do monte Crooksbury, podíamos ver a sinistra mansão destacando-se em meio aos velhos carvalhos que, por mais velhos que fossem, ainda eram mais novos do que o prédio que circundavam. Holmes apontou para o longo trecho de estrada que seguia como uma faixa amarelo-avermelhada entre o marrom da charneca e o verde vivo das árvores. Ao longe vimos um ponto preto, um veículo deslocando-se em nossa direção. Holmes soltou uma exclamação de impaciência.

– Eu dera uma margem de meia hora – disse ele. – Se aquela for a sua charrete, ela deve estar indo pegar o trem mais cedo. Receio, Watson, que ela terá passado por Charlington antes que possamos encontrá-la.

A partir do momento em que passamos pela elevação, não vimos mais o veículo, mas seguimos adiante em tal ritmo que minha vida sedentária começou a se fazer notar, e fui obrigado a ficar para trás. Holmes, entretanto, estava sempre em forma, pois tinha estoques inesgotáveis de energia nervosa a que recorrer. O seu passo ágil não diminuiu o ritmo, até que de repente, quando estava a uns cem metros à minha frente, parou e vi-o erguer a mão com um gesto de aflição e desespero. No mesmo momento, uma charrete vazia, com o cavalo a meio galope e as rédeas soltas, apareceu fazendo a curva e chacoalhando rapidamente em nossa direção.

– Tarde demais, Watson, tarde demais! – exclamou Holmes, enquanto eu corria ofegante para o seu lado. – Que idiota que fui em não ter levado em consideração o trem mais cedo! Houve um rapto, Watson! Um rapto! Assassinato! Deus sabe o quê! Bloqueie a estrada! Pare o cavalo! Isso mesmo. Agora salte para dentro, e vamos ver se consigo reparar as conseqüências do meu próprio erro.

Pulamos para a charrete e, após fazer o cavalo dar a volta, Holmes aplicou-lhe um golpe seco com o relho, e seguimos em alta velocidade de volta pela estrada. Quando fizemos a curva, toda a extensão da estrada entre a mansão e a charneca abria-se à nossa frente. Segurei o braço de Holmes.

– Lá está o homem! – exclamei com a voz entrecortada.

Um ciclista solitário vinha em nossa direção. A cabeça estava baixa, os ombros inclinados para frente, enquanto colocava toda a força que tinha nos pedais. Voava como um competidor. De repente ergueu o rosto barbado, percebeu nossa aproximação e parou, saltando da bicicleta. A barba negra como o carvão contrastava com a palidez do rosto, e os olhos brilhavam como se tivesse febre. Encarou-nos e a charrete. Então uma expressão de assombro passou por seu rosto.

– Olá! Alto lá! – gritou, segurando a bicicleta para bloquear a estrada. – Onde você conseguiu essa charrete? Pare, homem! – gritou ele, sacando um revólver do bolso. – Pare, ou, por Deus, vou dar um tiro no seu cavalo!

Holmes jogou as rédeas no meu colo e saltou da charrete.

– Você é o homem que desejamos ver. Onde está a srta. Violet Smith? – perguntou do seu jeito claro e incisivo.

– É o que lhe pergunto. O senhor está na sua charrete, deve saber onde ela está

– Nós encontramos a charrete na estrada. Não havia ninguém nela. Dirigimos de volta para ajudar a moça.

– Meu Deus! Meu Deus! O que eu devo fazer? – exclamou o estranho, em uma crise de desespero. – Eles a pegaram, aquele monstro do Woodley e o vigário patife. Vamos, homem, vamos, se realmente for seu amigo. Fique comigo e nós vamos salvá-la, nem que eu tenha de deixar meu cadáver na mata de Charlington.

Ele corria enfurecido, de revólver em punho, em direção a um vão na sebe. Holmes seguiu-o, e eu, deixando o cavalo pastando ao lado da estrada, fui atrás dele.

– Foi por aqui que eles passaram – disse ele, apontando para marcas de vários pés sobre o caminho enlameado. – Olá! Parem um pouco! Quem está ali na moita?

Era um rapaz de uns dezessete anos, vestido como um cavalariço, com artigos de couro e perneiras. Estava caído de costas, os joelhos encolhidos e com um corte terrível na cabeça, inconsciente, mas vivo. Uma rápida olhada no seu ferimento me revelou que ele não chegara ao osso.

– Esse é Peter, o lacaio – exclamou o estranho. – Guiava a charrete para ela. Os bastardos arrancaram-no para fora e deram-lhe uma cacetada. Deixem-no deitado, não podemos fazer nada por ele, mas talvez possamos salvá-la da pior sorte que pode ter uma mulher.

Corremos desesperadamente pela trilha, que se insinuava em meio às árvores. Quando chegamos às moitas que circundavam a casa, Holmes parou.

– Eles não foram para casa. Aqui estão suas marcas à esquerda... aqui, ao lado dos loureiros! Ah, bem que eu disse!

Assim que ele falou, ouvimos um grito estridente de mulher, um grito que vibrava com um arrebatamento do horror, a partir do aglomerado denso e verde de moitas à nossa frente. Cessou subitamente na sua nota mais aguda com um engasgo e gorgolejo.

– Por aqui! Por aqui! Eles estão na quadra de críquete – exclamou o estranho, disparando por entre as moitas. – Ah, os cães covardes! Sigam-me, cavalheiros! Tarde demais! Tarde demais, por todos os deuses!

Entramos de repente em um bela clareira de grama, cercada por árvores antigas. No lado mais distante dela, à sombra de um grande carvalho, havia um grupo singular de três pessoas. Uma era mulher, a nossa cliente, desfalecendo pálida, com uma mordaça na boca. À sua frente estava um rapaz de aparência selvagem, com um rosto macilento e bigode ruivo, as pernas entreabertas calçadas com galochas, um braço apoiado nos quadris, o outro balançando um relho, toda a sua atitude sugerindo uma bravata triunfante. Entre eles, um homem idoso com barba grisalha, vestindo uma sobrepeliz curta sobre um terno leve de casimira. Acabara evidentemente de celebrar um casamento, pois guardou no bolso seu livro de orações quando aparecemos, batendo nas costas do sinistro noivo e felicitando-o jovialmente.

– Eles estão casados! – exclamei boquiaberto.

– Vamos! – gritou nosso guia. – Vamos!

Ele correu pelo gramado, com Holmes e eu no seu encalço. Quando nos aproximamos, a moça cambaleou contra o tronco da árvore em busca de apoio. Williamson, o ex-clérigo, cumprimentou-nos inclinando-se com irônica educação, e o brutal Woodley avançou com um grito de selvagem e exultante alegria.

– Pode tirar a sua barba, Bob – disse ele. – Eu o conheço bastante bem. Você e os seus amigos chegaram a tempo de permitir-me que os apresente à sra. Woodley.

A resposta do nosso guia foi singular. Arrancou a barba escura que o disfarçava e jogou-a no chão, revelando um rosto comprido, pálido e bem barbeado. Então ergueu o revólver e apontou para o jovem facínora, que avançava sobre ele brincando com seu perigoso relho na mão.

– Sim – disse o nosso aliado –, eu *sou* Bob Carruthers, e farei com que essa mulher obtenha justiça, nem que eu vá para a forca por isso. Eu lhe disse o que faria se você a importunasse, e, por Deus, cumprirei com a minha palavra!

– Você chegou muito tarde. Ela é minha esposa!

– Não, é a sua viúva.

O revólver disparou, e vi sangue brotar na frente do colete de Woodley. Ele girou com um grito e caiu de costas, o rosto vermelho medonho tomado subitamente por uma lividez terrível. O velho, ainda de sobrepeliz, irrompeu em uma torrente de maldições como eu nunca ouvira e sacou o revólver, mas antes que pudesse erguê-lo, estava olhando para o cano da arma de Holmes.

– Basta! – disse meu amigo friamente. – Largue essa arma! Watson, junte-a! Aponte para a cabeça dele! Obrigado. E o senhor dê-me esse revólver, sr. Carruthers. Não haverá mais violência. Vamos, entregue-a!

– Quem é o senhor, então?

– Meu nome é Sherlock Holmes.

– Meu Deus!

– Vejo que já ouviu falar de mim. Vou representar a polícia oficial até a sua chegada. Aqui, você! – gritou para o lacaio assustado, que aparecera à beira do gramado. – Venha cá. Leve esse bilhete o mais depressa que puder até Farnham.

Rabiscou algumas palavras sobre uma folha do seu caderno de notas.

– Entregue isso para o superintendente no distrito policial. Até ele chegar, vejo-me obrigado a detê-los todos sob minha custódia pessoal.

A personalidade forte e imperiosa dominava a cena trágica, e todos éramos igualmente bonecos em suas mãos. Williamson e Carruthers viram-se carregando o ferido Woodley para casa, e eu dei meu braço à moça assustada. O homem ferido foi colocado na sua cama e, a pedido de Holmes, examinei-o. Levei meu relatório para onde ele estava, na velha sala de jantar cheia de tapeçarias, com os dois prisioneiros à sua frente.

– Ele viverá – disse eu.

– O quê! – exclamou Carruthers, saltando da cadeira. – Vou lá em cima acabar com ele primeiro. Quer dizer que a moça, aquele anjo, estará presa ao turbulento Jack Woodley pelo resto da vida?

– Não precisa preocupar-se com isso – disse Holmes. – Há duas razões muito importantes por que ela sob circunstância alguma será a sua esposa. Em primeiro lugar, nos sentimos muito seguros em questionar o direito do sr. Williamson de celebrar um casamento.

– Eu fui ordenado – exclamou o velho tratante.

– E também destituído.

– Uma vez um clérigo, sempre um clérigo.

– Creio que não. Que me diz da licença?

– Nós tínhamos uma licença para o casamento. Eu a tenho aqui no meu bolso.

– Então, conseguiu-a por fraude. Mas de qualquer forma um casamento forçado não é um casamento, mas sim um crime muito sério, como você não tardará a descobrir. Terá tempo para refletir sobre isso nos próximos dez anos ou mais, se não me engano. Quanto ao senhor, teria sido melhor se tivesse ficado com o revólver no bolso, sr. Carruthers.

– Começo a achar que sim, sr. Holmes, mas quando pensei em todas as precauções que tomei para proteger essa moça – pois eu a amava, sr. Holmes, e pela primeira vez soube o que era o amor –, quase me deixou louco lembrar que ela estava à mercê do maior bruto e canalha da África do Sul, um homem cujo nome inspira terror de Kimberley a Johannesburg. O senhor talvez não acredite, sr. Holmes, mas desde que essa moça veio trabalhar comigo, nunca a deixei passar por essa casa, onde eu sabia que esses velhacos a espreitavam, sem segui-la em minha bicicleta apenas para ter certeza de que ela estivesse a salvo. Eu mantinha uma distância dela e usava uma barba postiça para que ela não me reconhecesse, pois é uma garota honrada e decidida, e não ficaria no emprego por muito tempo se soubesse que eu a estava seguindo pelas estradas.

– Por que não lhe falou do perigo?

– Porque, então, mais uma vez, ela me abandonaria, e eu não suportaria isso. Mesmo que ela não pudesse me amar, só ver aquela figura elegante pela casa e ouvir o som da sua voz significava muito para mim.

– Bem – disse eu –, o senhor chama isso de amor, sr. Carruthers, mas eu chamaria de egoísmo.

– Talvez as duas coisas andem juntas. De qualquer maneira, não pude deixá-la partir. Além disso, com essa turma por aí, era bom que ela tivesse alguém próximo para cuidá-la. Então, quando o cabograma chegou, eu sabia que eles agiriam.

– Que cabograma?

Carruthers tirou um telegrama do bolso.

– Aqui está! – disse ele. Era breve e conciso.

O VELHO ESTÁ MORTO

– Hum! – disse Holmes. – Creio que vejo como as coisas funcionavam e posso entender como essa mensagem iria, como você diz, levá-las a um desfecho. Mas enquanto esperamos, pode contar-me o que sabe.

O velho depravado de sobrepeliz irrompeu em uma torrente de impropérios.

– Com os diabos – disse ele –, se der nos dentes, sr. Bob Carruthers, farei ao senhor o que o senhor fez a Jack Woodley! Pode tagarelar sobre essa garota o quanto quiser, pois isso é seu problema, mas se o senhor entregar seus companheiros para esse tira à paisana, será o maior erro que já cometeu.

– Vossa reverência não precisa ficar excitado – disse Holmes, acendendo um cigarro. – O caso é bastante claro contra o senhor, e tudo que peço são alguns detalhes para satisfazer minha curiosidade. Entretanto, se há qualquer dificuldade em contar-me, eu vou falar, e verá até onde consegue esconder os seus segredos. Em primeiro lugar, três dos senhores vieram da África do Sul nesse jogo: você, Williamson, você, Carruthers, e Woodley.

– Mentira número um – disse o velho. – Nunca vi nenhum dos dois até dois meses atrás e nunca estive na África na minha vida, então pode colocar isso no seu cachimbo e fumar, sr. "Intrometido" Holmes!

– Ele está dizendo a verdade – disse Carruthers.

– Bem, bem, dois dos senhores vieram de fora. O reverendo é um artigo nacional. Os senhores tinham conhecido Ralph Smith na África do Sul. Sabiam que não viveria muito. Descobriram que a sua sobrinha herdaria sua fortuna. Que tal... hein?

Carruthers concordou com a cabeça e Williamson blasfemou.

– Ela era a parente mais próxima, sem dúvida, e os senhores sabiam que o velho camarada não deixaria um testamento.

– Ele não sabia ler nem escrever – disse Carruthers.

– Então vieram para cá e saíram à caça da garota. A idéia era que um dos dois casasse com ela e o outro teria uma parte na pilhagem. Por alguma razão Woodley foi escolhido como o marido. Por que isso?

– Decidimos nas cartas na viagem. Ele ganhou.

– Compreendo. O senhor contratou a moça para trabalhar em sua casa, e lá Woodley deveria cortejá-la. Ela reconheceu o bruto bêbado que ele era e não queria nada com ele. Nesse meio tempo, o acordo foi um tanto abalado pelo fato de o senhor ter se apaixonado por ela. Não lhe foi possível mais suportar a idéia de vê-la pertencer a esse canalha.

– Não, por Deus, não foi mesmo!

– Os senhores brigaram. Ele deixou-o furioso e começou a fazer seus planos por conta própria.

– Parece-me, sr. Williamson, que não há muito que possamos contar para esse cavalheiro – exclamou Carruthers, com um riso amargo. – Sim, nós brigamos e ele me derrubou. Estamos quites nesse ponto, de qualquer jeito. Então o perdi de vista. Foi quando ele se ligou a esse padre proscrito aqui. Descobri que eles tinham se estabelecido nesse lugar no caminho dela para a estação. Passei a ficar de olho nela após isso, pois sabia que havia algum plano diabólico no ar. Visitava-os de vez em quando, pois estava ansioso em saber quais eram as suas intenções. Dois dias atrás Woodley apareceu em minha casa com esse cabograma, que dizia que Ralph Smith estava morto. Perguntou-me se eu manteria minha participação no acordo. Respondi que não. Perguntou-me se eu casaria com a garota e lhe daria uma parte. Respondi que o faria com prazer, mas que ela não me aceitaria. Ele disse: "Vamos fazer com que ela se case primeiro e, após uma semana ou duas, pode ser que ela veja as coisas um pouco diferente". Respondi que não teria parte em violência alguma. Ele partiu blasfemando, como o patife de boca suja que era, jurando que ainda a possuiria. Ela me deixaria esse fim de semana, e eu conseguira uma charrete para levá-la à estação, mas estava tão preocupado, que segui-a em minha bicicleta. Entretanto, ela saíra mais cedo, e antes que pudesse alcançá-la, o mal já estava feito. A primeira coisa que fiquei sabendo a respeito foram os senhores dirigindo de volta na charrete.

Holmes ergueu-se, jogando a ponta do cigarro na lareira.

– Tenho sido muito obtuso, Watson – disse ele. – Quando no seu relatório você disse que acreditava ter visto o ciclista ajeitar a gravata em meio às moitas, só esse detalhe deveria ter-me contado tudo. Entretanto, podemos nos congratular por um caso curioso e, sob alguns aspectos, único. Observo três policiais do condado na alameda, fico satisfeito de ver que o pequeno cavalariço consegue caminhar ao lado deles, de modo que é provável que nem ele, nem o interessante noivo ficarão permanentemente prejudicados por suas aventuras desta manhã. Creio que como médico, Watson, você poderá procurar a srta. Smith e dizer-lhe que, se ela está suficientemente recuperada, nós ficaríamos felizes em acompanhá-la até a casa da sua mãe. Se ela não estiver bem ainda, você verá que, insinuando que vamos enviar em seguida um telegrama para um jovem eletricista nas Midlands, provavelmente completaremos a sua cura. Quanto ao senhor, sr. Carruthers, creio que fez o possível para reabilitar-se de sua participação em um plano diabólico. Aqui está o meu cartão, cavalheiro, e, se o meu testemunho puder ajudá-lo em seu julgamento, estarei à sua disposição.

No turbilhão que é a nossa atividade incessante, muitas vezes tem sido difícil, como o leitor provavelmente já observou, concluir satisfatoriamente minhas narrativas e apresentar os detalhes finais que os curiosos poderiam aguardar. Cada caso tem sido o prelúdio de um outro, e, uma vez passada a crise, os atores desapareceram para sempre das nossas vidas movimentadas. Entretanto, encontro uma pequena anotação no fim dos meus manuscritos relativos a esse caso, na qual registrei que a srta. Violet Smith realmente herdou uma grande fortuna e que ela agora é a esposa de Cyril

Morton, sócio majoritário da Morton & Kennedy, dos reputados eletricistas de Westminster. Williamson e Woodley foram julgados por rapto e agressão, o primeiro sendo condenado a sete anos e o último a dez anos. Quanto ao destino de Carruthers, não tenho registro, mas tenho certeza de que a sua participação não foi vista com muita gravidade pelo tribunal, já que Woodley tinha a reputação de ser um perigoso malfeitor, e creio que poucos meses foram suficientes para satisfazer as exigências da justiça.

A ESCOLA DO PRIORADO

JÁ TIVEMOS ALGUMAS entradas e saídas dramáticas em nosso pequeno palco em Baker Street, mas não consigo lembrar-me de nada mais súbito e surpreendente que a primeira aparição do dr. Thorneycroft Huxtable, M. A. Ph.D. etc. Seu cartão, que parecia pequeno demais para carregar o peso das suas distinções acadêmicas, precedeu-o por alguns segundos, e então ele entrou em pessoa – tão grande, tão pomposo e tão digno, que era a própria personificação da solidez e do autocontrole. E, no entanto, seu primeiro ato quando a porta se fechou atrás dele foi cambalear contra a mesa, de onde escorregou para o chão, e lá estava aquela figura majestosa prostrada e inconsciente sobre o nosso tapete de pele de urso.

Tínhamo-nos levantado de um salto e por alguns momentos ficamos olhando em silencioso espanto para aquele volumoso destroço que falava de alguma tempestade repentina e fatal, longe da costa no mar da vida. Então Holmes correu com uma almofada para a sua cabeça, e eu, com um conhaque para reanimá-lo. O rosto branco pesado estava marcado por rugas de preocupação, as marcas em círculos sob os olhos fechados eram escuras como chumbo, a boca aberta caía dolorosamente nos cantos e a barba estava por fazer. A camisa e o colarinho traziam o encardimento de uma longa viagem, e o cabelo estava em desalinho na cabeça bem-feita. O homem a nossos pés era uma pessoa duramente atingida.

– O que será, Watson? – perguntou Holmes.

– Exaustão completa, possivelmente apenas fome

e cansaço – respondi com um dedo no pulso por um fio, no qual o fluxo da vida escorria tênue e débil.

– Passagem de volta de Mackleton, no norte da Inglaterra – disse Holmes, tirando-lhe o bilhete do bolso do colete. – Ainda não é meio-dia. Certamente ele partiu cedo.

As pálpebras inchadas tinham começado a tremer, e agora um par de olhos cinzentos vazios nos fitavam. No momento seguinte, o homem pôs-se de pé, o rosto rubro de vergonha.

– Perdoe-me a fraqueza, sr. Holmes, tenho andado um pouco esgotado. Obrigado, se por favor me servir um copo de leite e um biscoito, não tenho dúvida que me sentirei melhor. Vim pessoalmente, sr. Holmes, a fim de assegurar que o senhor volte comigo. Eu temia que nenhum telegrama o convenceria da absoluta urgência do caso.

– Quando o senhor estiver melhor...

– Estou bem de novo. Não sei como pude sentir-me tão fraco. Gostaria que viesse comigo para Mackleton no próximo trem, sr. Holmes.

Meu amigo balançou a cabeça.

– Meu colega, dr. Watson, poderia lhe dizer que estamos muito ocupados no momento. Estou trabalhando nesse caso dos documentos Ferrers, e o assassinato de Abergavenny logo será julgado. Apenas um assunto muito importante poderia me tirar de Londres no momento.

– Importante! – exclamou nosso visitante jogando as mãos para o alto. – O senhor não ouviu falar nada sobre o rapto do único filho do duque de Holdernesse?

– O quê! O ex-ministro?

– Exatamente. Tentamos manter o fato longe dos jornais, mas houve algum rumor no *Globe*, ontem à noite. Pensei que pudesse ter chegado aos seus ouvidos.

Holmes estendeu o braço longo e fino, e apanhou o Volume "H" da sua enciclopédia de referências.

– "Holdernesse, sexto duque, K. G., P. C." – Metade do alfabeto! – "Barão Beverley, Conde de Carston..." – Meu Deus, que lista! – "Governador do condado de Hallamshire desde 1900. Casou-se com Edith, filha de *sir* Charles Appledore, 1888. Lorde Saltire, herdeiro e filho único. É proprietário de em torno de 250 mil acres de terra. Minas em Lancashire e País de Gales. Endereço: Carlton House Terrace; Mansão Holdernesse, em Hallamshire; Castelo Carston, em Bangor, País de Gales. Lorde do Almirantado, 1872; Secretário-chefe de Estado de..." – Bem, bem, esse homem é certamente um dos mais importantes súditos da Coroa!

– O mais importante e talvez o mais rico. Estou ciente, sr. Holmes, de que o senhor é muito digno em questões profissionais e que está preparado a trabalhar por amor ao trabalho. Mas posso dizer-lhe, entretanto, que sua excelência já declarou que um cheque de cinco mil libras será entregue à pessoa que possa lhe dizer onde está o seu filho, e mais um mil para quem disser quem é, ou são, os homens que o raptaram.

– Trata-se de uma oferta principesca – disse Holmes. – Watson, creio que acompanharemos o dr. Huxtable de volta para o norte da Inglaterra. E agora, dr. Huxtable, quando tiver tomado seu leite, peço-lhe que me conte o que aconteceu, quando aconteceu, como aconteceu e, finalmente, o que o Dr. Thorneycroft Huxtable, da Escola do Priorado, perto de Mackleton, tem a ver com o caso e por que vem três dias após o evento – percebo-o pelo estado da sua barba – pedir meus humildes serviços.

Nosso visitante havia terminado o leite com biscoitos. O brilho voltara-lhe aos olhos e a cor, às faces, enquanto começou a explicar a situação com vigor e lucidez.

– Tenho de informar-lhes, cavalheiros, que o Priorado é uma escola preparatória, da qual sou fundador e diretor. O livro *Huxtable's Sidelights on Horace** talvez faça com que se lembrem do meu nome. O Priorado é, sem exceção, a melhor e mais seleta escola preparatória na Inglaterra. Lorde Leverstoke, o conde de Blackwater, *sir* Cathcart Soames – todos me confiaram seus filhos. Mas achei que minha escola alcançara o seu apogeu quando, três semanas atrás, o duque de Holdernesse enviou o sr. James Wilder, seu secretário, para avisar-me que o jovem Lorde Saltire, de dez anos de idade, seu filho único e herdeiro, me seria confiado em breve. Mal eu sabia que isso seria o prelúdio do maior infortúnio da minha vida.

"O menino chegou no dia 1º de maio, que era o início das aulas de verão. Revelou-se um jovem encantador e logo se habituou com as nossas normas. Creio que posso dizer-lhe – espero não estar sendo indiscreto, mas seria absurdo nesse caso não ser absolutamente franco – que ele não era inteiramente feliz em casa. É notório que a vida matrimonial do duque não vinha sendo a mais tranqüila, e o casamento terminou em uma separação por consentimento mútuo, e a duquesa foi morar no sul da França. Isso ocorrera fazia muito pouco tempo e era sabido que os sentimentos do garoto inclinavam-se fortemente para sua mãe. Ele sofreu com a partida da mãe da mansão de Holdernesse, e por essa razão o duque desejava enviá-lo para a minha escola. Em duas semanas o garoto já estava bastante à vontade conosco, parecendo absolutamente feliz.

"Ele foi visto pela última vez na noite de 13 de maio – isto é, a noite da última segunda-feira. Seu quarto ficava no segundo andar, e só era possível chegar a ele por outro quarto maior no qual dois garotos estavam

* "Interpretações de Huxtable sobre Horácio." (N. do T.)

dormindo. Esses garotos não viram ou ouviram nada, de modo que é certo que o jovem Saltire não tenha passado por lá. Sua janela estava aberta, e havia uma trepadeira resistente que descia até o chão. Não encontramos marcas de pés embaixo, mas certamente essa é a única saída possível.

"Sua ausência foi descoberta às sete horas da manhã de terça-feira. A cama estava desfeita. Ele vestira-se completamente antes de sair com sua usual jaqueta escolar preta de Eton e calças cinza-escuro. Não havia sinais de que qualquer pessoa tivesse entrado no quarto, e é bastante provável que qualquer coisa como gritos ou uma luta teriam sido ouvidos, já que Caunter, o garoto mais velho no quarto contíguo, tem o sono muito leve.

"Quando o desaparecimento de Lorde Saltire foi descoberto, fiz uma chamada imediatamente de todo o estabelecimento – garotos, professores e criados. Foi aí que verificamos que Lorde Saltire não estava sozinho na sua fuga. Heidegger, o professor alemão, estava ausente. Seu quarto fica no segundo andar, na extremidade do prédio, dando para o mesmo lado que o quarto do Lorde Saltire. Sua cama também estava desfeita, mas aparentemente ele saíra meio vestido, já que a sua camisa e suas meias estavam jogadas no chão. Não havia dúvida de que ele descera pela trepadeira, pois podíamos ver as marcas dos seus pés onde caíra sobre a grama. A bicicleta era mantida em um pequeno abrigo ao lado do jardim, e ela também desaparecera.

"Ele estava comigo há dois anos e veio com as melhores referências, mas era um homem calado, mal-humorado, não muito popular com os professores ou os alunos. Não encontramos sinal dos fugitivos, e agora na quinta-feira de manhã estamos tão ignorantes quanto na terça-feira. Uma visita foi feita imediatamente à mansão Holdernesse, é claro. Ela fica a apenas alguns quilômetros de distância, e nós imaginamos que em algum ataque repentino de saudades de casa ele tivesse voltado para o seu pai, mas lá não se sabia de nada. O duque está muito agitado, e quanto a mim, os senhores mesmos viram o estado de prostração nervosa a que me vi reduzido pela expectativa e responsabilidade. Sr. Holmes, se algum dia o senhor usou ao máximo os seus poderes, suplico-lhe que o faça agora, pois nunca na sua vida o senhor teve um caso que fosse mais digno deles."

Sherlock Holmes ouvira com a máxima atenção o relato do infeliz mestre-escola. O semblante fechado e o vinco profundo entre as sobrancelhas mostravam que ele não precisava que o incitassem a concentrar toda a sua atenção sobre um problema que, além dos grandes interesses envolvidos, interessava tão diretamente ao seu amor pelo complexo e o fora do comum. Ele tirou o caderno de notas e fez um ou dois apontamentos.

– O senhor foi muito negligente em não procurar-me mais cedo – disse severamente. – Fez-me começar minha investigação com uma grande desvantagem. É inconcebível, por exemplo, que essa trepadeira e esse gramado não tivessem produzido nada para um observador perito.

– A culpa não é minha, sr. Holmes. Sua Excelência desejava intensamente evitar qualquer escândalo público. Ele receava que a infelicidade da sua família fosse exposta ao público. Ele tem um horror profundo a essas coisas.

– Mas houve uma investigação oficial?

– Sim, senhor, e ela se mostrou muito decepcionante. Um indício logo foi obtido, já que um garoto e um jovem foram vistos tomando um trem de manhã cedo em uma estação vizinha. Apenas ontem à noite tivemos notícias de que os dois foram seguidos até Liverpool, mas eles provaram que não tinham qualquer ligação com o caso em questão. Foi aí que em desespero e desapontamento, após uma noite sem dormir, vim direto procurá-lo pelo primeiro trem.

– Suponho que a investigação local foi relaxada, enquanto essa pista falsa estava sendo averiguada?

– Ela foi inteiramente abandonada

– Então nós perdemos três dias. O caso foi tratado de forma absolutamente deplorável.

– Eu sinto isso e reconheço que tem razão.

– Apesar de tudo, é possível encontrarmos uma solução definitiva para o problema. Terei muito prazer em aceitar o caso. O senhor conseguiu estabelecer uma ligação entre o garoto desaparecido e esse professor alemão?

– Nenhuma.

– Ele estava na classe do professor?

– Não, até onde sei, e nunca conversaram.

– Isso é certamente muito estranho. O garoto tinha uma bicicleta?

– Não.

– Está faltando alguma outra bicicleta?

– Não.

– Tem certeza?

– Absoluta.

– Bem, mas o senhor não quer sugerir seriamente que esse alemão saiu de bicicleta no meio da noite carregando o garoto nos seus braços?

– Certamente que não.

– Então qual é a teoria que o senhor tem em mente?

– A bicicleta talvez tenha sido um subterfúgio. Ela pode ter sido escondida em algum lugar e os dois partiram a pé.

– Bastante provável, mas não lhe parece um subterfúgio um tanto absurdo? Havia outras bicicletas nesse abrigo?

– Várias.

– Ele não teria escondido duas, se quisesse dar a impressão de que haviam partido de bicicleta?

– Creio que sim.

– É claro que ele o faria. A teoria do subterfúgio não nos serve. Mas o incidente é um formidável ponto de partida para uma investigação. Afinal de contas, uma bicicleta não é uma coisa fácil de se ocultar ou destruir. Outra pergunta: alguém veio visitar o menino no dia anterior ao seu desaparecimento?

– Não.

– Ele recebia cartas?

– Sim, uma carta.

– De quem?

– Do pai.

– O senhor abre as cartas dos garotos?

– Não.

– Como sabe que era do pai?

– Havia o brasão no envelope, e o endereço fora escrito com a peculiar caligrafia firme do duque. Além disso, o duque se lembra de tê-la escrito.

– Quando ele recebeu uma carta antes dessa?

– Nenhuma há vários dias.

– Ele já recebeu alguma da França?

– Não, nunca.

– O senhor vê onde quero chegar, é claro. Ou o garoto foi levado à força, ou partiu de livre vontade. No último caso, seria de se esperar que algum estímulo de fora fosse necessário para fazer com que um garoto tão jovem agisse dessa forma. Se ele não tinha visitantes, esse estímulo deve ter vindo em cartas. Por isso eu procuro saber quem eram os seus correspondentes.

– Temo que não possa ajudá-lo muito. Seu único correspondente, até onde sei, era o seu próprio pai.

– Que lhe escreveu no mesmo dia do seu desaparecimento. As relações entre pai e filho eram muito afetuosas?

– Sua Excelência nunca é muito afetuoso com ninguém. Ele vive completamente envolvido em grandes questões públicas, e é uma pessoa um tanto inacessível a todas emoções ordinárias. Mas ele sempre foi bom para o menino ao seu jeito.

– Mas as afinidades desse eram maiores com a mãe?

– Sim.

– Ele disse isso?

– Não.

– O duque, então?

– Por Deus, não!

– Então, como é que sabe?

– Tive uma conversa confidencial com o sr. James Wilder, o secretário da sua excelência. Foi ele quem me passou as informações sobre os sentimentos do Lorde Saltire.

– Compreendo. Por falar nisso, aquela última carta do duque... ela foi encontrada no quarto do garoto após ele ter partido?

– Não, ele a levou consigo. Creio, sr. Holmes, que está na hora de partirmos para Euston.

– Vou mandar chamar um carro. Em quinze minutos estaremos às suas ordens. Se telegrafar para casa, sr. Huxtable, seria bom deixar que as pessoas na vizinhança pensassem que a investigação continua em Liverpool, ou onde quer que seja que a pista falsa levou a turma. Enquanto isso, vou trabalhar tranqüilo na sua própria escola, e talvez o rasto não esteja tão frio que dois sabujos velhos como Watson e eu não possamos dar uma farejada.

Aquela noite nos viu na atmosfera fria e revigorante dos campos de Peak, onde ficava a famosa escola do dr. Huxtable. Já estava escuro quando lá chegamos. Havia um cartão sobre a mesa da entrada, e o mordomo cochichou qualquer coisa para o seu patrão, que voltou-se para nós com a agitação estampada em cada traço.

– O duque está aqui – disse ele. – O duque e o sr. Wilder estão no gabinete. Venham, cavalheiros, vou apresentá-los.

Eu já havia visto, é claro, retratos do famoso estadista, mas o homem frente a frente era muito diferente da sua representação. Era uma pessoa alta e imponente, vestido com esmero, com um rosto fino e abatido, e um nariz grotescamente curvo e longo. A pele era de uma palidez absoluta, que chamava mais a atenção ao contrastar com uma longa barba rala de um ruivo vivo, que descia até o colete branco, com a corrente do relógio brilhando por entre os fios. Essa era a figura majestosa que nos fitava duramente do centro do tapete do dr. Huxtable. Ao seu lado estava um homem muito jovem, que tomei como sendo Wilder, o secretário particular. Era pequeno, nervoso, alerta, com inteligentes olhos azul-claros e traços expressivos. Foi ele que iniciou imediatamente a conversa, com um tom positivo e incisivo.

– Vim vê-lo esta manhã, dr. Huxtable, tarde demais para impedir sua ida a Londres. Fiquei sabendo que a sua intenção era convidar o sr. Sherlock Holmes para conduzir esse caso. Sua excelência está surpreso, dr. Huxtable, que o senhor tenha dado esse passo sem consultá-lo.

– Quando soube que a polícia fracassara...

– Sua excelência não está de forma alguma convencido de que a polícia fracassou.

– Mas certamente, sr. Wilder...

– O senhor sabe perfeitamente, dr. Huxtable, que a sua excelência está particularmente preocupada em evitar qualquer escândalo público. Ele prefere que o mínimo possível de pessoas tome conhecimento do caso.

– O assunto pode ser facilmente solucionado – disse o intimidado professor. – O sr. Sherlock Holmes pode voltar a Londres no trem da manhã.

– Nada disso, doutor, nada disso – disse Holmes, no seu tom mais gentil. – Esse ar do Norte é revigorante e agradável, de modo que pretendo passar alguns dias nas suas terras e ocupar minha mente da melhor maneira possível. Se terei o abrigo da sua casa, ou da estalagem do vilarejo, é algo para o senhor decidir, é claro.

Eu podia ver que o infeliz professor estava no último estágio da indecisão, do qual foi salvo pela voz profunda e sonora do duque de barba ruiva, que soou como um gongo para o jantar.

– Concordo com o sr. Wilder, dr. Huxtable, que teria sido mais sábio ter-me consultado. Mas tendo em vista que o sr. Holmes já foi inteirado do caso, seria realmente absurdo que não tirássemos proveito dos seus serviços. Longe de ir para a estalagem, sr. Holmes, eu ficaria agradecido se o senhor fosse meu hóspede na mansão de Holdernesse.

– Obrigado, vossa excelência. Mas para os fins da minha investigação, creio que seria mais acertado que eu permanecesse na cena do mistério.

– Como o senhor quiser, sr. Holmes. Quaisquer informações que o sr. Wilder ou eu pudermos dar estão à sua disposição, é claro.

– Será provavelmente necessário que eu vá visitá-lo na mansão – disse Holmes. – Só desejo perguntar-lhe agora se o senhor tem alguma explicação para o misterioso desaparecimento do seu filho?

– Não, senhor, não tenho.

– Desculpe-me se eu fizer uma alusão a algo que seja doloroso para o senhor, mas não tenho alternativa. O senhor acredita que a duquesa tenha algo a ver com o caso?

Era perceptível a hesitação do ilustre ministro.

– Não creio – respondeu finalmente.

– A outra possibilidade bastante óbvia é a de que a criança foi raptada para extorquir um resgate. O senhor não recebeu nenhum pedido a esse respeito?

– Não, senhor.

– Mais uma pergunta: ouvi dizer que vossa excelência escreveu para o seu filho no dia em que esse incidente ocorreu.

– Não! Eu escrevi no dia anterior.

– Exatamente. Mas ele recebeu a carta naquele dia?

– Sim.

– Havia qualquer coisa na sua carta que pudesse perturbá-lo ou induzi-lo a tomar essa atitude?

– Não, senhor, certamente não.

– O senhor mesmo colocou a carta no correio?

A resposta do nobre foi interrompida por seu secretário, que irrompeu acaloradamente.

– Sua excelência não tem o hábito de colocar suas cartas no correio – disse ele. – Essa carta foi colocada com as outras sobre a mesa do gabinete, e eu mesmo as coloquei na sacola do correio.

– O senhor tem certeza de que ela estava entre elas?

– Sim, eu reparei nela.

– Quantas cartas vossa excelência escreveu naquele dia?

– Vinte ou trinta. Eu tenho uma vasta correspondência. Mas certamente isso de certa forma é irrelevante?

– Não inteiramente – disse Holmes.

– De minha parte – continuou o duque –, aconselhei a polícia a voltar a sua atenção para o sul da França. Já disse que não acredito que a duquesa tivesse participação em um ato tão monstruoso, mas o garoto tinha as opiniões muito firmes, e é possível que ele tenha ido procurá-la, ajudado e induzido por esse alemão. Creio, dr. Huxtable, que vamos voltar agora para a mansão.

Eu podia ver que havia outras perguntas que Holmes gostaria de ter feito, mas a maneira brusca do nobre indicou que a conversa terminara. Era evidente que, para a sua natureza profundamente aristocrática, essa discussão com um estranho sobre assuntos íntimos familiares era algo absolutamente detestável e que ele temia que novas perguntas jogassem uma luz ameaçadora sobre ângulos cautelosamente obscurecidos da sua história ducal.

Quando o nobre e o seu secretário haviam saído, meu amigo lançou-se imediatamente sobre a investigação com a sua avidez característica.

O aposento do garoto foi cuidadosamente examinado e não rendeu nada, a não ser a convicção absoluta de que somente através da janela é que ele poderia ter escapado. O quarto e os bens do professor alemão não forneceram outras pistas. No seu caso, um ramo da trepadeira cedera com o seu peso, e vimos com a luz da lanterna a marca dos saltos no gramado onde ele caíra. Aquela depressão na grama curta era a única prova material que sobrara dessa inexplicável fuga noturna.

Sherlock Holmes deixou a casa sozinho e só voltou depois das onze horas. Conseguira um grande mapa militar da região e levou-o ao meu quarto, onde o abrimos na cama. Tendo equilibrado a lâmpada sobre o centro dele, começou a fumar examinando-o e, ocasionalmente, apontando pontos de interesse com a haste âmbar do cachimbo.

– Este caso está me interessando cada vez mais, Watson – disse ele. – Há decididamente alguns pontos de interesse com relação a ele. Nesse estágio inicial, eu gostaria que você compreendesse esses aspectos geográficos, que podem ter muita importância para a nossa investigação.

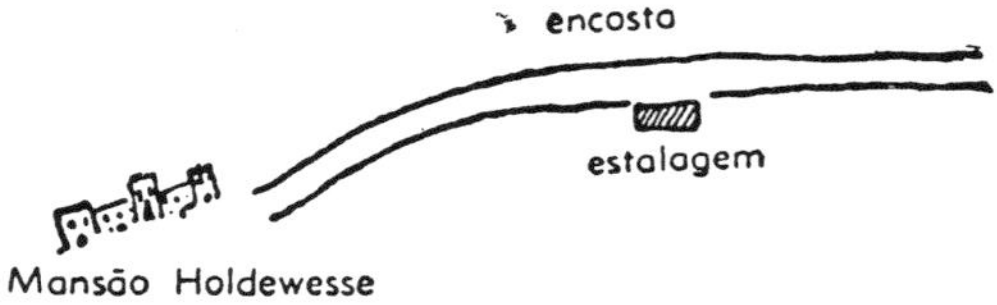

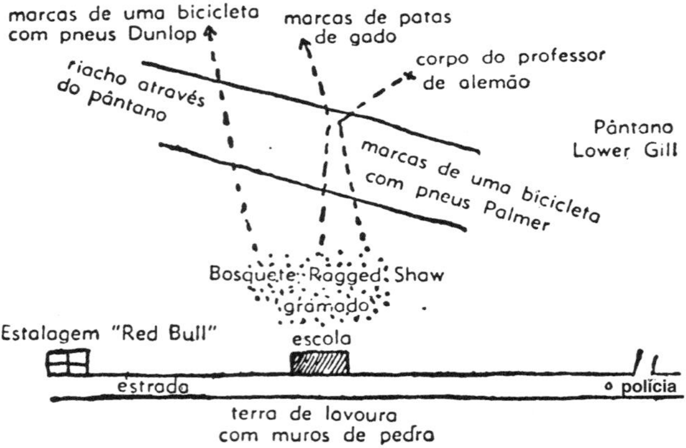

– Olhe para esse mapa. Esse quadrado escuro é a Escola do Priorado. Vou colocar um alfinete aqui. Agora, essa linha indica a estrada principal. Veja que ela corre de leste para oeste, passando pela escola, e você verá também que não há uma trilha em qualquer direção por um quilômetro e meio. Se os dois seguiram por alguma estrada, foi *essa* estrada.

– Exatamente.

– Por uma feliz e singular coincidência conseguimos verificar até um certo ponto o que passou por essa estrada durante a noite em questão. Nesse ponto, onde meu cachimbo descansa agora, um policial do condado estava de guarda da meia-noite até as seis da manhã. Como você vê, é a primeira encruzilhada do lado leste. Esse homem declara que não esteve ausente do seu posto por um instante e tem certeza de que nem um garoto, ou um homem, poderiam ter passado por ali sem serem vistos. Conversei com esse policial hoje à noite e aparenta ser uma pessoa de absoluta confiança. Isso exclui esse lado. Agora temos de lidar com o outro. Há uma estalagem lá, a Red Bull, cuja proprietária está doente. Ela mandara uma pessoa a Mackleton chamar um médico, mas ele só chegou de manhã, estando ocupado com outro caso. O pessoal da estalagem passou a noite acordado, esperando a sua chegada, e uma ou outra pessoa parecem ter mantido continuamente um olho na estrada. Eles declaram que não passou ninguém. Se o seu testemunho é válido, então temos sorte de sermos capazes de excluir o lado oeste, e também dizer que os fugitivos realmente *não* usaram a estrada.

– Mas e a bicicleta? – contestei.

– Realmente, logo chegaremos à bicicleta. Continuando o nosso raciocínio: se eles não foram pela estrada, têm que ter atravessado o campo ao norte ou ao sul da casa. Isso é certo. Vamos ponderar uma hipótese contra a outra. Ao sul da casa há, como você percebe, um grande trecho de terra para lavoura, divido em pequenos campos, separados por muros de pedras. Aqui, admito que é impossível admitir-se a hipótese da bicicleta. Podemos descartar a idéia. Voltamos para o campo ao norte. Aqui temos um pequeno bosque, marcado como Ragged Shaw, e na extremidade encontra-se uma grande charneca ondulada, a charneca Lower Gill, estendendo-se por dezesseis quilômetros e com uma encosta ascendente. Aqui, de um lado dessa região deserta, está a mansão Holdernesse, a dezesseis quilômetros pela estrada, mas a menos de dez atravessando a charneca. Trata-se de uma planície peculiarmente desolada. Uns poucos fazendeiros têm pequenas propriedades, onde criam ovelhas e gado. A não ser por eles, a tarambola e o maçarico são os únicos habitantes até que se chegue à estrada Chesterfield. Há uma igreja ali, como vê, alguns chalés e uma estalagem. Depois disso, os morros tornam-se escarpados. Certamente é aqui para o norte que devemos centrar nossa busca.

– Mas e a bicicleta? – insisti.

– Ora, ora! – exclamou Holmes, impaciente. – Um bom ciclista não precisa de uma boa estrada. A charneca é cortada por veredas e a lua estava cheia. Olá! O que é isso?

Ouviu-se uma batida agitada na porta e no momento seguinte o dr. Huxtable estava no quarto. Na mão trazia um boné de críquete azul, com uma divisa branca em cima.

– Finalmente temos uma pista! – exclamou. – Felizmente estamos no rasto do querido garoto! É o seu boné.

– Onde ele foi encontrado?

– No vagão dos ciganos acampados na charneca. Eles a deixaram na terça-feira. Hoje a polícia os alcançou e examinou a sua caravana. Isso foi encontrado.

– Como eles o explicaram?

– Tergiversando e mentindo, dizendo que o tinham encontrado na charneca, na manhã de terça-feira. Eles sabem onde ele está, os velhacos! Graças a Deus, estão todos bem trancados na cadeia. O medo da lei ou a carteira do duque certamente farão com que digam tudo o que sabem.

– Até aqui, tudo bem – disse Holmes, quando o professor finalmente deixara o quarto. – Pelo menos isso reforça a teoria de que é do lado da charneca de Lower Gill que devemos esperar resultados. A polícia não fez realmente nada no local, a não ser a prisão desses ciganos. Veja isso, Watson! Há um riacho que cruza a charneca. Você o vê marcado aqui no mapa.

Em algumas partes ele abre-se em um pântano. Isso ocorre particularmente na região entre a mansão Holdernesse e a escola. É inútil procurar em outro lugar pistas nesse tempo seco, mas *naquele* ponto certamente há uma chance de ter ficado alguma. Vou chamá-lo cedo amanhã de manhã e juntos vamos tentar esclarecer o mistério.

O dia estava recém nascendo, quando acordei e vi o vulto alto e magro de Holmes ao lado da cama. Estava completamente vestido e parecia já ter saído.

– Examinei o gramado e o abrigo das bicicletas – disse ele. – Também perambulei pelo bosque Ragged Shaw. Agora, Watson, um chocolate o espera no quarto contíguo. Peço-lhe que se apresse, por favor, pois temos um dia longo pela frente.

Seus olhos brilhavam e o rosto estava corado com o contentamento do artesão que sabe que o trabalho está à sua espera. Um Holmes muito diferente, esse homem alerta e ativo, em relação ao sonhador introspectivo e pálido de Baker Street. Ao olhar para a figura flexível, animada por uma energia nervosa, compreendi que um dia árduo nos esperava.

E no entanto, ele começou com a maior das decepções. Cheios de esperança, atravessamos a charneca de um tom castanho-avermelhado, úmida e entrecruzada por dezenas de caminhos de ovelhas, até chegarmos à larga faixa verde-clara que demarcava o pântano entre nós e Holdernesse. Certamente, se o garoto fora para casa, passara por ali, e não o teria feito sem deixar vestígios. Mas nenhum sinal dele ou do alemão podia ser visto. Com uma expressão sombria, meu amigo caminhou junto à margem, como um observador impaciente de qualquer mancha de lama sobre a superfície musgosa. Havia pegadas de ovelhas em profusão, e em um ponto, alguns quilômetros abaixo, vacas tinham deixado seus rastos. Nada mais.

– Revés número um – disse Holmes, olhando melancolicamente para a vastidão ondulante da charneca. – Há um outro pântano bem mais abaixo e uma parte estreita entre os dois. Oh! Olá! O que nós temos aqui?

Tínhamos chegado a uma trilha que era uma faixa escura no chão. No meio dela, claramente marcada sobre o solo encharcado, havia a marca dos pneus de uma bicicleta.

– Viva! – exclamei. – Conseguimos.

Mas Holmes sacudia a cabeça, o rosto perplexo e expectante, em vez de alegre.

– Uma bicicleta, sem dúvida, mas não *a* bicicleta – disse ele. – Tenho conhecimento de 42 impressões diferentes deixadas por pneus. Essa, como você vê, é de um pneu Dunlop, com um remendo do lado de fora. Os pneus de Heidegger eram Palmer, deixando listras longitudinais. Aveling, o professor de matemática, tinha certeza a respeito desse ponto. Portanto, não é marca de Heidegger.

– Do garoto, então?

– Possivelmente, se pudermos provar que ele estava de posse de uma bicicleta. Mas quanto a isso, nós falhamos completamente. Essas marcas, como você sabe, foram feitas por um ciclista que estava vindo da escola.

– Ou em direção a ela?

– Não, não, meu caro Watson. A impressão mais profunda foi feita pela roda traseira, é claro, onde recai o peso. Você vê vários lugares onde ela passou sobre a marca mais fraca da roda dianteira e a apagou. A bicicleta indubitavelmente vinha do lado da escola. Isso pode ou não ter uma relação com a nossa investigação, mas vamos seguir as marcas para trás antes de ir adiante.

Foi o que fizemos, mas dali a algumas centenas de metros, perdemos as marcas ao entrar na parte lamacenta da charneca. Voltando o caminho, encontramos um outro local, onde vertia uma nascente. Aqui, mais uma vez, havia a marca da bicicleta, apesar de quase apagada pelos cascos das vacas. Depois disso, não havia mais sinal, mas o caminho ia direto para Ragged Shaw, a mata que ficava de frente para a escola. Dessa mata a bicicleta deve ter saído. Holmes sentou-se em uma pedra grande e descansou o queixo nas mãos. Eu tinha fumado dois cigarros antes que ele se movesse.

– Ora, ora – disse, afinal. – É possível, naturalmente, que um homem engenhoso pudesse trocar os pneus da sua bicicleta a fim de deixar impressões desconhecidas. Um criminoso capaz de pensar nisso é um homem com quem teria orgulho de fazer negócios. Vamos deixar essa questão em aberto e voltar para o nosso pântano de novo, pois deixamos muita coisa por explorar.

Continuamos a nossa busca sistemática da beira da porção encharcada da charneca, e logo nossa perseverança foi gloriosamente recompensada.

Bem no meio da parte baixa do pântano havia um caminho lamacento. Holmes deu um grito de satisfação quando nos aproximamos. Uma impressão como um feixe perfeito de fios telegráficos corria pelo centro do caminho. Era um pneu Palmer.

– Aqui esteve *herr* Heidegger, sem dúvida! – exclamou Holmes exultante. – Aparentemente meu raciocínio foi bastante correto, Watson.

– Parabéns.

– Mas ainda temos muito a fazer. Faça o favor de sair do caminho. Agora vamos seguir a pista. Temo que ela não nos leve muito longe.

Entretanto, à medida que avançávamos, vimos que essa porção da charneca era entremeada por porções mais macias, e, apesar de perdermos com freqüência a pista de vista, sempre conseguíamos encontrá-la mais uma vez.

– Você percebe – disse Holmes – que o ciclista está agora indubitavelmente forçando o ritmo? Não pode haver dúvida quanto a isso. Veja esta impressão, onde se notam claramente as marcas dos dois pneus. Uma é tão profunda quanto a outra. Isso só pode significar que o ciclista estava jogando o peso sobre a direção como se faz quando se quer correr. Por Deus! Ele sofreu uma queda.

Havia uma mancha larga e irregular cobrindo alguns metros da trilha. Então havia algumas marcas de passos e o pneu reaparecia mais uma vez.

– Um escorregão – sugeri.

Holmes segurava um galho amassado de um tojo em flor. Para meu horror, percebi que os botões amarelos estavam todos salpicados de rubro. No caminho, também, e na urze, havia manchas escuras de sangue coagulado.

– Mau! – disse Holmes. – Mau! Fique fora do caminho, Watson! Nem um passo desnecessário! O que nós temos aqui? Ele caiu ferido, levantou-se, tornou a subir na bicicleta e seguiu adiante. Mas não há outras marcas. Gado passou aqui ao lado. Será que ele não foi ferido pelos chifres de um touro? Impossível! Mas não vejo vestígios de ninguém mais. Temos de prosseguir, Watson. Não há dúvida de que com as manchas de sangue e as marcas dos pneus para nos guiar, ele não vai nos escapar agora.

Nossa busca não foi demorada. As marcas dos pneus começaram a descrever uma trajetória curva fantástica sobre o caminho úmido e escorregadio. De repente, ao olhar para diante, um brilho de metal chamou minha atenção no meio das moitas de tojos. Dali arrastamos uma bicicleta com pneus Palmer, um pedal torcido e toda a parte da frente horrivelmente manchada e coberta com sangue. Do outro lado das moitas aparecia um sapato. Demos a volta correndo e lá estava o infeliz ciclista. Era um homem alto, de barba e óculos, com uma lente quebrada. A causa da morte fora um golpe terrível sobre a cabeça, que esmagou parte do crânio. Que ele tenha continuado após sofrer um ferimento tão grave falava muito da vitalidade e coragem do homem. Estava de sapatos, mas sem meias, e o paletó aberto revelava uma roupa de dormir por baixo. Era sem dúvida o professor alemão.

Holmes virou o corpo respeitosamente e examinou-o com grande atenção. Então sentou-se em profunda meditação por algum tempo e pude ver pelo semblante fechado que essa descoberta sinistra não ajudava muito, na sua opinião, a nossa investigação.

– É um pouco difícil saber o que fazer, Watson – disse ele, finalmente. – Meu desejo seria prosseguir com essa investigação, pois já perdemos tanto tempo que não podemos desperdiçar mais uma hora. Por outro lado, temos a obrigação de informar a polícia sobre essa descoberta e arranjar para que cuidem do corpo desse pobre sujeito.

– Eu poderia avisar.

– Mas preciso da sua companhia e ajuda. Espere um pouco! Há um sujeito cortando turfa lá adiante. Traga-o aqui e ele orientará a polícia.

Eu trouxe o camponês até o local, e Holmes despachou o homem assustado com um bilhete para o dr. Huxtable.

– Ora, Watson, nós conseguimos duas pistas esta manhã. Uma é a bicicleta com o pneu Palmer, e vimos a que nos conduziu. A outra é a bicicleta com o pneu Dunlop remendado. Antes de começarmos a investigar isso, temos de verificar o que *sabemos*, para tirar o maior proveito e separar o essencial do acidental. Em primeiro lugar, quero frisar que o garoto certamente fugiu de livre e espontânea vontade, seja sozinho ou com alguém. Isso é certo.

Concordei.

– Bem, agora, vamos nos voltar para esse infeliz professor alemão. O garoto estava completamente vestido quando fugiu. Portanto, ele previu o que faria. Mas o alemão saiu sem as meias. Ele certamente agiu em cima da hora.

– Não há dúvida.

– Por que ele saiu? Porque viu a fuga do garoto da janela do seu quarto. Porque desejava alcançá-lo e trazê-lo de volta. Ele pegou sua bicicleta, perseguiu o garoto e ao fazê-lo encontrou sua morte.

– Assim parece.

– Agora vou chegar à parte crítica do meu argumento. O natural para um homem perseguindo um menino seria correr atrás dele. Ele saberia que poderia alcançá-lo. Mas o alemão, que, segundo dizem, era um ótimo ciclista, não correu. Ele pega a sua bicicleta. Não faria isso se não percebesse que o menino tinha algum meio rápido de fuga.

– A outra bicicleta.

– Vamos continuar a nossa reconstrução. Ele encontra a sua morte a oito quilômetros da escola, não por uma bala, veja bem, que mesmo um menino poderia concebivelmente disparar, mas por um golpe selvagem aplicado por um braço vigoroso. O menino *tinha*, então, um companheiro em sua fuga. E a fuga foi rápida, uma vez que um bom ciclista levou oito quilômetros para alcançá-los. No entanto, nós examinamos o chão em torno da cena da tragédia. O que encontramos? Alguns rastos de gado, nada mais. Vasculhei amplamente a área em torno e não há um caminho no espaço de cinqüenta metros. Outro ciclista não poderia ter nada a ver com o assassinato ocorrido. Tampouco havia pegadas humanas.

– Holmes, isso é impossível – exclamei.

– Admirável! – disse ele. – Uma observação bastante esclarecedora. A questão é impossível da forma como a coloquei, e, portanto, devo tê-la descrito erroneamente. No entanto, você viu por si mesmo o local. Pode sugerir algum engano?

– Ele pode ter fraturado o crânio em uma queda?

– Em um pântano, Watson?

– Não sei o que mais pensar.

– Ora vamos, nós já solucionamos problemas piores. Pelo menos nós temos material de sobra, se soubermos usá-lo. Venha, então, e, tendo esgotado as possibilidades do pneu Palmer, vamos ver o que o Dunlop com o remendo tem a nos oferecer.

Retomamos a marca do pneu e a seguimos por alguma distância, mas logo a charneca começou a elevar-se em uma longa curva, coberta de urzes, e deixamos o riacho para trás. Não poderíamos mais esperar a ajuda de rastos no chão. No local onde vimos as últimas marcas do pneu Dunlop, elas poderiam igualmente ter levado à mansão Holdernesse, cujas torres imponentes erguiam-se alguns quilômetros à nossa esquerda, ou para o vilarejo baixo e cinzento que estava à nossa frente e indicava a estrada de Chesterfield.

Quando nos aproximamos da estalagem rústica e miserável, com o sinal do galo de rinha em cima da porta, Holmes deu um gemido súbito e agarrou-me pelo ombro para não cair. Ele sofrera uma daquelas violentas torções no tornozelo, que deixam um homem desamparado. Com dificuldade mancou até a porta, onde um velho atarracado e moreno fumava um cachimbo escuro de cerâmica.

– Como vai, sr. Reuben Hayes? – disse Holmes.

– Quem é você e como sabe meu nome tão corretamente? – respondeu o camponês, com um brilho suspeito nos olhos dissimulados.

– Bem, ele está impresso na tabuleta acima da sua cabeça. É fácil reconhecer quem é o senhor da sua própria casa. Suponho que não tenha uma carruagem nos seus estábulos?

– Não, não tenho.

– Mal posso colocar meu pé no chão.

– Pois não faça isso.

– Mas não posso caminhar.

– Bem, então pule.

Os modos do sr. Reuben Hayes estavam longe de ser amáveis, mas Holmes aceitou a situação com um bom humor admirável.

– Escute aqui, homem – disse ele. – Estou realmente em maus lençóis. Não me importo de que forma prosseguir.

– Tampouco eu – respondeu o estalajadeiro mal-humorado.

– O assunto é muito importante. Ofereço-lhe um soberano* pelo uso de uma bicicleta.

O estalajadeiro mostrou-se interessado.

– Aonde quer ir?

– À mansão Holdernesse.

– Amigos do duque, eu suponho? – perguntou o estalajadeiro, examinando com ironia as nossas roupas enlameadas.

Holmes deu uma sonora gargalhada.

– Ele ficará satisfeito em nos ver, de qualquer maneira.

– Por quê?

– Porque trazemos notícias do seu filho desaparecido.

O estalajadeiro ficou visivelmente apreensivo.

– O que, vocês estão no seu encalço?

---

* Moeda de ouro da Inglaterra da época. (N. do T.)

– Ele foi visto em Liverpool, e esperam encontrá-lo a qualquer momento.

Mais uma vez uma mudança repentina ocorreu no seu rosto pesado e mal barbeado. Subitamente tornou-se afável.

– Tenho menos razões para querer bem o duque do que a maioria dos homens – disse ele –, pois fui seu cocheiro certa feita e ele foi cruel comigo. Despediu-me sem dar referências por ter dado ouvidos a um mentiroso negociante de trigo. Mas fico satisfeito por saber que o jovem lorde foi visto em Liverpool e vou ajudá-lo a levar a notícia à mansão.

– Obrigado – disse Holmes. – Vamos comer qualquer coisa primeiro. Então o senhor pode trazer a sua bicicleta.

– Eu não tenho bicicleta.

Holmes mostrou-lhe o soberano.

– Já lhe disse, homem, que não tenho uma. Posso emprestar-lhe dois cavalos para ir até a mansão.

– Bem, bem, falaremos sobre isso quando tivermos comido – disse Holmes.

Quando ficamos sozinhos na cozinha com paredes de pedra, foi extraordinária a rapidez com que aquele tornozelo torcido se recuperou. Já era quase noite e não tínhamos comido nada desde de manhã cedo, de modo que levamos algum tempo na nossa refeição. Holmes estava perdido em pensamento e uma ou duas vezes caminhou até a janela e olhou atentamente para fora. Ela dava para um pátio sujo. No canto mais distante havia uma forja, onde um rapaz imundo trabalhava. Do outro lado ficavam os estábulos. Holmes sentara-se de novo após uma dessas idas à janela, quando subitamente saltou da cadeira com um grito de exclamação.

– Por Deus, Watson, creio que descobri! – exclamou ele. – Sim, sim, deve ter sido isso. Watson, lembra-se de ter visto algumas marcas de cascos de vacas hoje?

– Sim, muitas.

– Onde?

– Bem, em todo lugar. Elas estavam no pântano, de novo no caminho e mais uma vez próximas do local onde o pobre Heidegger encontrou a sua morte.

– Exatamente. Bem, agora, Watson, quantas vacas você viu na charneca?

– Não lembro de ter visto nenhuma.

– Estranho, Watson, que nós víssemos as marcas de patas por onde passamos, mas não vimos uma vaca em toda a charneca. Muito estranho, Watson, hein?

– Sim, é estranho.

– Agora, Watson, faça um esforço, procure lembrar-se! Você consegue ver aquelas marcas no caminho?

– Sim, consigo.

– Você se lembra que as marcas algumas vezes eram assim, Watson – ele arranjou várias migalhas de pão da seguinte maneira – : : : : : – e às vezes assim – :· :· :· :· – e ocasionalmente assim – . · . · . ·

"Consegue lembrar-se disso?"

– Não, não me lembro.

– Mas eu me lembro. Poderia jurar que é assim. Mas voltaremos com calma para verificar isso. Que besouro cego eu fui em não ter chegado a uma conclusão.

– E qual é a conclusão?

– Que somente uma vaca extraordinária poderia andar, trotar e galopar. Por Deus, Watson, não foi a cabeça de um estalajadeiro do campo que planejou uma dissimulação como essa! A costa parece estar livre, a não ser por aquele rapaz na forja. Vamos sair de mansinho e ver o que podemos encontrar.

Havia dois cavalos malcuidados no estábulo caindo aos pedaços. Holmes ergueu a pata traseira de um deles e soltou uma risada.

– Ferraduras velhas, mas colocadas recentemente; ferraduras velhas, mas pregos novos. Esse caso merece ser considerado um clássico. Vamos até a forja.

O rapaz continuou a trabalhar sem nos dar atenção. Vi Holmes lançar olhares para a direita e para a esquerda em meio aos retalhos de ferro e madeira que estavam espalhados no chão. De repente, entretanto, ouvimos um passo atrás de nós e lá estava o estalajadeiro, as sobrancelhas pesadas contraídas sobre os olhos selvagens, o rosto moreno convulsionado pela cólera. Tinha na mão uma curta barra de ferro e avançava tão ameaçadoramente que fiquei satisfeito em sentir o revólver no meu bolso.

– Seus espiões infernais! – exclamou o homem. – O que vocês estão fazendo aqui?

– Ora, sr. Reuben Hayes, poderia-se pensar que o senhor está com medo de que nós venhamos a descobrir algo – disse Holmes friamente.

O homem controlou-se com um tremendo esforço e a boca soturna soltou-se em uma risada falsa mais ameaçadora ainda que a sua carranca.

– Vocês podem procurar o que quiserem na minha forja – disse ele. – Mas olhem aqui, cavalheiros, eu não gosto que andem xeretando minha casa sem a minha permissão, então o quanto antes vocês pagarem a conta e derem o fora, melhor.

– Está certo, sr. Hayes, não houve má intenção – disse Holmes. – Estivemos examinando os seus cavalos, mas acho que prefiro ir caminhando. Creio que não é longe.

– Não mais do que dez quilômetros até os portões da mansão. Aquela é a estrada, à esquerda.

Ele nos observou com um olhar sombrio até deixarmos a sua propriedade.

Não fomos muito longe na estrada, pois Holmes

parou no instante em que percebeu que a curva nos escondia do campo de visão do estalajadeiro.

– Na estalagem estava "quente", como dizem as crianças – disse ele. – Parece que vai ficando "frio" a cada passo que dou para longe dela. Não, não posso sair daqui.

– Estou convencido de que esse Reuben Hayes sabe de tudo. Nunca vi um canalha mais evidente – observei.

– Oh! Ele deixou essa impressão em você, é mesmo? Lá estão os cavalos, lá está a forja. Sim, trata-se de um lugar interessante, essa Galo de Rinha. Creio que vamos dar mais uma olhada nele discretamente.

Uma encosta coberta com pedras cinzentas de calcário estendia-se suavemente em um declive atrás de nós. Deixamos a estrada e começamos a subir o morro, quando, olhando na direção da mansão Holdernesse, vi um ciclista que vinha rapidamente ao largo.

– Deite-se, Watson! – exclamou Holmes, pondo uma mão pesada sobre meu ombro.

Mal nos escondêramos de vista quando o homem passou voando pela estrada. Em meio a uma nuvem de poeira, vi de relance um rosto pálido e agitado – um rosto com o horror estampado em cada traço, a boca aberta, os olhos fixos desvairadamente à sua frente. Era como uma caricatura estranha do pequeno e ativo James Wilder que víramos na noite anterior.

– O secretário do duque! – exclamou Holmes. – Venha, Watson, vamos ver o que ele vai fazer.

Andamos com dificuldade de pedra em pedra até chegarmos a um ponto de onde podíamos ver a porta da frente da estalagem alguns momentos depois. A bicicleta de Wilder estava encostada na parede ao lado da porta. Ninguém se movia pela casa, nem conseguíamos vislumbrar qualquer rosto nas janelas. Lentamente a noite descia, à medida que o sol se ocultava atrás das altas torres da mansão de Holdernesse. Então, na escuridão, vimos acenderem-se as duas lanternas de uma carruagem leve no pátio em frente aos estábulos da estalagem. Logo em seguida ouvimos o ruído dos cascos dos cavalos, quando ela ganhou a estrada e partiu em alta velocidade na direção de Chesterfield.

– O que me diz disso, Watson? – cochichou Holmes.

– Parece uma fuga.

– Um homem sozinho em uma carruagem leve, ao que pude ver. Bem, certamente não foi o sr. James Wilder, pois lá está ele na porta.

Um quadrado avermelhado de luz projetou-se sobre a escuridão. No meio dele, vimos o vulto do secretário, a cabeça inclinada, perscrutando a noite. Era evidente que ele estava esperando alguém. Então finalmente ouvimos passos na estrada e uma segunda figura tornou-se visível por um instante contra a luz. A porta fechou-se e tudo ficou escuro de novo. Cinco minutos depois uma lamparina foi acesa em um quarto no primeiro andar.

– Parece que a Galo de Rinha tem uma estranha freguesia – disse Holmes.

– O bar fica do outro lado.

– De fato. Aqueles são o que poderíamos chamar de hóspedes particulares. Agora, que diabos o sr. James Wilder está fazendo naquele antro a essa hora da noite e quem é a pessoa que vem encontrá-lo aqui? Vamos, Watson, temos de nos arriscar e tentar investigar isso um pouco mais de perto.

Juntos avançamos furtivamente pela estrada e caminhando agachados chegamos à porta da estalagem. A bicicleta ainda estava apoiada contra a parede. Holmes acendeu um fósforo e segurou-o junto à roda traseira e ouvi-o dar uma risadinha quando a luz caiu sobre o pneu Dunlop remendado. Acima de nós estava a janela iluminada.

– Tenho de dar uma espiada por ela, Watson. Se você se abaixar, apoiando-se na parede, acho que vou conseguir.

No instante seguinte seus pés estavam nos meus ombros. Mas ele mal tinha se erguido e já desceu.

– Vamos, amigo – disse ele –, nosso dia de trabalho foi longo o suficiente. Creio que conseguimos tudo o que foi possível. É uma longa caminhada até a escola, e quanto antes partirmos, melhor.

Ele mal abriu a boca durante a cansativa travessia pela charneca, tampouco entrou na escola quando lá chegamos, mas continuou até a estação de Mackleton, de onde pôde enviar alguns telegramas. Tarde da noite, ouvi-o consolando o dr. Huxtable, que estava abalado com a tragédia da morte do professor. Mais tarde ainda, entrou no meu quarto tão alerta e vivo como esteve, quando levantou de manhã.

– Tudo bem, meu amigo – disse ele. – Prometo que antes da chegada da noite de amanhã, teremos chegado à solução do mistério.

Às onze da manhã do dia seguinte, meu amigo e eu entrávamos na famosa alameda de teixos da mansão Holdernesse. Fizeram-nos passar pelo magnífico portal elisabetano e entramos no gabinete de sua excelência. Lá encontramos o sr. James Wilder, reservado e cortês, mas com algum traço do horror absurdo da noite passada ainda presente nos olhos furtivos e nas feições contraídas.

– Vieram ver sua excelência? Sinto muito, mas o fato é que o duque não está passando bem. Ele ficou muito abalado com a trágica notícia. Nós recebemos um telegrama do dr. Huxtable ontem de tarde, contando-nos da sua descoberta.

– Preciso ver o duque, sr. Wilder.

– Mas ele está nos seus aposentos.

– Então tenho de ir aos seus aposentos.

– Creio que ele está na cama.

– Vou vê-lo lá, então.

A atitude fria e resoluta de Holmes mostrou ao secretário que era inútil argumentar com ele.

– Muito bem, sr. Holmes, vou dizer a ele que o senhor está aqui.

Após meia hora de espera, o grande nobre apareceu. Seu rosto estava mais cadavérico do que nunca, os ombros caídos, e me parecia um homem muito mais velho do que na manhã anterior. Recebeu-nos com solene cortesia e sentou-se à escrivaninha com a barba ruiva caindo sobre a mesa.

– Então, sr. Holmes? – disse ele.

Mas os olhos do meu amigo estavam fixos sobre o secretário, que estava parado atrás da cadeira do patrão.

– Creio, vossa excelência, que eu poderia falar com mais liberdade na ausência do sr. Wilder.

O homem ficou um tom mais pálido e lançou a Holmes um olhar malévolo.

– Se vossa excelência assim o desejar...

– Sim, sim, é melhor você sair. Agora, sr. Holmes, o que o senhor tem a dizer?

Meu amigo esperou até que a porta se fechasse após a saída do secretário.

– O fato é, vossa excelência, que o meu colega, dr. Watson, e eu tivemos uma promessa do sr. Huxtable de que uma recompensa havia sido oferecida nesse caso. Gostaria de ouvir isso dos seus próprios lábios.

– Sem dúvida, sr. Holmes.

– Ela equivalia, se fui informado corretamente, a cinco mil libras a qualquer um que lhe dissesse onde está o seu filho?

– Exatamente.

– E outros mil para o homem que der o nome da pessoa ou pessoas que o mantêm seqüestrado?

– Exatamente.

– Nesse último caso estão incluídos, sem dúvida, não somente aqueles que podem tê-lo levado, mas também aqueles que conspiram para mantê-lo na sua situação atual?

– Sim, sim – exclamou o duque com impaciência. – Se fizer bem o seu trabalho, sr. Sherlock Holmes, não terá razão para reclamar de mesquinhez de minha parte.

Meu amigo esfregou as mãos magras, demonstrando uma avidez surpreendente para mim, que conhecia seus gostos simples.

– Parece-me que vejo o talão de cheques de vossa excelência sobre a mesa – disse ele. – Ficaria feliz se o senhor me fizesse um cheque de seis mil libras. Seria bom também, talvez, que o senhor o cruzasse. Meu banco é o Capital & Counties, agência de Oxford Street.

O duque permaneceu severo e rígido na cadeira, lançando um olhar frio para meu amigo.

– Isso é uma piada, sr. Holmes? Parece-me que o assunto não se presta a gracejos.

– De forma alguma, excelência. Nunca falei tão sério em minha vida.

– O que quer dizer, então?

– Quero dizer que mereço a recompensa. Sei onde está o seu filho e sei quem são algumas das pessoas, pelo menos, que o mantêm prisioneiro.

A barba do duque tornara-se mais agressivamente ruiva do que nunca, contra o rosto horrivelmente pálido.

– Onde está ele? – perguntou com a respiração entrecortada.

– Ele está, ou estava na noite passada, na estalagem Galo de Rinha, a uns três quilômetros dos seus portões.

O duque afundou-se na cadeira.

– E a quem o senhor acusa?

A resposta de Sherlock Holmes foi estupefaciente. Ele adiantou-se prontamente e tocou o duque no ombro.

– Eu acuso o *senhor* – disse ele. – E agora, vossa excelência, vou incomodá-lo sobre aquele cheque.

Nunca me esquecerei da expressão do duque ao levantar-se de um salto e agarrar o ar com as mãos como alguém que está afundando em um abismo. Então, com um esforço extraordinário de autocontrole aristocrático, sentou-se e escondeu o rosto nas mãos. Passados alguns minutos, voltou a falar.

– O que o senhor sabe? – perguntou finalmente, sem erguer a cabeça.

– Vi-os juntos na noite passada.

– Alguém mais, além do seu amigo, sabe disso?

– Não falei com ninguém.

O duque apanhou uma pena com os dedos trêmulos e abriu o talão de cheques.

– Cumprirei com a minha promessa, sr. Holmes. Vou fazer o cheque, por mais desagradável que me seja a informação que o senhor conseguiu obter. Quando a oferta foi feita, pouco pensei sobre o rumo que os eventos tomariam. Mas o senhor e o seu amigo são homens de discrição, sr. Holmes?

– Não compreendo o que vossa excelência quer dizer.

– Devo colocar a questão mais claramente, sr. Holmes. Se apenas vocês dois sabem do incidente, não há razão para que o assunto saia desta sala. Creio que a soma que lhe devo é de doze mil libras, não é?

Mas Holmes sorriu e sacudiu a cabeça.

– Receio, excelência, que o assunto não possa ser

resolvido tão facilmente. Temos de levar em consideração a morte desse professor.

– Mas James não teve nada a ver com isso. O senhor não pode responsabilizá-lo. Foi obra daquele facínora selvagem que ele teve a infelicidade de empregar.

– Eu tenho de considerar, excelência, que quando um homem se lança a um crime, ele é moralmente culpado de qualquer outro crime que possa derivar do primeiro.

– Moralmente, sr. Holmes. Não há dúvida de que o senhor está certo. Mas seguramente não aos olhos da lei. Um homem não pode ser condenado por um assassinato cometido quando não estava presente e que ele abomina e repugna tanto quanto o senhor. No momento que soube disso, confessou tudo para mim, tão tomado estava pelo horror e remorso. Ele não perdeu um minuto em romper inteiramente com o assassino. Oh, precisa salvá-lo, sr. Holmes, precisa salvá-lo! Estou lhe dizendo, precisa salvá-lo!

O duque abandonara a última tentativa de manter o autocontrole e agora andava de um lado para o outro, com o rosto convulsionado e as mãos cerradas gesticulando furiosamente. Finalmente, dominou-se e sentou de novo na escrivaninha.

– Aprecio a sua conduta em vir aqui antes de falar com qualquer outra pessoa – disse ele. – Pelo menos podemos discutir até que ponto se pode minimizar esse escândalo abominável.

– Exatamente – disse Holmes. – Creio, excelência, que isso só poderá ser feito se falarmos com a mais absoluta franqueza. Estou disposto a ajudar o senhor, mas para que isso aconteça, eu tenho de saber de todos os pormenores deste caso. Compreendo que as suas palavras referem-se ao sr. James Wilder e que ele não é o assassino.

– Não, o assassino fugiu.

Sherlock Holmes sorriu reservadamente.

– Vossa excelência não deve ter ouvido falar qualquer coisa de minha reputação, por menor que seja, pois do contrário não acharia tão fácil uma pessoa escapar-me. O sr. Reuben Hayes foi preso em Chesterfield às onze horas da noite passada, de acordo com informações por mim fornecidas. Recebi um telegrama do chefe da polícia local, antes de sair da escola hoje de manhã.

O duque recostou-se na sua cadeira e encarou meu amigo com espanto.

– O senhor parece ter poderes sobre-humanos – disse ele. – Então Reuben Hayes foi preso? Fico feliz por ouvir isso, se o fato não refletir sobre o destino de James.

– Seu secretário?

– Não, senhor, meu filho.

Foi a vez de Holmes ficar surpreso.

– Confesso que isso é inteiramente novo para mim, vossa excelência, peço-lhe que seja mais claro.

– Não vou esconder nada do senhor. Concordo consigo que a franqueza absoluta, por mais dolorosa que ela seja para mim, é a melhor política nessa situação desesperadora a que nos reduziu a loucura e inveja de James. Quando eu era jovem, sr. Holmes, amei como só se ama uma vez na vida. Propus casamento para a senhorita, mas ela recusou alegando que isso poderia arruinar a minha carreira. Se ela tivesse vivido, certamente jamais casaria com mais ninguém. Mas ela morreu e deixou essa criança, que criei em consideração a ela e a quem me afeiçoei. Eu não poderia reconhecer a paternidade aos olhos do mundo, mas lhe proporcionei a melhor educação, e quando ficou moço, trouxe-o para minha companhia. Ele descobriu meu segredo e desde então tem tirado partido do que ele julga ser seu direito e da sua capacidade de provocar um escândalo, o que seria abominável para mim. Sua presença foi em parte responsável pelo desfecho infeliz do meu casamento. Acima de tudo, desde o primeiro momento, ele odiava meu jovem herdeiro legítimo com um persistente rancor. O senhor me perguntará por que, diante dessas circunstâncias, eu ainda o mantinha em casa. Respondo que era porque eu podia ver os traços da mãe no seu rosto, e por amor a ela não havia fim para o meu longo sofrimento. Todos os gestos encantadores dela, também – não havia nenhum que não aparecesse nele para me fazer lembrá-la. Eu *não podia* mandá-lo embora. Mas eu temia tanto que ele fizesse algum mal a Arthur, isto é, Lorde Saltire, que mandei o garoto para a segurança da escola do dr. Huxtable.

"James fizera contato com esse tal de Hayes porque o homem era meu inquilino e James era meu agente. O sujeito sempre foi um canalha, mas, por um acaso extraordinário, James tornou-se íntimo amigo dele. Ele sempre gostara da companhia de gente baixa. Quando James decidiu-se a raptar Lorde Saltire, ele buscou os serviços desse homem. O senhor se lembra de que eu escrevi naquele último dia. Bem, James abriu a carta e inseriu um bilhete pedindo que Arthur o encontrasse em um pequeno bosque chamado Ragged Shaw, que fica próximo da escola. Ele usou o nome da duquesa e assim conseguiu fazer com que o garoto aparecesse. Aquela noite James foi para lá de bicicleta – estou lhe contando o que ele próprio me confessou – e disse a Arthur, com quem se encontrou na mata, que sua mãe estava ansiosa em vê-lo, que ela o estava esperando na charneca e, se ele voltasse para a mata à meia-noite, encontraria um homem com um cavalo que o levaria até ela. Pobre Arthur, caiu na armadilha. O garoto apareceu na hora marcada e encontrou esse tal de Hayes com um pônei para ele. Arthur montou e os dois seguiram juntos. Parece – já que James ficou sabendo disso somente ontem – que eles foram seguidos, Hayes acertou o perseguidor com seu porrete e o homem morreu devido aos ferimentos. Hayes trouxe Arthur para a sua estalagem, a Galo de Rinha, onde ele foi confinado no quarto de cima, sob os cuidados da sra. Hayes, que é uma mulher bondosa, mas inteiramente dominada pelo marido cruel.

"Bem, sr. Holmes, esse era o estado das coisas quando o vi pela primeira vez há dois dias. Eu não tinha uma noção maior da verdade do que o senhor. Se me perguntar qual o motivo de James para agir dessa forma, responderei que há muito de irracional e fanático no ódio que ele tinha por meu herdeiro. Do seu ponto de vista, ele é que deveria ser o herdeiro de todas as minhas propriedades e ressentia-se profundamente das leis sociais que tornavam isso impossível. Ao mesmo tempo, ele também tinha um motivo definido. Estava ansioso que eu rompesse com a linha de sucessão, achando que eu tinha o poder para fazê-lo. Pretendia propor-me um acordo – ele me devolveria Arthur se eu rompesse com a linha de sucessão, possibilitando deixar para ele as propriedades em testamento. Ele sabia perfeitamente que eu jamais tomaria a iniciativa de denunciá-lo para a polícia. Digo que ele me faria essa proposta, mas não chegou realmente a fazê-la, pois os acontecimentos se precipitaram e ele não teve tempo de pôr em prática seu plano.

"O que afundou todo esse plano perverso foi a descoberta do corpo de Heidegger. James foi tomado pelo horror ao ouvir a notícia. Soubemos disso ontem, quando estávamos juntos neste gabinete. O dr. Huxtable enviara um telegrama. James ficou tão transtornado pela dor e comoção, que as minhas suspeitas, que nunca estiveram inteiramente ausentes, tornaram-se imediatamente uma certeza e eu acusei-o pelo fato. Ele fez uma confissão completa. Então, implorou-me que guardasse segredo por três dias mais, para dar ao seu miserável cúmplice uma chance de salvar sua vida culpada. Acedi – como sempre – aos seus rogos e logo James correu para a Galo de Rinha para prevenir Hayes e dar-lhe os meios de fuga. Eu não poderia ir lá durante o dia sem provocar comentários, mas tão logo a noite caiu, saí correndo para ver meu querido Arthur. Encontrei-o seguro e bem, mas absolutamente horrorizado com o crime chocante que presenciara. Respeitando a minha promessa e muito contra minha vontade, consenti em deixá-lo lá mais três dias aos cuidados da sra. Hayes, já que era evidente que seria impossível informar a polícia onde ele estava sem contar-lhes também quem era o assassino, e eu não conseguia ver como aquele assassino poderia ser punido sem arruinar meu infeliz James. O senhor pediu franqueza, sr. Holmes, e eu aceito o seu pedido, pois lhe contei tudo sem rodeios ou segredos. O senhor, por sua vez, seja franco comigo também."

– Eu serei – disse Holmes. – Em primeiro lugar, excelência, sou obrigado a lhe dizer que o senhor colocou-se em uma posição muito séria aos olhos da lei. O senhor foi conivente em relação a um crime e ajudou na fuga de um assassino, pois não duvido que qualquer dinheiro que James Wilder tenha levado para ajudar seu cúmplice a fugir tenha vindo do bolso de vossa excelência.

O duque inclinou a cabeça concordando.

– Isso é realmente um assunto muito sério. Mais repreensível ainda, na minha opinião, excelência, é a sua atitude em relação ao seu filho mais novo. O senhor o deixa naquele antro por mais três dias.

– Com promessas solenes...

– O que são promessas para pessoas como essas? O senhor não tem garantia alguma de que ele não será levado embora novamente. Para fazer a vontade do seu filho mais velho culpado, o senhor expôs o seu filho mais novo inocente a um perigo iminente e desnecessário. Foi uma medida absolutamente injustificável.

O orgulhoso senhor de Holdernesse não estava habituado a ser criticado dessa forma no seu próprio salão ducal. O sangue subiu-lhe à testa alta, mas a consciência manteve-o calado.

– Eu vou ajudá-lo, mas com uma condição – continuou Holmes. – Que o senhor toque a campainha e permita que eu dê ao lacaio as ordens que bem entender.

Sem dizer uma palavra, o duque pressionou o botão elétrico. Entrou um criado.

– Você ficará satisfeito por saber que o seu pequeno patrão foi encontrado – disse Holmes. – O duque deseja que a carruagem vá imediatamente à estalagem Galo de Rinha para trazer Lorde Saltire de volta para casa.

– Agora – disse Holmes, quando o alegre lacaio havia desaparecido –, tendo cuidado do futuro, podemos ser mais condescendentes com o passado. Não me encontro em uma posição oficial e não há razão, desde que se faça justiça, para que eu revele tudo que sei. Quanto a Hayes, nada tenho a dizer. A forca o espera e eu nada faria para salvá-lo. O que ele vai revelar, não posso dizer, mas não duvido que vossa excelência poderia fazê-lo entender que é do seu interesse guardar silêncio. Do ponto de vista da polícia, ele teria raptado o garoto para obter um resgate. Se eles não descobrirem a verdade por si mesmos, não vejo por que eu deveria instigá-los a buscar uma visão mais ampla. Eu gostaria, no entanto, de prevenir vossa excelência de que a continuidade da presença do sr. James Wilder em sua casa só poderá causar-lhe infortúnios.

– Compreendo a sua colocação, sr. Holmes, e já ficou combinado que ele me deixará para sempre e tentará a vida na Austrália.

– Nesse caso, excelência, já que o senhor mesmo colocou que o fracasso do seu casamento foi causado pela presença dele, eu sugeriria que o senhor se desculpasse com a duquesa e buscasse retomar essa relação matrimonial, que foi tão desastrosamente interrompida.

– Também pensei nisso, sr. Holmes. Escrevi para a duquesa esta manhã.

– Nesse caso – disse Holmes, levantando-se –, acho que meu amigo e eu podemos congratular-nos pelos vários resultados muito felizes obtidos em nossa rápida visita ao Norte. Há ainda um outro pequeno ponto que desejo esclarecer. Esse sujeito, Hayes, ferrou seus cavalos com ferraduras que simulavam as marcas deixadas por vacas. Foi com o sr. Wilder que ele aprendeu um truque tão extraordinário?

O duque ficou pensativo por um momento, com uma expressão de intensa surpresa no rosto. Então abriu uma porta e conduziu-nos para uma grande sala, mobiliada como um museu. Levou-nos até uma caixa envidraçada em um canto e apontou para a inscrição, que dizia o seguinte:

> "Essas ferraduras foram desenterradas dos fossos da mansão de Holdernesse. São para cavalos, mas feitas com uma chapa de ferro, partida ao meio, para despistar perseguidores. Acredita-se que tenham pertencido a alguns dos barões de Holdernesse saqueadores, na Idade Média."

Holmes abriu a caixa e, umedecendo o dedo, passou-o por uma ferradura. Uma fina camada de lama recente ficou na sua pele.

– Obrigado – disse ele, fechando o vidro. – Essa é a segunda coisa mais interessante que vi aqui no Norte.

– E a primeira?

Holmes dobrou o cheque e guardou-o cuidadosamente na sua agenda.

– Sou um homem pobre – disse ele, batendo afetuosamente na agenda e enfiando-a no bolso do colete.

Black Peter

Nunca vi meu amigo mais em forma, tanto física como mentalmente, do que no ano de 95. Sua fama cada vez maior trouxera consigo uma clientela enorme, e eu seria culpado de uma indiscrição se mesmo insinuasse a identidade de alguns dos ilustres clientes que passaram pela nossa humilde soleira em Baker Street. Holmes, entretanto, como todos os grandes artistas, amava a arte pela arte e, a não ser no caso do duque de Holdernesse, raras vezes o vi reivindicar uma grande recompensa por seus inestimáveis serviços. Tão desprendido – ou tão extravagante – se mostrava, que muitas vezes recusava-se a ajudar os ricos e poderosos quando o problema não chamasse a atenção dos seus interesses, enquanto dedicava semanas da mais intensa concentração para os assuntos de algum cliente humilde, cujo caso apresentava aquelas qualidades estranhas e dramáticas que apelavam para a sua imaginação e desafiavam a sua argúcia.

Nesse memorável ano de 95, uma incongruente e curiosa sucessão de casos prendeu sua atenção, desde a sua famosa investigação da morte repentina do cardeal Tosca – uma investigação que ele levou adiante a pedido da própria Santidade, o Papa – até a prisão de Wilson, o famoso criador de canários, fato que acabou com a praga que assolava o East End de Londres. Logo após esses dois casos famosos, veio a tragédia de Woodman's Lee e as circunstâncias muito obscuras que cercaram a morte do capitão Peter Carey. Nenhum registro dos feitos do sr. Sherlock Holmes estaria completo se não incluísse algum relato desse caso tão extraordinário.

Na primeira semana de julho, meu amigo se ausentou tão seguidamente e por tanto tempo, que eu sabia que ele tinha algo em mãos. O fato de vários homens de aspecto rude terem aparecido naquela época perguntando por um capitão Basil me fez compreender que Holmes estava trabalhando em algum lugar sob um dos inúmeros disfarces e nomes com os quais escondia a sua própria formidável identidade. Ele tinha pelo menos cinco pequenos refúgios em diferentes partes de Londres, nos quais podia mudar a sua personalidade. Não disse nada dos seus negócios para mim e não era meu hábito forçar confidências. O primeiro sinal positivo que me deu da direção que a sua investigação estava tomando foi extraordinário. Holmes saíra antes do café-da-manhã e eu me sentara para tomar o meu, quando ele entrou a passos largos na sala, de chapéu na cabeça e um enorme arpão enfiado debaixo do braço, como um guarda-chuva.

– Deus do céu, Holmes! – exclamei. – Não me diga que andou por toda Londres com essa coisa?

– Fui e voltei até o açougue de carruagem.

– O açougue?

– E vim com um ótimo apetite. Não há dúvida, meu caro Watson, quanto ao valor do exercício antes do café-da-manhã. Mas estou disposto a apostar que você não vai adivinhar que tipo de exercício pratiquei.

– Nem vou tentar.

Ele deu uma risadinha enquanto servia-se do café.

– Se você tivesse a oportunidade de dar uma olhada nos fundos do açougue de Allardyce, teria visto um porco morto dependurado por um gancho no teto e um cavalheiro em mangas de camisa golpeando-o furiosamente com essa arma. Essa pessoa vigorosa era eu, e fiquei satisfeito em verificar que por mais que me esforce, não consigo trespassar o porco com um só golpe. Quem sabe você gostaria de tentar?

– Por nada neste mundo. Mas por que você estava fazendo isso?

– Porque me parecia que isso tinha uma relação indireta com o mistério de Woodman's Lee. Ah, sr. Hopkins, recebi seu telegrama ontem à noite e estava à sua espera. Venha, junte-se a nós.

Nosso visitante era um homem extraordinariamente alerta, com trinta anos de idade, vestindo um terno simples de *tweed*, mas mantendo a postura ereta de quem está acostumado a envergar um uniforme oficial. Reconheci-o imediatamente como sendo Stanley Hopkins, um jovem inspetor em cujo futuro Holmes depositara grandes esperanças, enquanto ele, por sua vez, manifestava a admiração e o respeito de um pupilo pelos métodos científicos do famoso amador. O semblante de Hopkins estava fechado e ele sentou-se com um ar de profundo abatimento.

– Não, obrigado, senhor. Já tomei café antes de sair. Passei a noite na cidade, pois cheguei ontem para fazer meu relatório.

– E como é que foi ele?

– Um fracasso, senhor – um absoluto fracasso.

– Você não fez progresso algum?

– Nenhum.

– Meu Deus! Preciso dar uma olhada nesse caso.

– É o que eu mais gostaria que acontecesse, sr. Holmes. Essa é a minha primeira grande oportunidade e não sei mais o que fazer. Pelo amor de Deus, venha comigo e me dê uma mão.

– Bem, bem, acontece que já li todas as evidências disponíveis, incluindo o relatório da investigação, com bastante atenção. Aliás, que me diz daquela bolsa de fumo encontrada na cena do crime? Não há algum indício ali?

Hopkins pareceu surpreso.

– Era a bolsa do próprio homem, senhor. Suas iniciais estavam dentro. A bolsa era feita de couro de foca – e ele era um velho caçador de focas.

– Mas ele não possuía um cachimbo.

– Não, senhor, não conseguimos encontrar um cachimbo: na verdade, ele fumava muito pouco. E no entanto, talvez mantivesse algum tabaco para os seus amigos.

– Sem dúvida. Só falei nisso porque, se estivesse tratando do caso, estaria predisposto a tornar esse fato o ponto de partida da minha investigação. Entretanto, meu amigo, o dr. Watson, não sabe nada a respeito desse caso e não me faria mal ouvir a seqüência dos eventos mais uma vez. Apenas nos dê um breve sumário dos fatos essenciais.

Stanley Hopkins tirou um bilhete do bolso.

– Tenho algumas notas aqui que farão com que conheçam a carreira do morto, capitão Peter Carey. Nasceu em 45, portanto estava com cinqüenta anos de idade. Era um ousado e bem-sucedido caçador de baleias e de focas. Em 1883, comandou a baleeira a vapor *Sea Unicorn*, de Dundee. Fez então várias viagens sucessivas e bem-sucedidas e no ano seguinte, 1884, aposentou-se. Depois disso, viajou por alguns anos e, finalmente, comprou uma pequena propriedade chamada Woodman's Lee, perto de Forest Row, em Sussex. Lá viveu por seis anos e lá morreu há apenas uma semana.

"Havia alguns pontos bastante singulares sobre o homem. Na vida comum, era um puritano rigoroso, um sujeito sombrio e silencioso. Seu lar consistia da sua mulher, a filha de vinte anos e duas criadas. Estas eram continuamente substituídas, pois na casa nunca se vivia uma situação muito alegre e algumas vezes ela tornava-se insuportável. O homem era um bêbado intermitente e, quando estava em um dia ruim, era um perfeito demônio. Sabe-se que chegou a expulsar de casa a mulher e a filha no meio da noite, açoitando-as pelo parque, até que todo o vilarejo foi acordado com seus gritos.

"Certa vez, foi intimado a comparecer no distrito policial por ter batido no velho vigário, que fora procurá-lo para repreendê-lo sobre a sua conduta. Em suma, sr. Holmes, seria difícil encontrar um homem mais perigoso que Peter Carey, e ouvi dizer que ele demonstrava a mesma índole quando comandava o seu barco. Era conhecido no meio como Black Peter* e o nome lhe fora dado não somente pelos traços morenos e a cor da barba enorme, mas pelos humores que aterrorizavam a todos a sua volta. Não preciso dizer que era odiado e temido por todos os vizinhos e que não ouvi uma única palavra de pesar por seu fim terrível.

"O senhor deve ter lido no processo a respeito da cabana do homem, sr. Holmes, mas talvez o seu amigo aqui não. Ele construíra um casinha de madeira, que chamava sempre de 'o camarote', a uns cem metros da sua casa, e era lá que dormia todas as noites. Era uma cabana pequena, com um quarto de cinco metros por três e meio. Ele mantinha a chave no bolso, fazia sua própria cama e cuidava da limpeza do lugar, não permitindo que ninguém pusesse os pés ali. Há janelinhas de cada lado, que eram tapadas por cortinas e nunca foram abertas. Uma delas dava para a estrada e, quando as luzes brilhavam de noite dentro da cabana, o povo costumava apontá-la uns para os outros, imaginando o que Black Peter estaria fazendo lá. Essa é a janela, sr. Holmes, que nos forneceu um dos poucos pequenos indícios positivos que apareceram na investigação.

"O senhor deve estar lembrado que um pedreiro chamado Slater, que vinha de Forest Row perto da uma

---

* *Black* aqui também no sentido de sombrio, sinistro. (N. do T.)

hora da manhã – dois dias antes do assassinato –, parou ao passar por ali e viu o quadro de luz ainda brilhando por entre as árvores. Ele jura que a sombra da cabeça de um homem de perfil era claramente visível atrás da cortina, e que essa sombra certamente não era a de Peter Carey, que ele conhecia bem. Era de um homem de barba, mas essa era curta, encrespada para frente, de uma forma bem diferente da barba do capitão. É o que ele diz, mas ele passara duas horas na taverna e a estrada fica a alguma distância da cabana. Além disso, isso foi na segunda-feira e o crime foi cometido na quarta.

"Na terça, Peter Carey estava em um dos seus piores dias, completamente bêbado e tão feroz quanto um animal selvagem. Ele vagueou pela casa, e as mulheres fugiram quando o ouviram chegando. Tarde da noite ele foi para sua cabana. Em torno das duas da madrugada, sua filha, que dormia com a janela aberta, ouviu um grito terrível vindo daquela direção, mas não era uma coisa fora do comum que ele vociferasse e gritasse quando estava bêbado, então ninguém deu importância. Ao levantar-se às sete da manhã, uma das criadas notou que a porta da cabana estava aberta, mas era tão grande o terror que o homem inspirava, que já era meio-dia quando alguém teve a coragem de ir ver o que lhe acontecera. Espiando pela porta aberta, viram uma cena que fez com que corressem lívidos para o vilarejo. Em uma hora eu estava lá e assumira o caso.

"Bem, eu tenho nervos razoavelmente firmes, como o senhor sabe, sr. Holmes, mas dou-lhe minha palavra que fiquei trêmulo quando enfiei minha cabeça naquela casinha. Ela zumbia como um harmônio com as moscas e varejeiras, e o chão e as paredes lembravam um matadouro. Ele a chamava de camarote, e um camarote ela era, realmente, pois a impressão que se tinha era a de se estar em um barco. Havia uma tarimba em um canto, um baú de marinheiro, mapas e cartas de navegação, um quadro do *Sea Unicorn*, uma série de diários de bordo em uma prateleira, tudo exatamente como você esperaria encontrar no camarote de um capitão. E no meio disso estava o homem, o rosto contorcido como uma alma atormentada e a barba longa escura imobilizada para cima em sua agonia. Bem no peito largo, um arpão de aço fora trespassado, cravando fundo na parede atrás dele. Ele estava preso como um besouro com um alfinete em um cartão. Obviamente, estava bem morto, e assim estivera desde o instante em que dera aquele último grito de agonia.

"Conheço os seus métodos, senhor, e apliquei-os. Antes de deixar que mexessem em qualquer coisa, examinei cuidadosamente o terreno lá fora, e também o chão do aposento. Não havia marcas de pegadas."

– Quer dizer que não viu nenhuma?

– Garanto-lhe, senhor, que não havia nenhuma.

– Meu caro sr. Hopkins, já investiguei muitos crimes, mas até hoje não vi um que tenha sido cometido por uma criatura voadora. Enquanto o criminoso continuar se firmando sobre duas pernas, também continuará havendo alguma reentrância, desgaste ou deslocamento insignificante, que podem ser detectados pelo investigador científico. É incrível que esse quarto todo manchado de sangue não nos forneceu um indício que pudesse nos ajudar. Compreendo, entretanto, a partir da investigação, que houve alguns objetos que você não deixou passar despercebidos?

O jovem inspetor encolheu-se ante os comentários irônicos de meu companheiro.

– Fui um tolo em não chamá-lo na ocasião, sr. Holmes. Contudo, isso não pode mais ser remediado agora. Sim, havia vários objetos no quarto que me chamaram a atenção. Um era o arpão com o qual foi cometido o crime. Ele fora arrancado de uma armação na parede. Dois outros restaram lá e havia um lugar vago para o terceiro. No cabo estava gravado "*S. S. Sea Unicorn*, Dundee". Isso parecia indicar que o crime fora cometido em um momento de fúria, e que o assassino pegara a primeira arma que encontrara. O fato de o crime ter sido cometido às duas da manhã e mesmo assim Peter Carey estar completamente vestido sugeria que ele tinha um encontro marcado com o assassino, e isso parece confirmado pela presença de uma garrafa de rum e dois copos sujos sobre a mesa.

– Sim – disse Holmes. – Creio que as duas deduções são aceitáveis. Havia outras bebidas no quarto, além do rum?

– Sim, havia sobre o baú um armário para bebidas com conhaque e uísque. Mas isso não nos interessa, já que as duas garrafas estavam cheias e, portanto, não foram servidas.

– Mesmo assim, a sua presença tem alguma importância – disse Holmes. – Mas vamos ouvir um pouco mais sobre os objetos que para o senhor parecem ter importância.

– Havia essa bolsa de tabaco sobre a mesa.

– Que parte da mesa?

– No centro dela. Era de um couro de foca ordinário, sem tratamento algum, com uma tira de couro comum amarrando-a. Na parte interna da aba, havia as iniciais P. C., e dentro, meia onça de fumo de marinheiro forte.

– Ótimo! O que mais?

Stanley Hopkins tirou do bolso um caderno de apontamentos pardo. O lado de fora estava surrado e usado, as folhas, manchadas. Na primeira página estavam escritas as iniciais "J. H. N." e a data "1883". Holmes colocou-o na mesa e examinou-o do seu jeito minucioso, enquanto Hopkins e eu olhávamos sobre os ombros dele. Na segunda página estavam escritas as iniciais "C. P. R.", e então vinham várias folhas de números. Outras páginas tinham como título "Argentina", "Costa Rica" e "San Paulo", cada um deles seguido por páginas de sinais e algarismos.

– Que me diz disso? – perguntou Holmes.

– Parece que são listas de ações da Bolsa de Valores. Pensei que "J. H. N." eram as iniciais de um corretor, e que "C. P. R." talvez tivesse sido seu cliente.

– Experimente "Canadian Pacific Railway"* – disse Holmes.

Stanley Hopkins blasfemou por entre dentes e bateu na coxa com a mão fechada.

– Que idiota eu tenho sido! – exclamou. – Claro que é como o senhor diz. Então "J. H. N." são as únicas iniciais que nós temos que resolver. Já examinei as velhas listas da Bolsa de Valores e não encontrei ninguém em 1883, seja na Bolsa ou entre os corretores de fora, cujas iniciais correspondam com essas. Mas sinto que esse é o indício mais importante que tenho. O senhor há de admitir, sr. Holmes, que existe uma possibilidade de que essas iniciais sejam as da segunda pessoa que estava presente, em outras palavras, do assassino. Eu também alegaria enfaticamente que o aparecimento no caso de um documento relacionado com um grande número de títulos valiosos nos dá, pela primeira vez, alguma indicação de um motivo para o crime.

O rosto de Sherlock Holmes demonstrava que ele estava completamente surpreso com esse novo desenvolvimento.

– Tenho de admitir seus dois pontos – disse ele. – Confesso que o caderno de apontamentos, que não apareceu no inquérito, modifica qualquer hipótese que

* "Ferrovia Canadense do Pacífico." (N. do T.)

eu possa ter formado. Eu tinha chegado a uma teoria do crime em que não há um lugar para isso. Você tentou rastrear algumas das ações aqui mencionadas?

– Investigações estão sendo feitas nas corretoras agora, mas temo que o registro completo dos acionistas desses títulos sul-americanos esteja na América do Sul e que sejam necessárias algumas semanas até conseguirmos rastrear as ações.

Holmes estava examinando a capa do caderno com suas lentes de aumento.

– Certamente há alguma descoloração aqui – disse ele.

– Sim, senhor, é uma mancha de sangue. Eu lhe disse que apanhei o livro do chão.

– A mancha estava em cima ou embaixo?

– Do lado, junto ao assoalho.

– O que prova, é claro, que o livro foi largado após o crime ser cometido.

– Exatamente, sr. Holmes. Eu avaliei esse ponto e formulei a hipótese de que ele foi largado pelo assassino na sua fuga apressada. Estava próximo da porta.

– Suponho que nenhum desses títulos foi encontrado entre os bens do morto?

– Não, senhor.

– Tem algum motivo para suspeitar de roubo?

– Não, senhor. Nada parece ter sido tocado.

– Meu Deus, certamente é um caso muito interessante. Então havia uma faca, não é?

– Uma adaga, ainda embainhada. Estava aos pés do morto. A sra. Carey identificou-a como sendo de propriedade do seu marido.

Holmes ficou perdido em pensamento por algum tempo.

– Bem – disse ele finalmente –, creio que tenho de ir até lá, dar uma olhada.

Stanley Hopkins soltou uma exclamação de alegria.

– Obrigado, senhor. Isso realmente tira um peso da minha consciência.

Holmes apontou o dedo para o inspetor.

– Essa tarefa teria sido mais fácil há uma semana – disse ele. – Mas mesmo agora, minha visita pode não ser inteiramente inútil. Watson, se você tiver um tempo, eu ficaria muito satisfeito com sua companhia. Se o senhor chamar um carro, sr. Hopkins, estaremos prontos para seguir para Forest Row dentro de quinze minutos.

Descendo na pequena estação de beira de estrada, seguimos por alguns quilômetros através do que restou de extensas matas, que um dia fizeram parte da grande floresta que por tanto tempo segurou os invasores saxões – a impenetrável região florestal do sudeste da Inglaterra, que durante sessenta anos foi seu bastião de defesa. Vastos trechos dela tinham sido derrubados, pois fora ali o centro das primeiras fundições do país, e as árvores tinham sido derrubadas para fundir o minério. Hoje em dia os campos mais ricos do Norte absorveram essa indústria e nada a não ser esses arvoredos devastados e grandes cicatrizes na terra lembra o trabalho do passado. Em uma clareira sobre uma encosta verde de um morro, via-se uma casa de pedra comprida e baixa, à qual se chegava por um caminho curvo que seguia através dos campos. Mais próxima da estrada e cercada em três lados por arbustos, via-se uma pequena cabana, com uma janela e a porta voltadas para a nossa direção. Era a cena do assassinato.

Stanley Hopkins levou-nos até a casa, onde nos apresentou a viúva do assassinado, uma mulher abatida de cabelos grisalhos. O rosto emaciado e marcado, com um olhar furtivo de terror no fundo dos olhos avermelhados, falava dos anos de sofrimento e maus-tratos que suportara. Com ela estava sua filha, uma garota pálida de cabelos louros, com olhos que brilhavam desafiadoramente para nós enquanto nos falava da sua satisfação com a morte do pai, e que abençoava a mão que o abatera. Era um lar terrível que Black Peter Carey formara para si, e foi com um sentimento de alívio que nos vimos ao ar livre de novo e tomando o caminho gasto pelos pés do morto através do campo.

A cabana era a moradia mais simples possível, com paredes de madeira, um teto em meia-água, uma janela ao lado da porta e outra na extremidade oposta. Stanley Hopkins tirara a chave do bolso e inclinara-se para a fechadura, quando parou com uma expressão atenta e surpresa no rosto.

– Alguém tentou forçá-la – disse ele.

Não havia dúvida quanto ao fato. A madeira estava lascada e viam-se riscos brancos sobre a pintura, como se tivessem sido feitos há muito pouco tempo. Holmes examinava a janela.

– Alguém tentou forçar isso também. Quem quer que seja, fracassou na tentativa de entrar. Deve ter sido um arrombador muito ruim.

– Isso é realmente extraordinário – disse o inspetor. – Poderia jurar que essas marcas não estavam aqui ontem à noite.

– Talvez algum curioso do vilarejo – sugeri.

– Muito improvável. Poucos teriam a coragem de pôr os pés aqui e muito menos tentar forçar sua entrada na cabana. O que acha disso, sr. Holmes?

– Acho que a sorte está do nosso lado.

– O senhor quer dizer que a pessoa vai voltar?

– É muito provável. Ele veio esperando encontrar a porta aberta. Tentou entrar com a lâmina de um canivete muito pequeno. Não conseguiu. O que ele faria?

– Voltaria na noite seguinte com uma ferramenta mais adequada.

– É o que penso. Será culpa nossa se não estivermos aqui para recebê-lo. Enquanto isso, deixe-me olhar dentro da cabana.

Os vestígios da tragédia haviam sido removidos, mas os móveis do pequeno quarto ainda continuavam como na noite do crime. Por duas horas, com a mais intensa concentração, Holmes examinou todos os objetos, um de cada vez, mas sua expressão indicava que a busca não estava tendo sucesso. Somente uma vez ele parou em sua paciente investigação.

– Você tirou alguma coisa dessa prateleira, Hopkins?

– Não, não mexi em nada.

– Alguma coisa foi tirada. Há menos pó nesse canto da prateleira do que em outros lugares. Pode ter sido um livro posto de lado. Ou uma caixa. Bem, bem, não posso fazer nada mais. Vamos passear por essas lindas matas, Watson, e dedicar algumas horas para os pássaros e as flores. Vamos encontrá-lo aqui mais tarde, Hopkins, e ver se conseguimos nos aproximar do cavalheiro que fez essa visita durante a noite.

Eram mais de onze horas quando preparamos a nossa pequena emboscada. Hopkins queria que deixássemos a porta da cabana aberta, mas Holmes tinha a opinião de que isso despertaria as suspeitas do estranho. A fechadura era muito simples e bastaria uma lâmina forte para empurrá-la. Holmes também sugeriu que deveríamos esperar não dentro da cabana, mas do lado de fora, no meio das moitas que havia em torno da janela mais distante. Desse modo poderíamos ver o nosso homem se ele acendesse uma luz e descobrir qual era seu objetivo nessa furtiva visita noturna.

Foi uma vigília longa e melancólica, e, no entanto, nos proporcionou um pouco da emoção do caçador quando ele se coloca ao lado da lagoa à espera da presa sedenta. Que criatura selvagem nos surpreenderia saindo da escuridão? Seria um feroz tigre do crime, que só poderia ser abatido lutando duramente com os dentes caninos e garras à mostra, ou ele seria algum matreiro chacal, perigoso somente para os fracos e desprevenidos? Em silêncio absoluto ficamos acocorados em meio às moitas, esperando pelo que viesse. A princípio, os passos de alguns aldeões surpreendidos pela noite ou o som de vozes vindo do vilarejo despertaram a nossa vigília; mas uma a uma essas interrupções foram desaparecendo e um silêncio absoluto caiu sobre nós; salvo os sinos de uma igreja distante, que nos indicavam o progresso da noite, e o burburinho de uma chuva fina que caía sobre a folhagem que nos cobria.

Já havia batido duas e meia, e era a hora mais escura que precede a madrugada, quando nos sobressaltamos com um estalido baixo, mas seco, vindo da direção do portão. Alguém havia entrado na alameda. Mais uma vez houve um longo silêncio e comecei a recear por um alarme falso, quando um passo furtivo foi ouvido do outro lado da cabana e logo em seguida um rangido e um estalido metálicos. O homem estava tentando forçar a fechadura! Dessa vez a sua habilidade foi maior ou a ferramenta melhor, pois houve uma estalo repentino e o ranger das dobradiças. Então acendeu-se um fósforo e no instante seguinte a luz firme de uma vela preencheu o interior da cabana. Através da cortina fina, nossos olhos concentraram-se sobre a cena que se passava lá dentro.

O visitante noturno era um homem jovem, frágil e magro, com um bigode negro que lhe acentuava a palidez mortal do rosto. Ele não podia ter muito mais do que vinte anos de idade. Nunca vi um ser humano aparentar um medo tão deplorável, pois seus dentes batiam visivelmente e tremiam-lhe todos os membros do corpo. Estava vestido como um cavalheiro, de jaqueta Norfolk e calças de golfe, com um boné de pano na cabeça. Acompanhamos seu olhar assustado examinando à sua volta. Depois colocou a vela sobre a mesa e desapareceu do nosso campo de visão em um dos cantos. Voltou com um livro grande, um dos diários de bordo que estavam alinhados na prateleira. Apoiando-se na mesa, virou rapidamente as páginas do volume até chegar ao apontamento que procurava. Então, com um gesto irritado do punho cerrado, fechou o livro, recolocou-o no canto e apagou a vela. Ele mal se voltara para deixar a cabana, quando a mão de Hopkins o agarrou pelo colarinho, e ouvi seu grito alto e sufocado de terror quando compreendeu que fora apanhado. A vela foi acesa de novo e vimos o nosso desventurado prisioneiro, trêmulo e encolhido, nas mãos do detetive. Ele caiu sentado sobre o baú, olhando desamparado de um para o outro.

– Agora, meu caro – disse Stanley Hopkins –, quem é você e o que quer aqui?

O homem se recompôs e encarou-nos com um esforço de autocontrole.

– Vocês são detetives, eu suponho? – perguntou. – E acham que tenho algo a ver com a morte do capitão Peter Carey. Garanto que sou inocente.

– Veremos sobre isso – disse Hopkins. – Em primeiro lugar, qual seu nome?

– John Hopley Neligan.

Vi Holmes e Hopkins trocarem um rápido olhar.

– O que você está fazendo aqui?

– Posso falar confidencialmente?

– Não, certamente que não.

– Por que deveria lhe contar?

– Se não responder à minha pergunta, isso pode pesar contra você no julgamento.

O rapaz estremeceu.

– Bem, vou lhe contar – disse ele. – E por que não? Mesmo assim, odeio pensar nesse velho escândalo ganhando uma sobrevida. Já ouviram falar de Dawson & Neligan?

Pude ver pela expressão de Hopkins que o nome não lhe dizia nada, mas Holmes estava profundamente interessado.

– Você se refere aos banqueiros da região oeste – disse ele. – Eles quebraram devendo um milhão, arruinaram metade das famílias do condado de Cornwall, e Neligan desapareceu.

– Exatamente. Neligan era meu pai.

Finalmente tínhamos algo positivo, apesar de haver uma grande distância entre um banqueiro foragido e o capitão Peter Carey espetado contra a parede com um dos seus próprios arpões. Ouvimos as palavras do rapaz com atenção.

– Era meu pai que estava realmente preocupado. Dawson tinha se aposentado. Eu tinha só dez anos de idade na época, mas era idade suficiente para sentir a vergonha e o horror de tudo. Sempre se disse que meu pai roubara todos os títulos e fugira. Não é verdade. Ele acreditava que se lhe dessem o tempo para convertê-los em dinheiro, tudo ficaria bem e cada credor seria totalmente ressarcido. Ele partiu no seu pequeno iate para a Noruega um pouco antes de ser emitido um mandado para sua prisão. Lembro daquela última noite quando ele se despediu da minha mãe. Nos deixou uma lista dos títulos que ele estava levando e jurou que voltaria com sua honra reabilitada e que ninguém que confiara nele seria prejudicado. Bem, nunca mais tivemos notícias suas. Tanto ele quanto o iate desapareceram completamente. Minha mãe e eu acreditávamos que ele e o iate, juntamente com os títulos que ele levara consigo, estavam no fundo do mar. Mas tínhamos um bom amigo, um homem de negócios, e ele descobriu um tempo atrás que alguns dos títulos que meu pai levara consigo reapareceram no mercado de Londres. Vocês podem imaginar o nosso espanto. Passei meses tentando rastreá-los e, finalmente, depois de muitos enganos e dificuldades, descobri que o vendedor original fora o capitão Peter Carey, o proprietário desta cabana.

"Naturalmente fiz algumas investigações sobre o homem. Descobri que estivera no comando de uma baleeira, que deveria voltar do oceano Ártico na mesma época em que meu pai estava navegando em direção à Noruega. O outono daquele ano foi tempestuoso, tendo ocorrido uma longa sucessão de ventos fortíssimos soprando do Sul. É possível que o iate do meu pai tenha sido levado para o Norte e lá encontrou com o navio do capitão Peter Carey. Se foi esse o caso, o que aconteceu com meu pai? De qualquer forma, se eu pudesse provar como esses títulos voltaram para o mercado, por intermédio das evidências fornecidas por Peter Carey, isso seria uma prova de que meu pai não os vendera e que ele não buscava o lucro pessoal quando os levou.

"Vim a Sussex com a intenção de visitar o capitão, quando ocorreu sua morte terrível. Li no processo uma descrição da sua cabana, na qual dizia que os velhos diários de bordo eram mantidos nela. Ocorreu-me que se conseguisse ver o que ocorrera a bordo do *Sea Unicorn* no mês de agosto de 1883, poderia descobrir o mistério do destino do meu pai. Tentei chegar a esses diários de bordo na noite passada, mas não consegui abrir a porta. Hoje à noite tentei de novo e tive sucesso, mas vi que as páginas referentes àquele mês foram arrancadas do livro. Foi nesse instante que me vi um prisioneiro em suas mãos."

– Isso é tudo? – perguntou Hopkins.

– Sim, isso é tudo – respondeu, desviando o olhar.

– Nada mais tem a nos dizer?

Ele hesitou.

– Não, nada mais.

– Não esteve aqui na noite de anteontem?

– Não.

– Então como explica *isso*? – exclamou Hopkins, enquanto mostrava o caderno de apontamentos incriminador, com as iniciais do prisioneiro na primeira página e a mancha de sangue na capa.

O desgraçado desabou. Escondeu o rosto nas mãos e tremia todo.

– Onde o acharam? – gemeu ele. – Eu não sabia onde ele estava, pensei que o tinha perdido no hotel.

– Basta – disse Hopkins asperamente. – Seja o que for que tiver a dizer, será dito no tribunal. Você virá comigo agora até o distrito policial. Bem, sr. Holmes, sou muito grato ao senhor e a seu amigo por virem ajudar-me. Do jeito que correram as coisas, a sua presença foi desnecessária e eu teria resolvido o caso sozinho, mas, mesmo assim, sou muito agradecido. Reservei quartos para os senhores no hotel Brambletye, então podemos caminhar juntos até o vilarejo.

– Bem, Watson, o que você acha disso? – perguntou Holmes na viagem de volta na manhã seguinte.

– Posso ver que você não está satisfeito.

– Oh, sim, caro Watson, estou perfeitamente satisfeito. Ao mesmo tempo, não recomendo os métodos de Stanley Hopkins. Estou decepcionado com ele. Esperava coisas melhores dele. Devemos sempre buscar uma alternativa possível e precaver-nos contra ela. É a primeira regra da investigação criminal.

– Qual é, então, a alternativa?

– A linha de investigação que estive seguindo. Ela pode não chegar a lugar nenhum. Não sei dizer. Mas ao menos vou segui-la até o fim.

Várias cartas esperavam por Holmes em Baker Street. Ele agarrou uma, abriu-a e irrompeu em uma gargalhada triunfante.

– Ótimo, Watson. A alternativa se desenvolve. Tem aí os formulários de telegramas? Apenas escreva umas mensagens para mim: "Summer, Agente da Marinha Mercante, Ratcliff Highway. – Mande três homens, comparecer amanhã às dez da manhã. – Basil." Esse é o meu nome naquelas paragens. O outro telegrama é: "Inspetor Stanley Hopkins, 46 Lord Street, Brixton. – Venha tomar café conosco amanhã às nove e meia. Importante. Telegrafe se não puder vir. – Sherlock Holmes." Aí está, Watson, esse caso maldito tem-me atormentado há dez dias, de modo que agora vou afastá-lo completamente do pensamento. Amanhã espero ouvir falar dele pela última vez.

Precisamente na hora marcada, apareceu o inspetor Stanley Hopkins e sentamos juntos para um excelente café-da-manhã que a sra. Hudson preparara. O jovem detetive estava muito bem-humorado diante do seu sucesso.

– Acha realmente que a sua solução está correta? – perguntou Holmes.

– Não poderia imaginar um caso mais completo.

– Ele não me pareceu conclusivo.

– O senhor me surpreende, sr. Holmes. O que mais poderia se esperar?

– A sua explicação cobre todos os pontos?

– Sem dúvida. Descobri que o jovem Neligan chegou ao hotel Brambletye no mesmo dia do crime, sob o pretexto de que ia jogar golfe. Seu quarto ficava no andar térreo e ele podia sair quando bem entendesse. Naquela mesma noite ele foi a Woodman's Lee, encontrou-se com Peter Carey na cabana, brigaram e ele matou-o com o arpão. Então, horrorizado com o que tinha feito, escapou da cabana, deixando cair o caderno de apontamentos que trouxera consigo a fim de indagar Peter Carey sobre esses diferentes títulos. O senhor deve ter observado que alguns deles foram marcados com pequenos traços, e os outros – a grande maioria – não foram. Aqueles que estão marcados foram rastreados no mercado de Londres, mas os outros presumivelmente ainda estavam com Carey, e o jovem Neligan, de acordo com o seu próprio relato, estava ansioso em recuperá-los para ressarcir os credores do pai. Após sua fuga, não teve coragem de aproximar-se da cabana de novo por algum tempo, mas finalmente forçou-se a fazê-lo para obter as informações que eram necessárias. Certamente, tudo isso é simples e óbvio, não é?

Holmes sorriu e sacudiu a cabeça.

– Parece-me que há um problema, sr. Hopkins: a sua teoria é intrinsecamente impossível. Já tentou fazer um arpão atravessar um corpo? Não? Tsc, tsc, meu caro senhor, precisa realmente dar atenção para esses detalhes. Meu amigo Watson poderia lhe dizer que dediquei uma manhã inteira a esse exercício. Não é algo fácil e exige um braço forte e experiente. Mas esse golpe foi dado com tal violência que a ponta do arpão enterrou-se fundo na parede. O senhor acha que esse jovem anêmico foi capaz de um ataque tão terrível? Será ele o homem que se encheu de rum com água em companhia de Black Peter no meio da noite? Não, não, sr. Hopkins, devemos procurar outra pessoa, e bem mais formidável.

A expressão no rosto do detetive tornara-se cada vez mais decepcionada durante o discurso de Holmes. Suas esperanças e ambições desabavam em seu redor. Mas ele não abandonaria sua posição sem lutar.

– O senhor não pode negar que Neligan estava presente naquela noite, sr. Holmes. O livro vai provar isso. Creio que tenho provas suficientes para satisfazer um júri, mesmo que o senhor seja capaz de apontar falhas no caso. Além disso, sr. Holmes, já coloquei minhas mãos sobre o *meu* homem. Quanto à essa sua terrível pessoa, onde está ela?

– Parece-me que ela está na escada – respondeu Holmes, serenamente. – Creio, Watson, que você faria bem em deixar aquele revólver onde possa alcançá-lo.

Ele levantou-se e colocou um papel escrito sobre uma mesa de canto.

– Agora estamos prontos – disse ele.

Do lado de fora, vozes ásperas conversavam há algum tempo, então a sra. Hudson abriu a porta para dizer que três homens perguntavam pelo capitão Basil.

– Mande-os entrar, um de cada vez – disse Holmes.

O primeiro a entrar foi um homem franzino, de rosto corado e suíças grisalhas. Holmes tirara uma carta do bolso.

– Nome? – perguntou.

– James Lancaster.

– Sinto muito, sr. Lancaster, mas não há mais vaga. Tome aqui meio soberano, pelo seu incômodo. Faça o favor de esperar por alguns minutos naquela sala.

O segundo homem era alto e seco, com cabelo escorrido e rosto descorado. Chamava-se Hugh Pattins. Ele também foi despedido, com meio soberano e a ordem de esperar.

O terceiro candidato era um homem de extraordinária aparência. Um rosto feroz, de buldogue, era emoldurado por um emaranhado de cabelo e barba. Dois olhos escuros e ousados brilhavam sob dois tufos de sobrancelhas grossas. Saudou-nos à moda dos marinheiros, revirando o boné nas mãos.

– Nome? – perguntou Holmes.

– Patrick Cairns.

– Arpoador?

– Sim, senhor. Vinte e seis viagens.

– Dundee, creio eu?

– Sim, senhor.

– E pronto para partir com um barco de exploração?

– Sim, senhor.

– Qual o seu ordenado?

– Oito libras por mês.

– Poderia partir imediatamente?

– Tão logo apanhar minhas coisas.

– O senhor tem os seus documentos consigo?

– Sim, senhor – respondeu, tirando um maço de documentos gastos e ensebados do bolso. Holmes olhou-os de relance e devolveu-os.

– O senhor é justamente o homem que eu queria – disse ele. – Aqui está o contrato na mesa do canto. Se você assiná-lo, tudo estará acertado.

O marinheiro atravessou a sala com um andar desajeitado e apanhou a pena.

– Devo assinar aqui? – perguntou, inclinando-se sobre a mesa.

Holmes apoiou-se no seu ombro e puxou as duas mãos dele sobre a nuca.

– Isso basta – disse ele.

Ouvi um estalido metálico e um bramido como o de um touro enfurecido. No instante seguinte, Holmes e o marinheiro rolavam juntos no chão. Era um homem de uma força tão gigantesca que, mesmo com as algemas que Holmes colocara tão habilmente nos seus pulsos, teria dominado rapidamente meu amigo se Hopkins e eu não tivéssemos corrido em seu auxílio. Só quando pressionei o cano frio do revólver na sua têmpora que ele compreendeu que qualquer resistência seria em vão. Amarramos seus tornozelos com uma corda e nos levantamos ofegantes da luta.

– Realmente devo pedir-lhe desculpas, sr. Hopkins – disse Sherlock Holmes. – Temo que os ovos mexidos estejam frios. Mas creio que você vai apreciar melhor seu café sabendo que levou o caso a uma conclusão triunfante, não é?

Stanley Hopkins estava mudo de espanto.

– Não sei o que dizer, sr. Holmes – deixou escapar afinal, com o rosto todo vermelho. – Parece-me que fiz o papel de bobo desde o início. Compreendo agora o que nunca deveria ter esquecido, que sou o pupilo e o senhor é o mestre. Mesmo agora, vejo o que o senhor fez, mas não sei como o fez, ou o que isso significa.

– Bem, bem, todos aprendemos com a experiência – disse Holmes, bem-humorado. – E a sua lição desta vez é a de que nunca devemos perder de vista a alternativa. Você estava tão absorvido pelo jovem Neligan, que não pensou em Patrick Cairns, o verdadeiro assassino de Peter Carey.

A voz rouca do marinheiro interrompeu a nossa conversa.

– Escute aqui, cavalheiro – disse ele –, não me queixo de ter sido tratado dessa forma, mas gostaria que chamasse as coisas pelos seus verdadeiros nomes. O senhor diz que eu assassinei Peter Carey; eu digo que *matei* Peter Carey, e aí está toda a diferença. Talvez não acredite em mim. Talvez pense que estou lhe contando uma lorota.

– De forma alguma – disse Holmes. – Vamos ouvir o que você tem a dizer.

– Não vai demorar muito e, por Deus, juro que é tudo verdade. Eu conhecia Black Peter, e quando ele puxou a sua faca, atravessei-o de um golpe com um arpão, pois sabia que seria ele ou eu. Foi assim que ele morreu. Pode chamar isso de assassinato. De qualquer maneira, prefiro morrer com uma corda no pescoço do que com uma faca de Black Peter no coração.

– Como foi parar lá? – perguntou Holmes.

– Vou lhe contar do princípio. Apenas deixe-me sentar um pouco, para que possa falar melhor. Foi em agosto de 83 que isso aconteceu. Peter Carey era o capitão do *Sea Unicorn* e eu era um dos arpoadores. Íamos saindo de uma região com gelo flutuante a caminho de casa, com ventos de proa e uma semana de tempestades do Sul, quando recolhemos um escaler que fora empurrado para o Norte. Havia um homem nele, um marinheiro de primeira viagem. A tripulação achava que o barco ia afundar e tentou chegar à costa da Noruega em um escaler. Acho que todos se afogaram. Bem, nós o recolhemos e ele e o capitão tiveram longas conversas no camarote. Toda a bagagem que pegamos com ele foi uma caixa de estanho. Até onde sei o nome do homem nunca foi mencionado, e na segunda noite ele desapareceu como se nunca tivesse existido. Disseram que ele se atirara ao mar, ou caíra, devido ao tempo ruim em que navegávamos. Apenas um homem sabia o que acontecera com ele, e esse homem era eu, pois vi com meus próprios olhos, durante um quarto de vigília em uma noite escura, o capitão na ponta dos pés jogando-o sobre a borda do barco. Isso foi dois dias antes de vermos as luzes das ilhas Shetland.

"Bem, guardei o que sabia para mim mesmo e esperei para ver no que dariam as coisas. Quando voltamos para a Escócia, o assunto foi facilmente abafado e ninguém fez perguntas. Um estrangeiro morrera em um acidente e isso não interessava a ninguém. Logo depois, Peter Carey abandonou o mar e levei muitos anos até saber onde ele estava. Julguei que ele tinha feito aquilo pelo que havia naquela caixa de estanho e que podia agora pagar-me bem por ter ficado calado.

"Descobri onde ele estava por meio de um marinheiro que o encontrara em Londres, e lá fui eu pressioná-lo. Na primeira noite ele mostrou-se bastante razoável, dizendo estar pronto para me dar o que fosse necessário para me livrar do mar para sempre. Combinamos que resolveríamos tudo duas noites mais tarde. Quando cheguei, encontrei-o completamente bêbado e de péssimo humor. Bebemos e conversamos sobre os velhos tempos, mas quanto mais ele bebia, menos eu gostava da expressão do seu rosto. Vi o arpão na parede e pensei que poderia precisar dele antes que acabasse a noite. Então finalmente começou a vir para cima de mim cuspindo e xingando, com um olhar assassino e facão na mão. Não teve tempo de tirá-lo da bainha, pois eu já o trespassara com o arpão. Céus, que grito ele deu! Só de lembrar do seu rosto, não consigo dormir! Fiquei ali, com todo aquele sangue à minha volta, e esperei um pouco, mas como tudo estava quieto, criei coragem mais uma vez. Procurei pela cabana e lá estava a caixa de estanho na prateleira. De qualquer maneira eu tinha tanto direito a ela quanto Peter Carey, então peguei-a e saí para a rua. Como um idiota, deixei minha bolsa de fumo sobre a mesa.

"Agora vou contar-lhes a parte mais estranha de toda a história. Eu mal tinha deixado a cabana quando ouvi alguém vindo, então escondi-me no meio das moitas. Um homem apareceu furtivamente, entrou na cabana, deu um grito como se tivesse visto um fantasma e saiu correndo o mais rápido que podia até sumir de vista. Quem era ele, ou o que ele queria, era mais do que eu saberia dizer. Quanto a mim, caminhei dezesseis quilômetros, apanhei um trem em Tinbridge Wells e cheguei a Londres, sem que ninguém soubesse de nada.

"Bem, quando examinei a caixa, vi que ela não continha dinheiro, apenas títulos que eu não teria a coragem para vender. Tinha perdido meu domínio sobre Black Peter e estava em Londres sem um xelim no bolso. Restava somente minha profissão. Vi esses anúncios sobre arpoadores e altos salários, então procurei os agentes das companhias de navegação, e eles me mandaram para cá. Isso é tudo que sei e repito que, se matei Black Peter, a lei deve me agradecer, pois poupei-os do preço de uma corda de cânhamo para enforcamentos."

– Um relato muito claro – disse Holmes, levantando-se e acendendo o seu cachimbo. – Creio, sr. Hopkins, que você não deve perder tempo em levar seu prisioneiro para um lugar seguro. Essa sala não é bem adaptada para uma cela e o sr. Patrick Cairns ocupa um espaço muito grande do nosso tapete.

– Sr. Holmes, não sei como agradecer-lhe – disse Hopkins. – Mesmo agora, não vejo como o senhor chegou a esse resultado.

– Simplesmente por ter tido a sorte de seguir a pista certa desde o início. É bem possível que se soubesse da existência desse caderno de apontamentos, isso afastaria meu raciocínio do caminho certo, como aconteceu com você. Mas tudo que chegou ao meu conhecimento apontava em uma direção. A força extraordinária, a habilidade no manejo do arpão, o rum com água, a bolsa em couro de foca com tabaco barato – tudo isso indicava um marinheiro, e um marinheiro que trabalhara como baleeiro. Eu estava convencido de que as iniciais "P. C." na bolsa eram uma coincidência e não aquelas de Peter Carey, já que ele raramente fumava, e não foi encontrado um cachimbo na sua cabana. Lembra-se de que perguntei se havia uísque e conhaque na cabana? Você respondeu que sim. Quantos homens, entre os que jamais deixam a terra firme, beberiam rum podendo escolher essas outras bebidas?

– E como o senhor o encontrou?

– Meu caro senhor, o problema tornara-se muito simples. Se ele fosse um marinheiro, só poderia ser um marinheiro que estivera com Peter Carey no *Sea Unicorn*. Até onde consegui verificar, ele não trabalhara em outro barco. Passei três dias enviando telegramas para Dundee e, ao final desse período, tinha apurado os nomes da tripulação do *Sea Unicorn* em 1883. Quando vi o nome Patrick Cairns entre os arpoadores, minha pesquisa estava chegando ao fim. Raciocinei que o homem estava provavelmente em Londres e que desejaria deixar o país por um tempo. Passei então alguns dias em East End, planejei uma expedição polar ártica, publiquei anúncios tentadores para arpoadores que quisessem partir com o capitão Basil – e veja o resultado!

– Maravilhoso! – exclamou Hopkins. – Maravilhoso!

– O senhor precisa mandar soltar o jovem Neligan o mais rápido possível – disse Holmes. – Confesso que acho que o senhor lhe deve desculpas. A caixa de estanho deve ser devolvida a ele, mas obviamente os títulos que Peter Carey vendeu estão perdidos para sempre. Chegou o carro, sr. Hopkins, e o senhor pode levar o seu homem. Se precisar de mim para o julgamento, meu endereço e o de Watson será algum lugar na Noruega. Mandarei os pormenores mais tarde.

Charles Augustus Milverton

Faz anos que ocorreram os incidentes dos quais eu falo, mas mesmo assim me refiro a eles com um certo constrangimento. Por muito tempo, mesmo com a maior discrição e reserva, seria impossível tornar esses fatos públicos, mas agora a principal pessoa envolvida está além do alcance da justiça humana, e, com a devida reserva, a história poderá ser contada de uma forma que não vá prejudicar ninguém. Ela registra uma experiência absolutamente única na carreira tanto do sr. Sherlock Holmes quanto na minha. O leitor me perdoará se eu ocultar a data, ou qualquer outro fato, com que ele possa remontar o verdadeiro evento.

Nós tínhamos saído para um dos nossos passeios noturnos, Holmes e eu, voltando em torno das seis horas, em uma noite de inverno fria e coberta de gelo. Quando Holmes acendeu a lamparina, a luz caiu sobre um cartão na mesa. Ele olhou-o de relance e então, com uma exclamação de repulsa, jogou-o no chão. Apanhei-o e li:

CHARLES AUGUSTUS MILVERTON
Appledore Towers
Hampstead
Agente

– Quem é ele? – perguntei.

– O maior canalha de Londres – respondeu Holmes, sentando-se e espichando as pernas diante do fogo. – Há alguma coisa escrita no verso do cartão?

Virei o cartão e li:

"Estarei aí às 6h30 – C. A. M."

– Hum! Ele está quase chegando. Você não tem uma sensação de calafrio, nojo, Watson, quando está diante das serpentes em um zoológico e vê aqueles animais viscosos, deslizantes, venenosos, com seus olhos assassinos e suas repulsivas cabeças chatas? Bem, essa é a impressão que Milverton me passa. Já tive de lidar com cinqüenta assassinos em minha carreira, mas o pior deles nunca me provocou a repulsa que eu sinto por esse sujeito. Mesmo assim, não posso deixar de fazer negócios com ele, aliás, na verdade, ele está aqui a meu convite.

– Mas quem é ele?

– Vou lhe contar, Watson. Ele é o rei de todos os chantagistas. Deus ajude o homem e ainda mais a mulher cujos segredos e reputação caírem nas mãos de Milverton. Com um rosto sorridente e um coração de mármore, ele vai extorqui-los e extorqui-los, até deixá-los esgotados. O sujeito é um gênio à sua moda e teria feito sucesso em algum negócio mais atrativo. Seu método é o seguinte: ele faz com que se saiba que ele está preparado a pagar somas altíssimas por cartas que comprometam pessoas com dinheiro ou com uma posição a zelar. Ele recebe esses artigos não somente de lacaios ou criadas desleais, mas muitas vezes de elegantes malfeitores que ganharam a confiança e o afeto de mulheres decentes. Ele não é nem um pouco mesquinho em seus pagamentos. Fiquei sabendo que pagou setecentas libras para um lacaio por uma nota de duas linhas, e que a ruína de uma família nobre foi o resultado. Tudo que existe nesse mercado vai para Milverton, e há centenas de pessoas nessa cidade que empalidecem ao ouvir o seu nome. Ninguém sabe onde suas garras vão cair, pois ele é rico e engenhoso demais para agir precipitadamente. Ele vai segurar uma carta por anos, a fim de usá-la no momento em que vale mais a pena vencer a aposta. Já disse que ele é o maior canalha de Londres, e eu lhe perguntaria como alguém pode comparar o malfeitor que acerta um companheiro na cabeça com um porrete no calor de uma briga com esse homem que, metodicamente e sem pressa, tortura a alma e atormenta os nervos das suas vítimas, para aumentar mais ainda sua já considerável fortuna?

Eu raramente ouvira meu amigo falar com tal intensidade de sentimento.

– Mas certamente o sujeito deve estar ao alcance da lei? – perguntei.

– Tecnicamente, sem dúvida, mas na prática não. O que ganharia uma mulher, por exemplo, ao fazer com que ele passasse alguns meses na prisão, se a sua própria ruína imediatamente seguiria esse fato? Suas vítimas não ousam reagir. Se algum dia ele tentasse extorquir uma pessoa inocente, aí sim nós o pegaríamos, mas ele é tão ardiloso quanto o diabo. Não, não, temos de encontrar outros meios de enfrentá-lo.

– E por que ele está aqui?

– Porque uma ilustre cliente confiou seu lastimável caso a minhas mãos. Trata-se da *lady* Eva Brackwell, a mais linda *débutante* da última temporada. Ela deve casar-se em quinze dias com o conde de Dovercourt. Esse demônio tem em seu poder várias cartas levianas – levianas, Watson, nada mais que isso – que foram escritas a um jovem fidalgo rural sem fortuna, do interior. Elas bastariam para acabar com o noivado. Milverton mandará as cartas para o conde a não ser que uma grande soma de dinheiro seja paga para ele. Fui incumbido de encontrá-lo e tentar chegar ao melhor entendimento possível.

Nesse momento, ouvimos o tropel de cavalos na rua abaixo. Olhando pela janela, vi uma imponente carruagem puxada por dois cavalos, as lamparinas luzentes brilhando sobre as ancas lustrosas dos nobres animais castanhos. Um lacaio abriu a porta e vi descer um homem pequeno, gordo, com um casaco astracã felpudo. Um minuto depois, ele estava no gabinete.

Charles Augustus Milverton era um homem de cinqüenta anos, com uma cabeça grande, intelectual, um rosto redondo, cheio e barbeado, e um sorriso perpetuamente congelado. Dois olhos cinzentos perspicazes brilhavam intensamente por detrás de largos óculos com aros de ouro. Havia algo da benevolência do *Mr. Pickwick** na sua aparência, prejudicada apenas pela hipocrisia do sorriso fixo e pelo brilho duro dos olhos inquietantes e penetrantes. Sua voz era tão macia e suave quanto a sua fisionomia, enquanto ele avançava com uma mãozinha gorda estendida, murmurando seu pesar em não nos ter encontrado em sua primeira visita.

Holmes ignorou a mão estendida e olhou-o com uma expressão gélida. O sorriso de Milverton alargou-se. Encolheu os ombros, tirou o casaco, dobrou-o com todo cuidado sobre o espaldar de uma cadeira e sentou-se.

– Esse cavalheiro, ele é discreto? Está tudo bem? – perguntou, gesticulando em minha direção.

– Dr. Watson é meu amigo e sócio.

– Muito bem, sr. Holmes. Protestei somente em prol dos interesses da sua cliente. O assunto é tão delicado...

– O dr. Watson já está a par da situação.

– Então podemos fazer negócios. O senhor diz que representa *lady* Eva. Ela lhe deu poderes para aceitar minhas condições?

– Quais são elas?

---

* Mr. Pickwick, personagem ingênuo e bondoso do romance *The Pickwick Papers*, de Charles Dickens (1812-1870). (N. do T.)

– Sete mil libras.

– E a alternativa?

– Meu caro senhor, é-me doloroso discuti-la. Mas se o dinheiro não for pago até o dia 14, certamente não haverá um casamento no dia 18.

Seu sorriso intolerável pareceu-me mais complacente do que nunca. Holmes refletiu um pouco.

– Parece-me que o senhor está muito seguro de si – disse finalmente. – Conheço, naturalmente, o conteúdo dessas cartas. Minha cliente fará certamente o que eu lhe recomendar. Vou aconselhá-la a contar para o seu futuro marido toda a história e confiar na sua generosidade.

Milverton deu uma risadinha.

– O senhor evidentemente não conhece o conde – disse ele.

Pela expressão desafiadora do rosto de Holmes, pude ver claramente que ele o conhecia.

– Que mal há naquelas cartas? – perguntou.

– Elas são animadas – muito animadas – respondeu Milverton. – A dama era uma correspondente encantadora. Mas posso garantir-lhe que o conde de Dovercourt não conseguiria apreciá-las. Mas, já que o senhor pensa de outra maneira, vamos deixar as coisas como estão. Trata-se de uma questão puramente de negócios. Se o senhor acha que colocar essas cartas nas mãos do conde é benéfico para a sua cliente, então seria realmente uma tolice pagar uma soma tão grande para recuperá-las.

Ele ergueu-se e apanhou o casaco astracã. Holmes estava lívido de raiva e humilhação.

– Espere um pouco – disse ele. – Está indo depressa demais. Nós certamente faremos tudo que for possível para evitar um escândalo em um assunto tão delicado.

Milverton tornou a sentar-se.

– Eu tinha certeza de que o senhor veria a situação sob essa luz – comentou satisfeito.

– Ao mesmo tempo – continuou Holmes –, *lady* Eva não é uma mulher rica. Asseguro-lhe que duas mil libras extenuariam os seus recursos e que a soma que o senhor indica está absolutamente além de suas capacidades. Peço-lhe, portanto, que modere as suas exigências e que devolva as cartas ao preço que estipulei, que é, garanto-lhe, o mais alto que poderá obter.

O sorriso de Milverton alargou-se e os olhos piscaram divertidos.

– Sei que o que me diz quanto aos recursos da dama é verdade – disse ele. – Ao mesmo tempo, o senhor tem de admitir que a ocasião do casamento de uma dama é muito propícia para os seus amigos e parentes fazerem um pequeno esforço a seu favor. Pode ser que hesitem sobre um presente de casamento apropriado. Posso garantir-lhe que esse pequeno maço de cartas traria mais alegria à noiva do que todos os candelabros e manteigueiras de Londres.

– Isso é impossível – disse Holmes.

– Ora, ora, que lamentável! – exclamou Milverton, tirando do bolso a carteira de documentos cheia. – Não posso deixar de achar que as mulheres são mal aconselhadas ao não fazer um esforço. Veja isso!

Ele mostrou um pequeno bilhete com um brasão sobre o envelope.

– Isso pertence a... bem, talvez não seja justo dizer o nome até amanhã de manhã. A essa hora, ela estará nas mãos do marido. E tudo porque ela não conseguiu juntar uma soma miserável, que poderia obter em uma hora trocando seus diamantes por pedras falsas. É uma lástima tão grande. Agora, lembra-se o fim repentino do noivado entre a *honourable** srta. Miles e o coronel

---

* Ver nota na página 7. (N. do T.)

Dorking? Apenas dois dias antes do casamento havia um parágrafo no *Morning Post* comunicando o rompimento. E por quê? Parece incrível, mas a soma absurda de mil e duzentas libras teria resolvido todo o assunto. Não é uma tristeza? E aqui está o senhor, um homem sensato, hesitando sobre as condições, quando o futuro e a honra da sua cliente estão em jogo. O senhor me surpreende, sr. Holmes.

– O que digo é verdade – respondeu Holmes. – O dinheiro não pode ser conseguido. Certamente, não é preferível para o senhor aceitar a soma substancial que eu lhe ofereço do que arruinar a carreira dessa mulher, que nenhum proveito lhe traria?

– Pois aí o senhor comete um erro, sr. Holmes. Um escândalo me traria, indiretamente, grandes vantagens. Tenho oito ou dez casos similares amadurecendo. Se os interessados ficassem sabendo que dei uma severa lição em *lady* Eva, eu os veria muito mais abertos a um diálogo razoável. O senhor compreende meu ponto de vista?

Holmes saltou da cadeira.

– Ponha-se atrás dele, Watson. Não o deixe sair! Agora, senhor, vamos ver o conteúdo dessa carteira.

Milverton deslizou rápido como uma ratazana para o canto da sala e parou com as costas contra a parede.

– Sr. Holmes, sr. Holmes! – disse, abrindo o casaco e mostrando o cabo de um grande revólver, que se projetava do bolso interno. – Estive à espera que fizesse algo de original. Já tentaram isso tantas vezes, e com que vantagem? Asseguro-lhe que estou armado até os dentes e pronto a usar minha arma, sabendo que a lei estará ao meu lado. Além disso, a sua suposição de que eu traria as cartas aqui em uma carteira está inteiramente errada. Eu não faria nada tão idiota. E agora, cavalheiros, tenho um ou dois encontros ainda essa noite, e é um longo caminho até Hampstead.

Ele deu um passo à frente, pegou o casaco, segurou o revólver e voltou-se para a porta. Apanhei uma cadeira, mas Holmes sacudiu a cabeça e larguei-a de novo. Com uma mesura, um sorriso e um piscar de olhos, Milverton estava fora da sala, e alguns instantes depois ouvimos a porta da carruagem bater e o ruído das rodas quando ele partiu.

Holmes ficou imóvel junto ao fogo, as mãos enfiadas nos bolsos das calças, o queixo afundado no peito, os olhos fixos sobre as brasas incandescentes. Por meia hora ficou imóvel e em silêncio. Então, com o gesto de um homem que tomou uma decisão, levantou-se de um salto e passou para o seu quarto. Dali a pouco, apareceu um jovem operário folgazão, de cavanhaque e com um andar insolente. Acendeu seu cachimbo de cerâmica com a lamparina antes de descer para a rua.

– Não sei a que horas vou voltar, Watson – disse ele, desaparecendo no meio da noite. Compreendi que ele abrira sua campanha contra Charles Augustus Milverton, embora mal sonhasse o estranho rumo que essa campanha tomaria.

Por alguns dias, Holmes entrou e saiu a todas as horas vestido daquele jeito, mas além de uma observação de que estava passando seu tempo em Hampstead e que vinha sendo proveitosa a estada, eu não sabia nada do que ele estava fazendo. Mas finalmente, em uma noite tempestuosa em que o vento uivava e batia contra as janelas, ele voltou da sua última expedição e, tendo tirado seu disfarce, sentou-se diante do fogo e riu animado do seu jeito silencioso, para dentro.

– Você não me julgaria um homem casadouro, não é, Watson?

– Não, claro que não!

– Acho que gostará de saber que estou noivo.

– Caro amigo! Meus parabé...

– Da empregada de Milverton.

– Deus do céu, Holmes!

– Eu queria informações.

– Mas será que não foi longe demais?

– Era um passo realmente necessário. Sou um encanador com um próspero negócio e meu nome é Escott. Passeei e conversei com ela todas as noites. Meu Deus, que conversas! Contudo, consegui o que queria. Conheço a casa de Milverton como se fosse a palma da minha mão.

– Mas e a garota, Holmes?

Ele meneou os ombros.

– Não há o que fazer, meu caro Watson. Você tem de jogar suas cartas da melhor forma que puder, quando tem uma aposta como essa na mesa. Mas folgo em saber que tenho um odiado rival que certamente vai me tirar de cena assim que lhe der as costas. Que noite esplêndida está fazendo!

– Você gosta desse tempo?

– Ele serve para o meu propósito. Watson, pretendo arrombar a casa de Milverton hoje à noite.

Por um momento tive de lutar por ar e senti a pele esfriar com as palavras, que foram lentamente pronunciadas com um tom de firme resolução. Assim como um relâmpago à noite revela em um instante todos os detalhes de uma paisagem aberta, em um relance pareceu-me que vi todos os resultados possíveis de uma ação como essa – a detenção, a prisão, a honrada carreira terminando em um fracasso e desgraça irreparáveis, meu amigo à mercê do detestável Milverton.

– Pelo amor de Deus, Holmes, pense no que vai fazer! – exclamei.

– Caro amigo, já pensei bastante. Nunca me precipito em minhas ações, tampouco adotaria um rumo de ação tão enérgico e realmente tão perigoso, se qualquer outro fosse possível. Vamos olhar o assunto clara e razoavelmente. Acredito que você concordará que a ação é moralmente justificável, embora tecnicamente criminosa. Invadir a sua casa não é pior do que tomar a sua carteira à força – uma ação em que você estava pronto para me ajudar.

Ponderei o assunto por um tempo.

– Sim, ela é moralmente justificável desde que o nosso objetivo seja pegar somente os itens que sejam usados para fins ilegais – eu disse.

– Exatamente. Já que ela é moralmente justificável, somente preciso considerar a questão do risco pessoal. Certamente, um cavalheiro não deve pensar muito nisso quando uma dama está precisando desesperadamente da sua ajuda?

– Você se colocará numa posição equívoca.

– Bem, isso faz parte do risco. Não há outra forma de recuperar essas cartas. A infeliz dama não tem o dinheiro e não pode abrir-se com ninguém da família. Amanhã é o último dia para o pagamento e, a não ser que possamos recuperar as cartas hoje à noite, aquele canalha cumprirá com a sua palavra e vai arruiná-la. Resta-me, portanto, abandonar minha cliente ao seu destino ou jogar essa última carta. Cá entre nós, Watson, trata-se de um duelo esportivo entre esse Milverton e eu. Como você viu, ele levou a melhor no primeiro encontro, mas meu amor-próprio e minha reputação estão em jogo até o fim da luta.

– Bem, não gosto nada disso, mas acho que tem de ser assim. Quando saímos?

– Você não vem junto.

– Então você não vai – declarei. – Dou-lhe minha palavra de honra, e nunca a quebrei em minha vida, que tomarei um carro direto para o distrito policial e o denunciarei, a não ser que me deixe acompanhá-lo nessa aventura.

– Você não tem como me ajudar.

– Como sabe disso? Você não tem como saber o que vai acontecer. De qualquer maneira, minha resolução está tomada. Outras pessoas além de você têm amor-próprio e mesmo reputação.

Holmes parecera incomodado, mas seu semblante desanuviou-se e ele bateu em meu ombro.

– Bem, bem, meu caro amigo, que assim seja. Nós compartilhamos o mesmo aposento por alguns anos e seria divertido se terminássemos compartilhando a mesma cela. Sabe, Watson, não me importo de confessar que sempre achei que poderia ter sido um criminoso altamente eficiente. Essa é uma chance única nessa direção. Veja aqui!

Ele tirou uma pequena pasta de couro elegante de uma gaveta, abriu-a e exibiu uma porção de instrumentos reluzentes.

– Este é um kit de arrombamento de primeira classe, atualizado, com um pé-de-cabra niquelado, um cortador de vidros com ponta de diamante, chaves adaptáveis e todas as melhorias modernas que a marcha da civilização exige. Aqui, também, está minha lanterna furta-fogo. Está tudo em ordem. Você tem um sapato que não faça barulho?

– Tenho um tênis com solas de borracha.

– Ótimo. E uma máscara?

– Posso fazer duas de seda preta.

– Vejo que você tem uma forte vocação para esse tipo de coisa. Muito bem, faça as máscaras. Teremos um jantar frio antes de partir. Agora são nove e meia. Às onze iremos até Church Row. De lá até as Appledore Towers é uma caminhada de quinze minutos. Estaremos trabalhando antes da meia-noite. Milverton tem o sono pesado e vai para a cama pontualmente às dez e meia. Com um pouco de sorte, deveremos estar de volta aqui às duas horas, com as cartas de *lady* Eva no meu bolso.

Holmes e eu nos vestimos de maneira a parecermos dois cavalheiros voltando do teatro para casa. Na Oxford Street, pegamos um cupê e fomos até um endereço em Hampstead. Ali pagamos o carro e com nossos sobretudos pesados bem abotoados, pois fazia um frio de doer e o vento era penetrante, caminhamos junto aos limites da cidade.

– Trata-se de um negócio que precisa ser tratado com delicadeza – disse Holmes. – Esses documentos estão guardados em um cofre no gabinete do sujeito, e o gabinete é a ante-sala do seu quarto de dormir. Por outro lado, como todos esses homenzinhos gordos que se tratam bem, ele tem o sono muito pesado. Agatha, que é a minha noiva, diz que uma piada contada no aposento dos criados é a de que é impossível acordar o patrão. Ele tem um dedicado secretário, que não arreda pé do gabinete durante todo o dia. Por isso é que estamos indo à noite. Além disso ele tem um cão que é uma fera, que ronda o jardim. Encontrei-me com Agatha tarde nas duas últimas noites, e ela prende o animal para que eu possa passar. Essa é a casa, a grande no meio do terreno. Vamos atravessar o portão, agora à direita por entre os loureiros. Creio que podemos colocar as nossas máscaras aqui. Você vê, não há uma réstia de luz em qualquer uma das janelas, e tudo está funcionando esplendidamente.

Com nossas máscaras de seda preta, que nos colocaram entre as figuras mais temíveis de Londres, entramos furtivamente na casa sombria e silenciosa. Uma espécie de varanda coberta, com várias janelas e duas portas, corria de um lado da casa.

– Lá é o seu quarto – sussurrou Holmes. – Essa porta abre direto para o gabinete. Seria a melhor alternativa, mas ela é bem trancada e faríamos muito barulho ao entrar. Venha por aqui. Há uma estufa que dá direto para a sala de estar.

O lugar estava trancado, mas Holmes retirou um círculo do vidro e virou a chave por dentro. Um instante depois ele fechou a porta atrás de nós, e acabávamos de nos tornar infratores aos olhos da lei. O ar quente e abafado da estufa e o aroma rico e sufocante das plantas exóticas nos pegaram pela garganta. Ele segurou minha mão no escuro e conduziu-me rapidamente pelas fileiras de plantas que roçavam contra os nossos rostos. Holmes tinha dons extraordinários, cuidadosamente cultivados, de enxergar no escuro. Ainda segurando a minha mão, abriu uma porta, e eu estava vagamente consciente de que havíamos entrado em uma sala grande onde um charuto fora fumado recentemente. Seguiu tateando os móveis, abriu outra porta e fechou-a atrás de nós. Estendendo a mão, senti vários casacos pendurados da parede e compreendi que era um corredor. Caminhamos por ele e Holmes suavemente abriu uma porta à direita. Algo passou voando por nós, e meu coração saltou na boca, mas eu poderia ter rido quando dei-me conta de que era um gato. Um fogo queimava nesse novo aposento e mais uma vez o ar estava pesado com a fumaça de tabaco. Holmes entrou na ponta dos pés, esperou que eu o seguisse e fechou de mansinho a porta. Estávamos no gabinete de Milverton e uma *portière** no outro canto indicava a entrada do seu quarto de dormir.

Era um fogo bom e iluminava o aposento. Perto da porta vi o brilho de uma chave de luz, mas era desnecessário ligá-la, mesmo que fosse seguro. De um lado da lareira, havia uma cortina pesada que cobria a janela da sacada que tínhamos visto de fora. Do outro lado, estava a porta que se comunicava com a varanda. No centro, havia uma escrivaninha, com uma cadeira giratória de couro vermelho lustroso. De frente para tudo isso, havia

* Reposteiro. (N. do T.)

uma grande estante de livros com um busto de mármore de Atena em cima. No canto entre a estante de livros e a parede, vimos um cofre verde alto, a luz da lareira refletindo-se nas maçanetas de bronze polido da porta. Holmes atravessou furtivamente o aposento e examinou-o. Então ele foi na ponta dos pés até a porta do quarto e, com a cabeça enviesada, ficou atentamente à escuta. Nenhum som vinha de dentro. Nesse meio-tempo ocorreu-me que seria inteligente garantir a nossa saída pela porta de fora, então fui conferi-la. Para minha surpresa ela não estava chaveada nem trancada! Bati de leve no braço de Holmes e ele voltou seu rosto mascarado para aquela direção. Vi que teve um sobressalto e estava evidentemente tão surpreso quanto eu.

– Não gosto disso – sussurrou no meu ouvido. – Não sei o que dizer. De qualquer maneira, não temos tempo a perder.

– Posso fazer alguma coisa?

– Sim, fique ao lado da porta. Se ouvir alguém chegar, tranque-a por dentro e podemos sair por onde entramos. Se vierem pelo outro lado, podemos sair pela porta, se a nossa missão estiver cumprida, ou nos esconder atrás dessas cortinas, se ainda tivermos o que fazer. Compreende?

Concordei com a cabeça e fiquei ao lado da porta. Meu primeiro sentimento de medo havia passado e agora sentia um frêmito de satisfação maior do que quando éramos os defensores da lei, em vez dos seus infratores. O nobre objetivo da nossa missão, a certeza de que ela era desinteressada e cavalheiresca, o caráter vil do nosso adversário, tudo contribuía para o interesse esportivo da aventura. Longe de sentir-me culpado, alegrei-me, exultando com o perigo. Com grande admiração, observei Holmes abrir sua pasta de instrumentos e escolher uma ferramenta com a precisão científica e calma de um cirurgião que está fazendo uma operação delicada. Eu sabia que a abertura de cofres era um passatempo particular seu e compreendi o deleite que ele sentia ao ser confrontado com esse monstro verde e dourado, o dragão que mantinha no seu estômago as reputações de muitas damas decentes.

Dobrando os punhos do paletó, tendo colocado o sobretudo sobre uma cadeira, Holmes dispôs ao lado duas furadeiras, um pé-de-cabra e várias chaves mestras. Fiquei junto à porta do centro, cuidando as outras com os olhos, pronto para qualquer emergência, embora, realmente, meus planos fossem de certa forma vagos sobre o que fazer se fôssemos interrompidos. Por meia hora, Holmes trabalhou com concentrada energia, largando uma ferramenta e apanhando outra, manejando cada uma com a força e a destreza de um mecânico treinado. Finalmente ouvi um clique, a grande porta verde abriu-se e dentro vi de relance uma quantidade de maços de papéis, cada um amarrado, selado e registrado. Holmes apanhou um, mas era difícil ler com a luz bruxuleante da lareira, então tirou sua lanterninha furta-fogo, pois era muito perigoso acender a luz com Milverton no quarto ao lado. De repente, vi-o parar e escutar atentamente. No instante seguinte, fechou a porta do cofre, pegou o sobretudo, guardou as ferramentas e disparou para trás da cortina da janela, sinalizando-me para fazer o mesmo.

Somente quando me juntei a ele foi que ouvi o que alarmara os seus sentidos mais aguçados. Havia um barulho em algum lugar dentro da casa. Uma porta bateu ao longe. Então um murmúrio abafado e confuso definiu-se no ressoar cadenciado de passos pesados que se aproximavam rapidamente. Eles vinham do corredor do lado de fora do aposento e pararam na porta, que abriu-se. Houve um clique seco quando a luz foi ligada.

A porta fechou-se mais uma vez e o cheiro acre de um charuto forte chegou às nossas narinas. Então os passos iam e vinham, iam e vinham, a poucos metros de nós. Finalmente, ouvimos um rangido de uma cadeira e os passos cessaram. Então, houve o estalido de chave em uma fechadura e ouvi o farfalhar de papéis. Até então, eu não tivera a coragem de ver o que estava acontecendo, mas agora entreabri ligeiramente a divisão das cortinas à minha frente e dei uma espiada. Pela pressão do ombro de Holmes contra o meu, eu sabia que ele estava compartilhando das minhas observações. Bem à nossa frente e quase ao nosso alcance, estavam as costas largas e roliças de Milverton. Era evidente que tínhamos errado completamente no cálculo dos seus movimentos, já que ele nunca estivera no seu quarto de dormir e sim sentado em algum salão de fumar, ou de jogos, na ala mais distante da casa, cujas janelas não tínhamos visto. Sua cabeça grande e grisalha, brilhando na parte calva, estava no primeiro plano do nosso campo de visão. Ele estava bem reclinado na cadeira de couro vermelho, de pernas estendidas, um charuto longo escuro projetando-se do canto da boca. Usava uma jaqueta caseira, cor vermelho-tinto, com uma gola de veludo negra. Na mão, segurava um longo documento, soprando anéis de fumaça dos lábios enquanto o lia displicente. Não havia o menor sinal na sua postura e atitude confortável de que estivesse na iminência de partir.

Senti a mão de Holmes sobre a minha, animando-me com um aperto, como a dizer que podia dominar a situação e que estava calmo. Eu não tinha certeza se ele percebera o que era bastante óbvio de onde eu estava – que a porta do cofre estava mal fechada e que Milverton poderia perceber isso a qualquer momento. No meu íntimo, resolvera que se tivesse certeza pela fixidez do seu olhar que ele percebera isso, saltaria para fora de uma vez e jogaria o sobretudo sobre a sua cabeça, prendendo-o e deixando o resto para Holmes. Mas Milverton não ergueu os olhos. Estava languidamente interessado nos documentos na sua mão, e página após página foram viradas à medida que ele seguia os argumentos do advogado. Achei, pelo menos, que se ele terminasse o documento e o charuto, iria para o seu quarto, mas antes que chegasse ao fim de um ou outro, ocorreu um incidente extraordinário que voltou nossa atenção para um assunto bastante diverso.

Várias vezes observei que Milverton olhava para o seu relógio e uma vez chegara a levantar-se e sentar de novo, com um gesto de impaciência. A idéia, entretanto, de que ele pudesse ter um encontro em uma hora tão estranha nunca me ocorreu, até ouvir um leve ruído na varanda. Milverton largou os documentos e sentou ereto na cadeira. O som se repetiu e então ouviu-se uma leve batida na porta. Milverton levantou-se e abriu-a.

– Bem, você está quase meia hora atrasada – disse bruscamente.

Então essa era a explicação para a porta destrancada e a vigília noturna de Milverton. Ouvi o leve farfalhar do vestido de uma mulher. Eu fechara a abertura entre as cortinas quando o rosto de Milverton voltou-se para a nossa direção, mas agora arrisquei-me com muito cuidado a abri-la mais uma vez. Ele voltara para o seu lugar, o charuto ainda projetando-se de um ângulo insolente do canto da boca. Diante dele, sob a forte luz elétrica, estava uma mulher alta, elegante e morena, com um véu sobre o rosto e uma capa fechada no queixo. Respirava ofegante e cada centímetro da figura graciosa tremia, presa de forte emoção.

– Bem – disse Milverton –, fez-me perder uma boa noite de descanso, minha cara. Espero que prove que valeu a pena. Não pôde vir em outra hora, hein?

A mulher sacudiu a cabeça.

– Bem, se não pôde, não pôde. Se a condessa é uma patroa dura, você terá a chance de vingar-se dela agora. Ora, ora, menina, por que está tremendo tanto? Controle-se! Agora vamos aos negócios.

Ele tirou um bilhete da gaveta da escrivaninha e continuou:

– Você diz que tem cinco cartas que comprometem a condessa d'Albert. Quer vendê-las e eu quero comprá-las. Até aí tudo bem, só resta estabelecermos um preço. Eu gostaria de examinar as cartas, é claro. Se forem realmente bons espécimes... meu Deus, é você?

Sem uma palavra, a mulher erguera o véu e deixara cair a ponta da manta, revelando o queixo. Era uma mulher bonita, morena e de traços bem definidos, que confrontava Milverton. O nariz era curvo, com sobrancelhas escuras fortes, os olhos brilhantes e lábios finos e duros, onde se desenhava um sorriso perigoso.

– Sou eu – disse ela –, a mulher cuja vida você arruinou.

Milverton riu, mas o medo vibrava no seu riso.

– Você era tão teimosa – disse ele. – Por que me levou a tais extremos? Asseguro-lhe que não faria mal a uma mosca propositalmente, mas todo homem tem o seu negócio, e o que eu deveria fazer? Coloquei o preço absolutamente ao seu alcance. Você não quis pagar.

– E então mandou as cartas para meu marido, e ele, o mais nobre cavalheiro que já viveu, um homem cujas botas eu não era digna de amarrar, morreu de desgosto. Lembra que na última noite, quando passei por aquela porta, implorei por sua piedade e você riu da minha cara como está tentando rir agora, mas o seu coração covarde não consegue evitar que os seus lábios tremam? Sim, nunca pensou que me veria de novo, mas foi aquela noite que me ensinou como eu poderia encontrá-lo sozinha frente a frente. Bem, Charles Milverton, o que tem a dizer?

– Não pense que pode me assustar – disse ele, levantando-se. – Bastaria que erguesse a voz e chamasse meus criados, que você seria presa. Mas vou dar-lhe um desconto por sua raiva natural. Saia imediatamente por onde veio e não direi mais nada.

A mulher continuou onde estava, com uma mão no busto, e o mesmo sorriso mortal nos lábios finos.

– Você não arruinará mais vidas como arruinou a minha. Não torturará mais corações como torturou o meu. Vou livrar o mundo do seu veneno. Tome essa, velhaco maldito, e mais essa! E mais essa, e mais essa!

Ela sacara uma pequeno revólver, de um brilho cintilante, e descarregou bala após bala no corpo de Milverton, o cano a menos de um metro do seu peito. Ele recuou encolhido e então caiu sobre a mesa, tossindo furiosamente e agarrando-se aos papéis. Então ergueu-se cambaleante, levou mais um tiro e rolou para o chão.

– Você acabou comigo – exclamou, e ficou imóvel.

A mulher examinou-o atentamente e chutou-lhe o rosto virado com o salto do sapato. Olhou-o de novo, mas não houve som ou movimento algum. Ouvi um ruído brusco, o ar da noite soprou para dentro do quarto aquecido, e a vingadora havia partido.

Nenhuma interferência nossa poderia ter salvado o homem do seu destino, mas ao ver a mulher despejar bala após bala sobre o corpo encolhido de Milverton, eu estava prestes a dar um salto, quando senti o aperto frio e forte de Holmes sobre meu pulso. Compreendi todo o argumento daquela pressão firme e refreadora: que o assunto não nos dizia respeito; que a justiça apanhara um canalha; que tínhamos os nossos deveres e objetivos que não deveriam ser esquecidos. Mas mal a mulher deixara o quarto às pressas, Holmes, com passos rápidos e silenciosos, dirigiu-se à outra porta e trancou-a com a chave. No mesmo instante, ouvimos vozes na casa e o ruído de passos apressados. Os tiros de revólver haviam acordado todos. Perfeitamente calmo, Holmes deslizou até o cofre, encheu os braços com maços de documentos e atirou-os no fogo. De novo e de novo ele fez isso, até esvaziar o cofre. Alguém girou a maçaneta e bateu do outro lado da porta. Holmes olhou rapidamente à volta. A carta que fora a mensageira da morte para Milverton, toda manchada com seu sangue, estava sobre a mesa. Holmes jogou-a no meio dos outros papéis em chamas. Em seguida, tirou a chave da porta externa, deixou que eu passasse na frente e trancou-a por fora.

– Por aqui, Watson – disse ele. – Podemos pular o muro do jardim nessa direção.

Não podia acreditar que um alerta pudesse se espalhar tão rapidamente. Olhando para trás, a casa imensa era um clarão de luz. A porta da frente estava aberta e vultos corriam pela alameda. O jardim estava cheio de pessoas, e um sujeito deu um grito, quando surgimos da varanda, e passou a perseguir-nos duramente. Holmes parecia conhecer o terreno perfeitamente, orientando-se velozmente por entre uma plantação de arvorezinhas, enquanto eu o seguia de perto com nosso primeiro perseguidor ofegante logo atrás. O muro que barrava o nosso caminho tinha quase dois metros de altura, mas ele saltou até o topo e passou para o outro lado. Quando tentei fazer o mesmo, senti a mão do homem que nos seguia agarrar meu tornozelo, mas livrei-me com um pontapé e subi com dificuldade para o topo do muro, com cacos de vidro espalhados. Caí de cara em cima de alguns arbustos, mas Holmes ajudou-me imediatamente a ficar de pé e juntos corremos pela vastidão da charneca de Hampstead. Acho que tínhamos corrido por uns três quilômetros, quando Holmes finalmente parou e ficou atentamente à escuta. Tudo era um silêncio absoluto atrás de nós. Tínhamos nos livrado dos perseguidores e estávamos a salvo.

Terminado o nosso café-da-manhã, estávamos fumando o cachimbo matutino, no dia seguinte à extraordinária experiência que acabei de relatar, quando o sr. Lestrade, da Scotland Yard, bastante solene e sisudo, foi introduzido na nossa modesta sala de estar.

– Bom dia, sr. Holmes – disse ele. – Bom dia. Posso perguntar-lhes se estão muito ocupados agora?

– Não para ouvi-lo.

– Pensei que, talvez, se o senhor não tivesse nada de especial a fazer, talvez quisesse nos ajudar no caso mais extraordinário que ocorreu ontem à noite mesmo, em Hampstead.

– Meu Deus! – disse Holmes. – O que aconteceu?

– Um assassinato realmente dramático e extraordinário. Sei como o senhor se interessa por essas coisas e eu ficaria muito agradecido se viesse conosco até a Appledore Towers para nos dar a sua opinião. Não se trata de um crime ordinário. Há tempo que estávamos de olho nesse sr. Milverton, e cá entre nós, ele era um canalha e tanto. Sabe-se que mantinha consigo documentos para chantagem. Esses documentos foram todos queimados pelos assassinos. Nenhum objeto de valor foi roubado e é provável que os criminosos sejam homens de posição, cujo único objetivo era evitar um escândalo.

– Criminosos! – exclamou Holmes. – No plural!

– Sim, eram dois. Por muito pouco não foram presos em flagrante. Temos suas pegadas e sua descrição. A chance é de dez para um que conseguiremos rastreá-los. O primeiro sujeito era bastante ágil, mas o segundo foi pego pelo ajudante do jardineiro e teve de lutar para escapar. Era um homem de porte médio, forte, queixo quadrado, pescoço grosso, bigode e uma máscara sobre os olhos.

– Isso é um tanto vago – disse Sherlock Holmes. – Ora, essa poderia ser a descrição de Watson!

– É verdade – concordou o inspetor, bastante divertido. – Poderia ser uma descrição de Watson.

– Bem, infelizmente não posso ajudá-lo, sr. Lestrade – disse Holmes. – O fato é que conheci esse tal Milverton e o considerava um dos homens mais perigosos de Londres. Acho que há determinados crimes em que a lei não pode interferir, e que por esse motivo até certo ponto justificam a vingança privada. Não, não adianta insistir, já tomei uma decisão. Minha solidariedade está com os criminosos, não com a vítima, e não vou trabalhar nesse caso.

Holmes não disse uma palavra a respeito da tragédia que tínhamos presenciado, mas observei durante toda a manhã que ele estava perdido em pensamentos, e passou-me a impressão, pelo olhar vago e jeito distraído, de um homem que estava lutando para lembrar-se de algo. Estávamos no meio do almoço, quando ele de repente saltou de pé.

– Meu Deus, Watson! É isso! – exclamou. – Apanhe o seu chapéu! Venha comigo!

Ele correu o mais rápido que pôde pela Baker Street, então pela Oxford Street, até quase termos chegado a Regent Circus. À esquerda, havia a vitrine de uma loja cheia de fotos de celebridades e das belas do momento. Os olhos de Holmes fixaram-se sobre uma delas e, seguindo seu olhar, vi a foto de uma dama imponente, em traje de gala, com uma tiara alta de diamantes sobre sua cabeça nobre. Olhei para o nariz delicadamente curvo, as sobrancelhas bem delineadas, a boca firme e o queixinho decidido logo abaixo. Então fiquei sem respiração quando li o título venerável do grande nobre e estadista de quem ela fora esposa. Meus olhos encontraram os de Holmes e ele pôs o dedo nos lábios quando nos afastamos da vitrine.

Coleção **L&PM** POCKET

1.**Catálogo geral da Coleção**
2.**Poesias** – Fernando Pessoa
3.**O livro dos sonetos** – org. Sergio Faraco
4.**Hamlet** – Shakespeare / trad. Millôr
5.**Isadora, frag. autobiográficos** – Isadora Duncan
6.**Histórias sicilianas** – G. Lampedusa
7.**O relato de Arthur Gordon Pym** – Edgar A. Poe
8.**A mulher mais linda da cidade** – Bukowski
9.**O fim de Montezuma** – Hernan Cortez
10.**A ninfomania** – D. T. Bienville
11.**As aventuras de Robinson Crusoé** – D. Defoe
12.**Histórias de amor** – A. Bioy Casares
13.**Armadilha mortal** – Roberto Arlt
14.**Contos de fantasmas** – Daniel Defoe
15.**Os pintores cubistas** – G. Apollinaire
16.**A morte de Ivan Ilitch** – L.Tolstói
17.**A desobediência civil** – D. H. Thoreau
18.**Liberdade, liberdade** – F. Rangel e M. Fernandes
19.**Cem sonetos de amor** – Pablo Neruda
20.**Mulheres** – Eduardo Galeano
21.**Cartas a Théo** – Van Gogh
22.**Don Juan** – Molière / Trad. Millôr Fernandes
24.**Horla** – Guy de Maupassant
25.**O caso de Charles Dexter Ward** – Lovecraft
26.**Vathek** – William Beckford
27.**Hai-Kais** – Millôr Fernandes
28.**Adeus, minha adorada** – Raymond Chandler
29.**Cartas portuguesas** – Mariana Alcoforado
30.**A mensageira das violetas** – Florbela Espanca
31.**Espumas flutuantes** – Castro Alves
32.**Dom Casmurro** – Machado de Assis
34.**Alves & Cia.** – Eça de Queiroz
35.**Uma temporada no inferno** – A. Rimbaud
36.**A corresp. de Fradique Mendes** – Eça de Queiroz
38.**Antologia poética** – Olavo Bilac
39.**O rei Lear** – Shakespeare
40.**Memórias póstumas de Brás Cubas** – M. de Assis
41.**Que loucura!** – Woody Allen
42.**O duelo** – Casanova
44.**Gentidades** – Darcy Ribeiro
45.**Mem. de um Sarg. de Milícias** – M. A. de Almeida
46.**Os escravos** – Castro Alves
47.**O desejo pego pelo rabo** – Pablo Picasso
48.**Os inimigos** – Máximo Gorki
49.**O colar de veludo** – Alexandre Dumas
50.**Livro dos bichos** – Vários
51.**Quincas Borba** – Machado de Assis
53.**O exército de um homem só** – Moacyr Scliar
54.**Frankenstein** – Mary Shelley
55.**Dom Segundo Sombra** – Ricardo Güiraldes
56.**De vagões e vagabundos** – Jack London
57.**O homem bicentenário** – Isaac Asimov
58.**A viuvinha** – José de Alencar
59.**Livro das cortesãs** – org. de Sergio Faraco
60.**Últimos poemas** – Pablo Neruda
61.**A moreninha** – Joaquim Manuel de Macedo
62.**Cinco minutos** – José de Alencar
63.**Saber envelhecer e a amizade** – Cícero
64.**Enquanto a noite não chega** – J. Guimarães
65.**Tufão** – Joseph Conrad
66.**Aurélia** – Gérard de Nerval
67.**I-Juca-Pirama** – Gonçalves Dias
68.**Fábulas** – Esopo
69.**Teresa Filósofa** – Anônimo do Séc. XVIII
70.**Avent. inéditas de Sherlock Holmes** – A. C. Doyle
71.**Quintana de bolso** – Mario Quintana
72.**Antes e depois** – Paul Gauguin
73.**A morte de Olivier Bécaille** – Émile Zola
74.**Iracema** – José de Alencar
75.**Iaiá Garcia** – Machado de Assis
76.**Utopia** – Tomás Morus
77.**Sonetos para amar o amor** – Camões
78.**Carmem** – Prosper Mérimée
79.**Senhora** – José de Alencar
80.**Hagar, o horrível 1** – Dik Browne
81.**O coração das trevas** – Joseph Conrad
82.**Um estudo em vermelho** – Arthur Conan Doyle
83.**Todos os sonetos** – Augusto dos Anjos
84.**A propriedade é um roubo** – P.-J. Proudhon
85.**Drácula** – Bram Stoker
86.**O marido complacente** – Sade
87.**De profundis** – Oscar Wilde
88.**Sem plumas** – Woody Allen
89.**Os bruzundangas** – Lima Barreto
90.**O cão dos Baskervilles** – Arthur Conan Doyle
91.**Paraísos artificiais** – Charles Baudelaire
92.**Cândido, ou o otimismo** – Voltaire
93.**Triste fim de Policarpo Quaresma** – Lima Barreto
94.**Amor de perdição** – Camilo Castelo Branco
95.**A megera domada** – Shakespeare / trad. Millôr
96.**O mulato** – Aluísio Azevedo
97.**O alienista** – Machado de Assis
98.**O livro dos sonhos** – Jack Kerouac
99.**Noite na taverna** – Álvares de Azevedo
100.**Aura** – Carlos Fuentes
102.**Contos gauchescos e Lendas do sul** – Simões Lopes Neto
103.**O cortiço** – Aluísio Azevedo
104.**Marília de Dirceu** – T. A. Gonzaga
105.**O Primo Basílio** – Eça de Queiroz
106.**O ateneu** – Raul Pompéia
107.**Um escândalo na Boêmia** – Arthur Conan Doyle
108.**Contos** – Machado de Assis
109.**200 Sonetos** – Luis Vaz de Camões
110.**O príncipe** – Maquiavel
111.**A escrava Isaura** – Bernardo Guimarães
112.**O solteirão nobre** – Conan Doyle
114.**Shakespeare de A a Z** – Shakespeare
115.**A relíquia** – Eça de Queiroz
117.**Livro do corpo** – Vários
118.**Lira dos 20 anos** – Álvares de Azevedo
119.**Esaú e Jacó** – Machado de Assis
120.**A barcarola** – Pablo Neruda
121.**Os conquistadores** – Júlio Verne
122.**Contos breves** – G. Apollinaire
123.**Taipi** – Herman Melville
124.**Livro dos desaforos** – org. de Sergio Faraco
125.**A mão e a luva** – Machado de Assis

126.**Doutor Miragem** – Moacyr Scliar
127.**O penitente** – Isaac B. Singer
128.**Diários da descoberta da América** – C.Colombo
129.**Édipo Rei** – Sófocles
130.**Romeu e Julieta** – Shakespeare
131.**Hollywood** – Charles Bukowski
132.**Billy the Kid** – Pat Garrett
133.**Cuca fundida** – Woody Allen
134.**O jogador** – Dostoiévski
135.**O livro da selva** – Rudyard Kipling
136.**O vale do terror** – Arthur Conan Doyle
137.**Dançar tango em Porto Alegre** – S. Faraco
138.**O gaúcho** – Carlos Reverbel
139.**A volta ao mundo em oitenta dias** – J. Verne
140.**O livro dos esnobes** – W. M. Thackeray
141.**Amor & morte em Poodle Springs** – Raymond Chandler & R. Parker
142.**As aventuras de David Balfour** – Stevenson
143.**Alice no país das maravilhas** – Lewis Carroll
144.**A ressurreição** – Machado de Assis
145.**Inimigos, uma história de amor** – I. Singer
146.**O Guarani** – José de Alencar
147.**A cidade e as serras** – Eça de Queiroz
148.**Eu e outras poesias** – Augusto dos Anjos
149.**A mulher de trinta anos** – Balzac
150.**Pomba enamorada** – Lygia F. Telles
151.**Contos fluminenses** – Machado de Assis
152.**Antes de Adão** – Jack London
153.**Intervalo amoroso** – A.Romano de Sant'Anna
154.**Memorial de Aires** – Machado de Assis
155.**Naufrágios e comentários** – Cabeza de Vaca
156.**Ubirajara** – José de Alencar
157.**Textos anarquistas** – Bakunin
159.**Amor de salvação** – Camilo Castelo Branco
160.**O gaúcho** – José de Alencar
161.**O livro das maravilhas** – Marco Polo
162.**Inocência** – Visconde de Taunay
163.**Helena** – Machado de Assis
164.**Uma estação de amor** – Horácio Quiroga
165.**Poesia reunida** – Martha Medeiros
166.**Memórias de Sherlock Holmes** – Conan Doyle
167.**A vida de Mozart** – Stendhal
168.**O primeiro terço** – Neal Cassady
169.**O mandarim** – Eça de Queiroz
170.**Um espinho de marfim** – Marina Colasanti
171.**A ilustre Casa de Ramires** – Eça de Queiroz
172.**Lucíola** – José de Alencar
173.**Antígona** – Sófocles – trad. Donaldo Schüler
174.**Otelo** – William Shakespeare
175.**Antologia** – Gregório de Matos
176.**A liberdade de imprensa** – Karl Marx
177.**Casa de pensão** – Aluísio Azevedo
178.**São Manuel Bueno, Mártir** – Unamuno
179.**Primaveras** – Casimiro de Abreu
180.**O noviço** – Martins Pena
181.**O sertanejo** – José de Alencar
182.**Eurico, o presbítero** – Alexandre Herculano
183.**O signo dos quatro** – Conan Doyle
184.**Sete anos no Tibet** – Heinrich Harrer
185.**Vagamundo** – Eduardo Galeano
186.**De repente acidentes** – Carl Solomon
187.**As minas de Salomão** – Rider Haggar
188.**Uivo** – Allen Ginsberg
189.**A ciclista solitária** – Conan Doyle
190.**Os seis bustos de Napoleão** – Conan Doyle
191.**Cortejo do divino** – Nelida Piñon
194.**Os crimes do amor** – Marquês de Sade
195.**Besame Mucho** – Mário Prata
196.**Tuareg** – Alberto Vázquez-Figueroa
197.**O longo adeus** – Raymond Chandler
199.**Notas de um velho safado** – C. Bukowski
200.**111 ais** – Dalton Trevisan
201.**O nariz** – Nicolai Gogol
202.**O capote** – Nicolai Gogol
203.**Macbeth** – William Shakespeare
204.**Heráclito** – Donaldo Schüler
205.**Você deve desistir, Osvaldo** – Cyro Martins
206.**Memórias de Garibaldi** – A. Dumas
207.**A arte da guerra** – Sun Tzu
208.**Fragmentos** – Caio Fernando Abreu
209.**Festa no castelo** – Moacyr Scliar
210.**O grande deflorador** – Dalton Trevisan
212.**Homem do princípio ao fim** – Millôr Fernandes
213.**Aline e seus dois namorados (1)** – A. Iturrusgarai
214.**A juba do leão** – Sir Arthur Conan Doyle
215.**Assassino metido a esperto** – R. Chandler
216.**Confissões de um comedor de ópio** – T.De Quincey
217.**Os sofrimentos do jovem Werther** – Goethe
218.**Fedra** – Racine / Trad. Millôr Fernandes
219.**O vampiro de Sussex** – Conan Doyle
220.**Sonho de uma noite de verão** – Shakespeare
221.**Dias e noites de amor e de guerra** – Galeano
222.**O Profeta** – Khalil Gibran
223.**Flávia, cabeça, tronco e membros** – M. Fernandes
224.**Guia da ópera** – Jeanne Suhamy
225.**Macário** – Álvares de Azevedo
226.**Etiqueta na prática** – Celia Ribeiro
227.**Manifesto do partido comunista** – Marx & Engels
228.**Poemas** – Millôr Fernandes
229.**Um inimigo do povo** – Henrik Ibsen
230.**O paraíso destruído** – Frei B. de las Casas
231.**O gato no escuro** – Josué Guimarães
232.**O mágico de Oz** – L. Frank Baum
233.**Armas no Cyrano's** – Raymond Chandler
234.**Max e os felinos** – Moacyr Scliar
235.**Nos céus de Paris** – Alcy Cheuiche
236.**Os bandoleiros** – Schiller
237.**A primeira coisa que eu botei na boca** – Deonísio da Silva
238.**As aventuras de Simbad, o marújo**
239.**O retrato de Dorian Gray** – Oscar Wilde
240.**A carteira de meu tio** – J. Manuel de Macedo
241.**A luneta mágica** – J. Manuel de Macedo
242.**A metamorfose** – Kafka
243.**A flecha de ouro** – Joseph Conrad
244.**A ilha do tesouro** – R. L. Stevenson
245.**Marx - Vida & Obra** – José A. Giannotti
246.**Gênesis**
247.**Unidos para sempre** – Ruth Rendell
248.**A arte de amar** – Ovídio
249.**O sono eterno** – Raymond Chandler
250.**Novas receitas do Anonymus Gourmet** – J.A.P.M.
251.**A nova catacumba** – Arthur Conan Doyle
252.**Dr. Negro** – Arthur Conan Doyle
253.**Os voluntários** – Moacyr Scliar
254.**A bela adormecida** – Irmãos Grimm

255.**O príncipe sapo** – Irmãos Grimm
256.**Confissões** *e* **Memórias** – H. Heine
257.**Viva o Alegrete** – Sergio Faraco
258.**Vou estar esperando** – R. Chandler
259.**A senhora Beate e seu filho** – Schnitzler
260.**O ovo apunhalado** – Caio Fernando Abreu
261.**O ciclo das águas** – Moacyr Scliar
262.**Millôr Definitivo** – Millôr Fernandes
264.**Viagem ao centro da Terra** – Júlio Verne
265.**A dama do lago** – Raymond Chandler
266.**Caninos brancos** – Jack London
267.**O médico e o monstro** – R. L. Stevenson
268.**A tempestade** – William Shakespeare
269.**Assassinatos na rua Morgue** – E. Allan Poe
270.**99 corruíras nanicas** – Dalton Trevisan
271.**Broquéis** – Cruz e Sousa
272.**Mês de cães danados** – Moacyr Scliar
273.**Anarquistas – vol. 1 – A idéia** – G. Woodcock
274.**Anarquistas – vol. 2 – O movimento** – G. Woodcock
275.**Pai e filho, filho e pai** – Moacyr Scliar
276.**As aventuras de Tom Sawyer** – Mark Twain
277.**Muito barulho por nada** – W. Shakespeare
278.**Elogio da loucura** – Erasmo
279.**Autobiografia de Alice B. Toklas** – G. Stein
280.**O chamado da floresta** – J. London
281.**Uma agulha para o diabo** – Ruth Rendell
282.**Verdes vales do fim do mundo** – A. Bivar
283.**Ovelhas negras** – Caio Fernando Abreu
284.**O fantasma de Canterville** – O. Wilde
285.**Receitas de Yayá Ribeiro** – Celia Ribeiro
286.**A galinha degolada** – H. Quiroga
287.**O último adeus de Sherlock Holmes** – A. Conan Doyle
288.**A. Gourmet** *em* **Histórias de cama & mesa** – J. A. Pinheiro Machado
289.**Topless** – Martha Medeiros
290.**Mais receitas do Anonymus Gourmet** – J. A. Pinheiro Machado
291.**Origens do discurso democrático** – D. Schüler
292.**Humor politicamente incorreto** – Nani
293.**O teatro do bem e do mal** – E. Galeano
294.**Garibaldi & Manoela** – J. Guimarães
295.**10 dias que abalaram o mundo** – John Reed
296.**Numa fria** – Charles Bukowski
297.**Poesia de Florbela Espanca** vol. 1
298.**Poesia de Florbela Espanca** vol. 2
299.**Escreva certo** – E. Oliveira e M. E. Bernd
300.**O vermelho e o negro** – Stendhal
301.**Ecce homo** – Friedrich Nietzsche
302(7).**Comer bem, sem culpa** – Dr. Fernando Lucchese, A. Gourmet e Iotti
303.**O livro de Cesário Verde** – Cesário Verde
305.**100 receitas de macarrão** – S. Lancellotti
306.**160 receitas de molhos** – S. Lancellotti
307.**100 receitas light** – H. e Â. Tonetto
308.**100 receitas de sobremesas** – Celia Ribeiro
309.**Mais de 100 dicas de churrasco** – Leon Diziekaniak
310.**100 receitas de acompanhamentos** – C. Cabeda
311.**Honra ou vendetta** – S. Lancellotti
312.**A alma do homem sob o socialismo** – Oscar Wilde
313.**Tudo sobre Yôga** – Mestre De Rose
314.**Os varões assinalados** – Tabajara Ruas
315.**Édipo em Colono** – Sófocles
316.**Lisístrata** – Aristófanes / trad. Millôr
317.**Sonhos de Bunker Hill** – John Fante
318.**Os deuses de Raquel** – Moacyr Scliar
319.**O colosso de Marússia** – Henry Miller
320.**As eruditas** – Molière / trad. Millôr
321.**Radicci 1** – Iotti
322.**Os Sete contra Tebas** – Ésquilo
323.**Brasil Terra à vista** – Eduardo Bueno
324.**Radicci 2** – Iotti
325.**Júlio César** – William Shakespeare
326.**A carta de Pero Vaz de Caminha**
327.**Cozinha Clássica** – Sílvio Lancellotti
328.**Madame Bovary** – Gustave Flaubert
329.**Dicionário do viajante insólito** – M. Scliar
330.**O capitão saiu para o almoço...** – Bukowski
331.**A carta roubada** – Edgar Allan Poe
332.**É tarde para saber** – Josué Guimarães
333.**O livro de bolso da Astrologia** – Maggy Harrisonx e Mellina Li
334.**1933 foi um ano ruim** – John Fante
335.**100 receitas de arroz** – Aninha Comas
336.**Guia prático do Português correto – vol. 1** – Cláudio Moreno
337.**Bartleby, o escriturário** – H. Melville
338.**Enterrem meu coração na curva do rio** – Dee Brown
339.**Um conto de Natal** – Charles Dickens
340.**Cozinha sem segredos** – J. A. P. Machado
341.**A dama das Camélias** – A. Dumas Filho
342.**Alimentação saudável** – H. e Â. Tonetto
343.**Continhos galantes** – Dalton Trevisan
344.**A Divina Comédia** – Dante Alighieri
345.**A Dupla Sertanojo** – Santiago
346.**Cavalos do amanhecer** – Mario Arregui
347.**Biografia de Vincent van Gogh por sua cunhada** – Jo van Gogh-Bonger
348.**Radicci 3** – Iotti
349.**Nada de novo no front** – E. M. Remarque
350.**A hora dos assassinos** – Henry Miller
351.**Flush - Memórias de um cão** – Virginia Woolf
352.**A guerra no Bom Fim** – M. Scliar
353(1).**O caso Saint-Fiacre** – Simenon
354(2).**Morte na alta sociedade** – Simenon
355(3).**O cão amarelo** – Simenon
356(4).**Maigret e o homem do banco** – Simenon
357.**As uvas e o vento** – Pablo Neruda
358.**On the road** – Jack Kerouac
359.**O coração amarelo** – Pablo Neruda
360.**Livro das perguntas** – Pablo Neruda
361.**Noite de Reis** – William Shakespeare
362.**Manual de Ecologia** – vol.1 – J. Lutzenberger
363.**O mais longo dos dias** – Cornelius Ryan
364.**Foi bom prá você?** – Nani
365.**Crepusculário** – Pablo Neruda
366.**A comédia dos erros** – Shakespeare
367(5).**A primeira investigação de Maigret** – Simenon
368(6).**As férias de Maigret** – Simenon
369.**Mate-me por favor (vol.1)** – L. McNeil
370.**Mate-me por favor (vol.2)** – L. McNeil
371.**Carta ao pai** – Kafka
372.**Os vagabundos iluminados** – J. Kerouac
373(7).**O enforcado** – Simenon

374(8).**A fúria de Maigret** – Simenon
375.**Vargas, uma biografia política** – H. Silva
376.**Poesia reunida (vol.1)** – A. R. de Sant'Anna
377.**Poesia reunida (vol.2)** – A. R. de Sant'Anna
378.**Alice no país do espelho** – Lewis Carroll
379.**Residência na Terra 1** – Pablo Neruda
380.**Residência na Terra 2** – Pablo Neruda
381.**Terceira Residência** – Pablo Neruda
382.**O delírio amoroso** – Bocage
383.**Futebol ao sol e à sombra** – E. Galeano
384(9).**O porto das brumas** – Simenon
385(10).**Maigret e seu morto** – Simenon
386.**Radicci 4** – Iotti
387.**Boas maneiras & sucesso nos negócios** – Celia Ribeiro
388.**Uma história Farroupilha** – M. Scliar
389.**Na mesa ninguém envelhece** – J. A. P. Machado
390.**200 receitas inéditas do Anonymus Gourmet** – J. A. Pinheiro Machado
391.**Guia prático do Português correto – vol.2** – Cláudio Moreno
392.**Breviário das terras do Brasil** – Assis Brasil
393.**Cantos Cerimoniais** – Pablo Neruda
394.**Jardim de Inverno** – Pablo Neruda
395.**Antonio e Cleópatra** – William Shakespeare
396.**Tróia** – Cláudio Moreno
397.**Meu tio matou um cara** – Jorge Furtado
398.**O anatomista** – Federico Andahazi
399.**As viagens de Gulliver** – Jonathan Swift
400.**Dom Quixote –** (v. 1) – Miguel de Cervantes
401.**Dom Quixote –** (v. 2) – Miguel de Cervantes
402.**Sozinho no Pólo Norte** – Thomaz Brandolin
403.**Matadouro 5** – Kurt Vonnegut
404.**Delta de Vênus** – Anaïs Nin
405.**O melhor de Hagar 2** – Dik Browne
406.**É grave Doutor?** – Nani
407.**Orai pornô** – Nani
408(11).**Maigret em Nova York** – Simenon
409(12).**O assassino sem rosto** – Simenon
410(13).**O mistério das jóias roubadas** – Simenon
411.**A irmãzinha** – Raymond Chandler
412.**Três contos** – Gustave Flaubert
413.**De ratos e homens** – John Steinbeck
414.**Lazarilho de Tormes** – Anônimo do séc. XVI
415.**Triângulo das águas** – Caio Fernando Abreu
416.**100 receitas de carnes** – Sílvio Lancellotti
417.**Histórias de robôs:** vol. 1 – org. Isaac Asimov
418.**Histórias de robôs:** vol. 2 – org. Isaac Asimov
419.**Histórias de robôs:** vol. 3 – org. Isaac Asimov
420.**O país dos centauros** – Tabajara Ruas
421.**A república de Anita** – Tabajara Ruas
422.**A carga dos lanceiros** – Tabajara Ruas
423.**Um amigo de Kafka** – Isaac Singer
424.**As alegres matronas de Windsor** – Shakespeare
425.**Amor e exílio** – Isaac Bashevis Singer
426.**Use & abuse do seu signo** – Marília Fiorillo e Marylou Simonsen
427.**Pigmaleão** – Bernard Shaw
428.**As fenícias** – Eurípides
429.**Everest** – Thomaz Brandolin
430.**A arte de furtar** – Anônimo do séc. XVI
431.**Billy Bud** – Herman Melville
432.**A rosa separada** – Pablo Neruda
433.**Elegia** – Pablo Neruda
434.**A garota de Cassidy** – David Goodis
435.**Como fazer a guerra: máximas de Napoleão** – Balzac
436.**Poemas escolhidos** – Emily Dickinson
437.**Gracias por el fuego** – Mario Benedetti
438.**O sofá** – Crébillon Fils
439.**O "Martín Fierro"** – Jorge Luis Borges
440.**Trabalhos de amor perdidos** – W. Shakespeare
441.**O melhor de Hagar 3** – Dik Browne
442.**Os Maias (volume1)** – Eça de Queiroz
443.**Os Maias (volume2)** – Eça de Queiroz
444.**Anti-Justine** – Restif de La Bretonne
445.**Juventude** – Joseph Conrad
446.**Contos** – Eça de Queiroz
447.**Janela para a morte** – Raymond Chandler
448.**Um amor de Swann** – Marcel Proust
449.**À paz perpétua** – Immanuel Kant
450.**A conquista do México** – Hernan Cortez
451.**Defeitos escolhidos e 2000** – Pablo Neruda
452.**O casamento do céu e do inferno** – William Blake
453.**A primeira viagem ao redor do mundo** – Antonio Pigafetta
454(14).**Uma sombra na janela** – Simenon
455(15).**A noite da encruzilhada** – Simenon
456(16).**A velha senhora** – Simenon
457.**Sartre** – Annie Cohen-Solal
458.**Discurso do método** – René Descartes
459.**Garfield em grande forma (1)** – Jim Davis
460.**Garfield está de dieta** (2) – Jim Davis
461.**O livro das feras** – Patricia Highsmith
462.**Viajante solitário** – Jack Kerouac
463.**Auto da barca do inferno** – Gil Vicente
464.**O livro vermelho dos pensamentos de Millôr** – Millôr Fernandes
465.**O livro dos abraços** – Eduardo Galeano
466.**Voltaremos!** – José Antonio Pinheiro Machado
467.**Rango** – Edgar Vasques
468(8).**Dieta mediterrânea** – Dr. Fernando Lucchese e José Antonio Pinheiro Machado
469.**Radicci 5** – Iotti
470.**Pequenos pássaros** – Anaïs Nin
471.**Guia prático do Português correto – vol.3** – Cláudio Moreno
472.**Atire no pianista** – David Goodis
473.**Antologia Poética** – García Lorca
474.**Alexandre e César** – Plutarco
475.**Uma espiã na casa do amor** – Anaïs Nin
476.**A gorda do Tiki Bar** – Dalton Trevisan
477.**Garfield um gato de peso (3)** – Jim Davis
478.**Canibais** – David Coimbra
479.**A arte de escrever** – Arthur Schopenhauer
480.**Pinóquio** – Carlo Collodi
481.**Misto-quente** – Charles Bukowski
482.**A lua na sarjeta** – David Goodis
483.**O melhor do Recruta Zero (1)** – Mort Walker
484.**Aline: TPM – tensão pré-monstrual (2)** – Adão Iturrusgarai
485.**Sermões do Padre Antonio Vieira**
486.**Garfield numa boa (4)** – Jim Davis
487.**Mensagem** – Fernando Pessoa
488.**Vendeta** *seguido de* **A paz conjugal** – Balzac
489.**Poemas de Alberto Caeiro** – Fernando Pessoa

490.**Ferragus** – Honoré de Balzac
491.**A duquesa de Langeais** – Honoré de Balzac
492.**A menina dos olhos de ouro** – Honoré de Balzac
493.**O lírio do vale** – Honoré de Balzac
494(17).**A barcaça da morte** – Simenon
495(18).**As testemunhas rebeldes** – Simenon
496(19).**Um engano de Maigret** – Simenon
497(1).**A noite das bruxas** – Agatha Christie
498(2).**Um passe de mágica** – Agatha Christie
499(3).**Nêmesis** – Agatha Christie
500.**Esboço para uma teoria das emoções** – Sartre
501.**Renda básica de cidadania** – Eduardo Suplicy
502(1).**Pílulas para viver melhor** – Dr. Lucchese
503(2).**Pílulas para prolongar a juventude** – Dr. Lucchese
504(3).**Desembarcando o diabetes** – Dr. Lucchese
505(4).**Desembarcando o sedentarismo** – Dr. Fernando Lucchese e Cláudio Castro
506(5).**Desembarcando a hipertensão** – Dr. Lucchese
507(6).**Desembarcando o colesterol** – Dr. Fernando Lucchese e Fernanda Lucchese
508.**Estudos de mulher** – Balzac
509.**O terceiro tira** – Flann O'Brien
510.**100 receitas de aves e ovos** – J. A. P. Machado
511.**Garfield em toneladas de diversão** (5) – Jim Davis
512.**Trem-bala** – Martha Medeiros
513.**Os cães ladram** – Truman Capote
514.**O Kama Sutra de Vatsyayana**
515.**O crime do Padre Amaro** – Eça de Queiroz
516.**Odes de Ricardo Reis** – Fernando Pessoa
517.**O inverno da nossa desesperança** – Steinbeck
518.**Piratas do Tietê (1)** – Laerte
519.**Rê Bordosa: do começo ao fim** – Angeli
520.**O Harlem é escuro** – Chester Himes
521.**Café-da-manhã dos campeões** – Kurt Vonnegut
522.**Eugénie Grandet** – Balzac
523.**O último magnata** – F. Scott Fitzgerald
524.**Carol** – Patricia Highsmith
525.**100 receitas de patisseria** – Sílvio Lancellotti
526.**O fator humano** – Graham Greene
527.**Tristessa** – Jack Kerouac
528.**O diamante do tamanho do Ritz** – S. Fitzgerald
529.**As melhores histórias de Sherlock Holmes** – Arthur Conan Doyle
530.**Cartas a um jovem poeta** – Rilke
531(20).**Memórias de Maigret** – Simenon
532(4).**O misterioso sr. Quin** – Agatha Christie
533.**Os analectos** – Confúcio
534(21).**Maigret e os homens de bem** – Simenon
535(22).**O medo de Maigret** – Simenon
536.**Ascensão e queda de César Birotteau** – Balzac
537.**Sexta-feira negra** – David Goodis
538.**Ora bolas – O humor de Mario Quintana** – Juarez Fonseca
539.**Longe daqui aqui mesmo** – Antonio Bivar
540(5).**É fácil matar** – Agatha Christie
541.**O pai Goriot** – Balzac
542.**Brasil, um país do futuro** – Stefan Zweig
543.**O processo** – Kafka
544.**O melhor de Hagar 4** – Dik Browne
545(6).**Por que não pediram a Evans?** – Agatha Christie
546.**Fanny Hill** – John Cleland
547.**O gato por dentro** – William S. Burroughs
548.**Sobre a brevidade da vida** – Sêneca
549.**Geraldão (1)** – Glauco
550.**Piratas do Tietê (2)** – Laerte
551.**Pagando o pato** – Ciça
552.**Garfield de bom humor (6)** – Jim Davis
553.**Conhece o Mário?** vol.1 – Santiago
554.**Radicci 6** – Iotti
555.**Os subterrâneos** – Jack Kerouac
556(1).**Balzac** – François Taillandier
557(2).**Modigliani** – Christian Parisot
558(3).**Kafka** – Gérard-Georges Lemaire
559(4).**Júlio César** – Joël Schmidt
560.**Receitas da família** – J. A. Pinheiro Machado
561.**Boas maneiras à mesa** – Celia Ribeiro
562(9).**Filhos sadios, pais felizes** – R. Pagnoncelli
563(10).**Fatos & mitos** – Dr. Fernando Lucchese
564.**Ménage à trois** – Paula Taitelbaum
565.**Mulheres!** – David Coimbra
566.**Poemas de Álvaro de Campos** – Fernando Pessoa
567.**Medo e outras histórias** – Stefan Zweig
568.**Snoopy e sua turma (1)** – Schulz
569.**Piadas para sempre (1)** – Visconde da Casa Verde
570.**O alvo móvel** – Ross Macdonald
571.**O melhor do Recruta Zero (2)** – Mort Walker
572.**Um sonho americano** – Norman Mailer
573.**Os broncos também amam** – Angeli
574.**Crônica de um amor louco** – Bukowski
575(5).**Freud** – René Major e Chantal Talagrand
576(6).**Picasso** – Gilles Plazy
577(7).**Gandhi** – Christine Jordis
578.**A tumba** – H. P. Lovecraft
579.**O príncipe e o mendigo** – Mark Twain
580.**Garfield, um charme de gato (7)** – Jim Davis
581.**Ilusões perdidas** – Balzac
582.**Esplendores e misérias das cortesãs** – Balzac
583.**Walter Ego** – Angeli
584.**Striptiras (1)** – Laerte
585.**Fagundes: um puxa-saco de mão cheia** – Laerte
586.**Depois do último trem** – Josué Guimarães
587.**Ricardo III** – Shakespeare
588.**Dona Anja** – Josué Guimarães
589.**24 horas na vida de uma mulher** – Stefan Zweig
590.**O terceiro homem** – Graham Greene
591.**Mulher no escuro** – Dashiell Hammett
592.**No que acredito** – Bertrand Russell
593.**Odisséia (1): Telemaquia** – Homero
594.**O cavalo cego** – Josué Guimarães
595.**Henrique V** – Shakespeare
596.**Fabulário geral do delírio cotidiano** – Bukowski
597.**Tiros na noite 1: A mulher do bandido** – Dashiell Hammett
598.**Snoopy em Feliz Dia dos Namorados! (2)** – Schulz
599.**Mas não se matam cavalos?** – Horace McCoy
600.**Crime e castigo** – Dostoiévski
601(7).**Mistério no Caribe** – Agatha Christie
602.**Odisséia (2): Regresso** – Homero
603.**Piadas para sempre (2)** – Visconde da Casa Verde
604.**À sombra do vulcão** – Malcolm Lowry
605(8).**Kerouac** – Yves Buin
606.**E agora são cinzas** – Angeli
607.**As mil e uma noites** – Paulo Caruso
608.**Um assassino entre nós** – Ruth Rendell
609.**Crack-up** – F. Scott Fitzgerald

610.**Do amor** – Stendhal
611.**Cartas do Yage** – William Burroughs e Allen Ginsberg
612.**Striptiras (2)** – Laerte
613.**Henry & June** – Anaïs Nin
614.**A piscina mortal** – Ross Macdonald
615.**Geraldão (2)** – Glauco
616.**Tempo de delicadeza** – A. R. de Sant'Anna
617.**Tiros na noite 2: Medo de tiro** – Dashiell Hammett
618.**Snoopy em Assim é a vida, Charlie Brown! (3)** – Schulz
619.**1954 – Um tiro no coração** – Hélio Silva
620.**Sobre a inspiração poética (Íon)** e ... – Platão
621.**Garfield e seus amigos (8)** – Jim Davis
622.**Odisséia (3): Ítaca** – Homero
623.**A louca matança** – Chester Himes
624.**Factótum** – Charles Bukowski
625.**Guerra e Paz: volume 1** – Tolstói
626.**Guerra e Paz: volume 2** – Tolstói
627.**Guerra e Paz: volume 3** – Tolstói
628.**Guerra e Paz: volume 4** – Tolstói
629(9).**Shakespeare** – Claude Mourthé
630.**Bem está o que bem acaba** – Shakespeare
631.**O contrato social** – Rousseau
632.**Geração Beat** – Jack Kerouac
633.**Snoopy: É Natal! (4)** – Charles Schulz
634(8).**Testemunha da acusação** – Agatha Christie
635.**Um elefante no caos** – Millôr Fernandes
636.**Guia de leitura (100 autores que você precisa ler)** – Organização de Léa Masina
637.**Pistoleiros também mandam flores** – David Coimbra
638.**O prazer das palavras** – vol. 1 – Cláudio Moreno
639.**O prazer das palavras** – vol. 2 – Cláudio Moreno
640.**Novíssimo testamento: com Deus e o diabo, a dupla da criação** – Iotti
641.**Literatura Brasileira: modos de usar** – Luís Augusto Fischer
642.**Dicionário de Porto-Alegrês** – Luís A. Fischer
643.**Clô Dias & Noites** – Sérgio Jockymann
644.**Memorial de Isla Negra** – Pablo Neruda
645.**Um homem extraordinário e outras histórias** – Tchékhov
646.**Ana sem terra** – Alcy Cheuiche
647.**Adultérios** – Woody Allen
648.**Para sempre ou nunca mais** – R. Chandler
649.**Nosso homem em Havana** – Graham Greene
650.**Dicionário Caldas Aulete de Bolso**
651.**Snoopy: Posso fazer uma pergunta, professora? (5)** – Charles Schulz
652(10).**Luís XVI** – Bernard Vincent
653.**O mercador de Veneza** – Shakespeare
654.**Cancioneiro** – Fernando Pessoa
655.**Non-Stop** – Martha Medeiros
656.**Carpinteiros, levantem bem alto a cumeeira & Seymour, uma apresentação** – J.D.Salinger
657.**Ensaios céticos** – Bertrand Russell
658.**O melhor de Hagar 5** – Dik e Chris Browne
659.**Primeiro amor** – Ivan Turguêniev
660.**A trégua** – Mario Benedetti
661.**Um parque de diversões da cabeça** – Lawrence Ferlinghetti
662.**Aprendendo a viver** – Sêneca
663.**Garfield, um gato em apuros (9)** – Jim Davis
664.**Dilbert 1** – Scott Adams
665.**Dicionário de dificuldades** – Domingos Paschoal Cegalla
666.**A imaginação** – Jean-Paul Sartre
667.**O ladrão e os cães** – Naguib Mahfuz
668.**Gramática do português contemporâneo** – Celso Cunha
669.**A volta do parafuso** *seguido de* **Daisy Miller** – Henry James
670.**Notas do subsolo** – Dostoiévski
671.**Abobrinhas da Brasilônia** – Glauco
672.**Geraldão (3)** – Glauco
673.**Piadas para sempre (3)** – Visconde da Casa Verde
674.**Duas viagens ao Brasil** – Hans Staden
675.**Bandeira de bolso** – Manuel Bandeira
676.**A arte da guerra** – Maquiavel
677.**Além do bem e do mal** – Nietzsche
678.**O coronel Chabert** *seguido de* **A mulher abandonada** – Balzac
679.**O sorriso de marfim** – Ross Macdonald
680.**100 receitas de pescados** – Sílvio Lancellotti
681.**O juiz e seu carrasco** – Friedrich Dürrenmatt
682.**Noites brancas** – Dostoiévski
683.**Quadras ao gosto popular** – Fernando Pessoa
684.**Romanceiro da Inconfidência** – Cecília Meireles
685.**Kaos** – Millôr Fernandes
686.**A pele de onagro** – Balzac
687.**As ligações perigosas** – Choderlos de Laclos
688.**Dicionário de matemática** – Luiz Fernandes Cardoso
689.**Os Lusíadas** – Luís Vaz de Camões
690(11).**Átila** – Éric Deschodt
691.**Um jeito tranqüilo de matar** – Chester Himes
692.**A felicidade conjugal** *seguido de* **O diabo** – Tolstói
693.**Viagem de um naturalista ao redor do mundo** – vol. 1 – Charles Darwin
694.**Viagem de um naturalista ao redor do mundo** – vol. 2 – Charles Darwin
695.**Memórias da casa dos mortos** – Dostoiévski
696.**A Celestina** – Fernando de Rojas
697.**Snoopy: Como você é azarado, Charlie Brown! (6)** – Charles Schulz
698.**Dez (quase) amores** – Claudia Tajes
699(9).**Poirot sempre espera** – Agatha Christie
700.**Cecília de bolso** – Cecília Meireles
701.**Apologia de Sócrates** *precedido de* **Êutifron** e *seguido de* **Críton** – Platão
702.**Wood & Stock** – Angeli
703.**Striptiras (3)** – Laerte
704.**Discurso sobre a origem e os fundamentos da desigualdade entre os homens** – Rousseau
705.**Os duelistas** – Joseph Conrad
706.**Dilbert (2)** – Scott Adams
707.**Viver e escrever** (vol. 1) – Edla van Steen
708.**Viver e escrever** (vol. 2) – Edla van Steen
709.**Viver e escrever** (vol. 3) – Edla van Steen
710(10).**A teia da aranha** – Agatha Christie
711.**O banquete** – Platão
712.**Os belos e malditos** – F. Scott Fitzgerald
713.**Libelo contra a arte moderna** – Salvador Dalí

714.**Akropolis** – Valerio Massimo Manfredi
715.**Devoradores de mortos** – Michael Crichton
716.**Sob o sol da Toscana** – Frances Mayes
717.**Batom na cueca** – Nani
718.**Vida dura** – Claudia Tajes
719.**Carne trêmula** – Ruth Rendell
720.**Cris, a fera** – David Coimbra
721.**O anticristo** – Nietzsche
722.**Como um romance** – Daniel Pennac
723.**Emboscada no Forte Bragg** – Tom Wolfe
724.**Assédio sexual** – Michael Crichton
725.**O espírito do Zen** – Alan W.Watts
726.**Um bonde chamado desejo** – Tennessee Williams
727.**Como gostais** – Shakespeare
728.**Tratado sobre a tolerância** – Voltaire
729.**Snoopy: Doces ou travessuras? (7)** – Charles Schulz
730.**Cardápios do Anonymus Gourmet** – J.A. Pinheiro Machado
731.**100 receitas com lata** – J.A. Pinheiro Machado
732.**Conhece o Mário?** vol.2 – Santiago
733.**Dilbert (3)** – Scott Adams
734.**História de um louco amor** *seguido de* **Passado amor** – Horacio Quiroga
735(11).**Sexo: muito prazer** – Laura Meyer da Silva
736(12).**Para entender o adolescente** – Dr. Ronald Pagnoncelli
737(13).**Desembarcando a tristeza** – Dr. Fernando Lucchese
738.**Poirot e o mistério da arca espanhola & outras histórias** – Agatha Christie
739.**A última legião** – Valerio Massimo Manfredi
740.**As virgens suicidas** – Jeffrey Eugenides
741.**Sol nascente** – Michael Crichton
742.**Duzentos ladrões** – Dalton Trevisan
743.**Os devaneios do caminhante solitário** – Rousseau
744.**Garfield, o rei da preguiça (10)** – Jim Davis
745.**Os magnatas** – Charles R. Morris
746.**Pulp** – Charles Bukowski
747.**Enquanto agonizo** – William Faulkner
748.**Aline: viciada em sexo (3)** – Adão Iturrusgarai
749.**A dama do cachorrinho** – Anton Tchékhov
750.**Tito Andrônico** – Shakespeare
751.**Antologia poética** – Anna Akhmátova
752.**O melhor de Hagar 6** – Dik e Chris Browne
753(12).**Michelangelo** – Nadine Sautel
754.**Dilbert (4)** – Scott Adams
755.**O jardim das cerejeiras** *seguido de* **Tio Vânia** – Tchékhov
756.**Geração Beat** – Claudio Willer
757.**Santos Dumont** – Alcy Cheuiche
758.**Budismo** – Claude B. Levenson
759.**Cleópatra** – Christian-Georges Schwentzel
760. **Revolução Francesa** – Frédéric Bluche, Stéphane Rials e Jean Tulard
761.**A crise de 1929** – Bernard Gazier
762.**Sigmund Freud** – Edson Sousa e Paulo Endo
763.**Império Romano** – Patrick Le Roux
764.**Cruzadas** – Cécile Morrisson
765.**O mistério do Trem Azul** – Agatha Christie
766.**Os escrúpulos de Maigret** – Simenon
767.**Maigret se diverte** – Simenon
768.**Senso comum** – Thomas Paine
769.**O parque dos dinossauros** – Michael Crichton
770.**Trilogia da paixão** – Goethe
771.**A simples arte de matar** (vol.1) – R. Chandler
772.**A simples arte de matar** (vol.2) – R. Chandler
773.**Snoopy: No mundo da lua! (8)** – Charles Schulz
774.**Os Quatro Grandes** – Agatha Christie
775.**Um brinde de cianureto** – Agatha Christie
776.**Súplicas atendidas** – Truman Capote
777.**Ainda restam aveleiras** – Simenon
778.**Maigret e o ladrão preguiçoso** – Simenon
779.**A viúva imortal** – Millôr Fernandes
780.**Cabala** – Roland Goetschel
781.**Capitalismo** – Claude Jessua
782.**Mitologia grega** – Pierre Grimal
783.**Economia: 100 palavras-chave** – Jean-Paul Betbèze
784.**Marxismo** – Henri Lefebvre
785.**Punição para a inocência** – Agatha Christie
786.**A extravagância do morto** – Agatha Christie
787(13).**Cézanne** – Bernard Fauconnier
788.**A identidade Bourne** – Robert Ludlum
789.**Da tranquilidade da alma** – Sêneca
790.**Um artista da fome e outras histórias** – Kafka
791.**Histórias de fantasmas** – Charles Dickens
792.**A louca de Maigret** – Simenon
793.**O amigo de infância de Maigret** – Simenon
794.**O revólver de Maigret** – Simenon
795.**A fuga do sr. Monde** – Simenon
796.**O Uraguai** – Basílo da Gama
797.**A mão misteriosa** – Agatha Christie
798.**A testemunha ocular do crime** – Agatha Christie
799.**Crepúsculo dos ídolos** – Friedrich Nietzsche
800.**Maigret e o negociante de vinhos** – Simemon
801.**Maigret e o mendigo** – Simenon
802.**O grande golpe** – Dashiell Hammett
803.**Humor barra pesada** – Nani
804.**Vinho** – Jean-François Gautier
805.**Egito Antigo** – Sophie Desplancques

SÉRIE **L&PM**POCKET**ENCYCLOPAEDIA**

Acupuntura – Madeleine Fiévet-Izard, Madeleine Guillaume e Jean-Claude de Tymowski
Alexandre, o Grande – Pierre Briant
Budismo – Claude B. Levenson
Cabala – Roland Goetschel
Capitalismo – Claude Jessua
Cleópatra – Christian-Georges Schwentzel
A crise de 1929 – Bernard Gazier
Cruzadas – Cécile Morrisson
Economia: 100 palavras-chave – Jean-Paul Betbèze
Egito Antigo – Sophie Desplancques
Escrita chinesa – Viviane Alleton
Existencialismo – Jacques Colette
Geração Beat – Claudio Willer
Guerra Civil Americana – Farid Ameur
História de Paris – Yvan Combeau
História do vinho – Jean-François Gautier
Império Romano – Patrick Le Roux
Impressionismo – Dominique Lobstein
Islã – Paul Balta
Jesus – Charles Perrot
Marxismo – Henri Lefebvre
Mitologia grega – Pierre Grimal
Nietzsche – Jean Granier
Revolução francesa – Frédéric Bluche, Stéphane Rials e Jean Tulard
Santos Dumont – Alcy Cheuiche
Sigmund Freud – Edson Sousa e Paulo Endo
Tragédias gregas – Pascal Thiercy

IMPRESSÃO:

GRÁFICA EDITORA
Pallotti
IMAGEM DE QUALIDADE

Santa Maria - RS - Fone/Fax: (55) 3220.4500
www.pallotti.com.br